U0628380

MIGHTY ORIGIN LITERATURE

缠
Chan

烟猫与酒 著

成都时代出版社
CHENGDU TIMES PRESS

图书在版编目（CIP）数据

缠／烟猫与酒著．－－成都：成都时代出版社，
2024.7
ISBN 978-7-5464-3454-4

Ⅰ．①缠… Ⅱ．①烟… Ⅲ．①长篇小说－中国－当代
Ⅳ．① I247.5

中国国家版本馆 CIP 数据核字 (2024) 第 096399 号

缠
CHAN

烟猫与酒 著

出 品 人　达　海
责任编辑　黄　蕊
责任校对　阚朝阳
责任印制　黄　鑫　曾译乐
封面设计　Laberay 淮
装帧设计　唐小迪

出版发行　成都时代出版社
电　　话　（028）86742352（编辑部）
　　　　　（028）86615250（发行部）
印　　刷　北京君达艺彩科技发展有限公司
规　　格　145mm×210mm
印　　张　7.25
字　　数　215 千
版　　次　2024 年 7 月第 1 版
印　　次　2024 年 7 月第 1 次印刷
书　　号　ISBN 978-7-5464-3454-4
定　　价　45.00 元

"当个称职的爸爸对你来说是不是真的很难？"

"活着真好。"

Heart Beating

contents
目录

陈猎雪第一次见到陈庭森，
是在弃婴救助站。
第二次见到陈庭森，
是在接受心脏移植手术的手术台上。

缠

第一幕

始

一千三百五十七步。

陈猎雪靠着窗往下看，在心里默数。

穿过林荫道。

上楼。

每层十二级阶梯。

转过三个转角，从三楼楼梯口往左，走到最里头的房间需要
三十三步。

他掀开被子上床，拿起床头的杂志随意地翻，在心里默念最后
几个数。

五、四、三、二……

咚咚。

陈庭森敲门进来，同早上出门时一样西装革履，遥遥望着他，喊：
"陈猎雪。"

陈猎雪低垂的眼睫毛动了动，脸上露出惊喜与内疚交织的表情。

"爸爸。"他倚在床头，乖巧地喊。

陈猎雪本来不叫陈猎雪，原本的名字是救助站的员工给取的。
他是孤儿，先天的心脏畸形，刚出娘胎就九死一生，三个月大时亲
妈跑了，给保育箱里的他留下的是可怜的几张钞票和一颗随时可能
"爆炸"的心脏。

陈庭森和妻子去救助站挑选救助儿童时，陈猎雪刚五岁，穿着

过大的旧衣服，嘬着脏兮兮的棒棒糖，被另一个年纪稍大的孩子牵着站在院子里，瘦小得像一株营养不良的豆芽菜，在个头参差不齐的小孩们中间尤其扎眼。

他不明所以地看着这些衣着光鲜的陌生人，黑眼珠乌溜溜地转了一圈，莫名定在陈庭森身上。小孩子完全没有英俊不凡、温文儒雅的概念，在陈庭森的目光跟他对上后，纯粹出于一种本能，他咧开豁了牙的小嘴，冲陈庭森笑了起来。

那是两人第一次见面，也是陈猎雪直到十二岁接受心脏移植手术之前，唯一一次见到陈庭森。谁也不知命运会将他们变成一对父子。

"班主任给我打电话，说你心脏不舒服。"

医务室的老师去吃饭了，陈庭森带上门走进来。陈猎雪不好意思地道歉："对不起，又耽误你上班了。"

"没事。"陈庭森来到床前，伸手按了一下陈猎雪的胸口。

陈猎雪用眼角瞄着陈庭森的表情。他高二了，即使换上健康的心脏，跟同龄人一样能跑能跳能晒太阳，依然羸弱。一道狭长的伤疤嵌在胸口，不管谁看到都觉得触目惊心。

陈庭森专注于感受伤疤下那颗心脏的搏动。心率平稳，是一颗完美的健康心脏。他收回手，看一眼陈猎雪："冷吗？"

陈猎雪笑笑："有点儿。"

医务老师回来了，见陈庭森就像见老熟人，懒得客套，直接喊他"陈大夫"，说陈猎雪今天是在体育课体测时跑步跑急了，下了跑道心率有点儿不稳，没太大问题。

说完她就转身点点陈猎雪的脑门，有点儿无奈："交代无数次了，你不能剧烈运动。计时跑步本身就会给身体带来负担，王老师都说了让你慢慢跑，不舒服就停，你那么拼干什么？又给你爸折腾过来了吧？"

陈猎雪低头扣扣子："对不起李老师，我觉得最近状态还不错，以为能和同学们一起上课……"

他没说完，后面的意思不言而喻。医务老师叹口气，陈猎雪是个乖孩子，她根本舍不得对他说重话，她无奈地看着陈庭森。陈庭森则看着陈猎雪，嘴角向上扯了扯，揉揉他的头，情绪全敛在眼里，没说什么。

陈猎雪整理完毕，穿鞋下床，拿着书包跟医务老师说再见。

"赶紧回去吧，让你爸给你做点儿好吃的。"

夕阳已经下山了。穿过林荫道，学校独有的喧闹声被隔绝在耳后，陈庭森停下脚步给车解了锁，陈猎雪默默跟在后面。

"对不起，陈叔叔。"他闷声说。

陈庭森没理他，打开车门把书包接过来扔进后座才转过身，低沉的声音像掺了冰："故意的吗？"

语气是肯定的。

陈猎雪猛地抬起头，否认："我没……"

"你没资格。"

陈庭森打断他的话，俊逸的眉间满是戾气，看着刚喊过他"爸爸"的男孩，活像在看一个仇人。

"你活着，用的是我儿子的心脏。你没资格。懂了吗？"

缠

第二幕

依赖

001

陈庭森的儿子叫陈竹雪，生于隆冬，死于坠楼。

那天是他九岁生日，妈妈带他去商场买玩具，等陈庭森下班，一家三口一起吃晚饭。饭店已经约好了，提前一周预订的蛋糕也做好了，只不过去蛋糕房取个蛋糕的时间，小寿星从四楼摔了下去，四楼，天灵盖触地，当场就摔扁了头。

陈庭森从手术台上下来，手术服还没脱，就听见妻子撕心裂肺的嘶喊。

"他还有心跳，还有心跳！你们怎么能说他死了？我只是去拿个蛋糕，连十分钟都不到，我的孩子……我的孩子啊！他连口蛋糕都没吃上，他再过两小时就九岁了……"

那场由陈庭森主刀的心脏移植手术轰动全国。他将亲生儿子的心脏捐出，符合条件的受捐者恰好是他救助了七年的孤儿，他随后将其领养。陈庭森的名字出现在各大报纸的头版头条，赞誉铺天盖地，但他本人一次采访也没有接受过。

没有一个局外人了解这场手术让他的家庭发生了怎样翻天覆地的变化，他的妻子是如何哭叫、崩溃、如何以泪洗面，并且在他提出要领养陈猎雪时，忍无可忍地跟他离了婚。

唯一最接近当事人的采访出自当时给陈庭森当副主刀的杨医生，镜头里的他满脸唏嘘。他说他在做手术时看到陈庭森泛红的眼角与绷紧的青筋，他无论如何也没法想象陈庭森要用多大的力气，

才能让手指纹丝不抖，几近完美地撑完手术全程。

陈猎雪当时还不知道自己承载的心脏有多么沉重，他在ICU（重症加强护理病房）里睁开眼，第一个念头是：我能活着了。

"你没资格。"

陈庭森的视线像散发着寒气的冰锥，恨不得捅进陈猎雪心窝里。人前，陈猎雪可以叫他爸爸，人后却只能喊叔叔。

陈猎雪望着陈庭森，张张嘴，嘴唇哆嗦着，似乎有很多话想说，嗫嚅了一声"我……"，还是垂下了头。

"对不起，对不起，我不该不顾及身体。"顿了顿，他沙哑地改口，"不该不顾及心脏。"

陈庭森的目光随着他的话转移到他单薄的胸膛上，几乎能隔皮透骨看见里头那颗心脏鲜活的模样。

那是他亲手捧进去的。

天色彻底暗了，浑身的躁郁似乎也随着这句道歉无力地平静下去，陈庭森闭上眼叹了口气，坐进驾驶座。

"回家吧。"

一路无言。

到家时天已经全黑了，两人一前一后进门，近二百平方米的房子里只住两个人，黑洞洞的，像怪物的嘴，即使把灯全打开也显得清冷。

陈庭森去洗澡，陈猎雪在客厅里慢悠悠地收拾卫生。冰箱里没菜了，他又在常吃的餐厅点了几个陈庭森爱吃的菜，把能消磨时间的事都做了一遍，陈庭森依然没从浴室出来。

大概是不想跟他待在一个房间吧。陈猎雪揉揉心口，慢吞吞地挪回自己的房间躺下。

门把手被拧开的声响惊醒了陈猎雪，他揉揉眼坐起来，不知道自己什么时候睡着了，看一眼时间才过去二十分钟。他伸脚够鞋，问陈庭森："是外卖到了吗？"

"嗯。"

陈庭森在家一向这样，跟他能说一个字，就不多说一个字，陈猎雪习以为常。陈庭森愿意接话他就高兴，总比一声不吭好。他还想没话找话地说点儿什么，但陈庭森抬手，啪一声关了灯，又反手带上门。

陈猎雪正要起身，见状又松懈了身子，看着高大的男人在黑暗里向他走来，抿了抿嘴唇，把嘴边的话全都咽回去，重新在床头坐好。

陈庭森在他身前蹲下，没有看他这个人，只是贴近了他的胸膛。

咚。

咚。

陈猎雪听见胸膛里的心跳声，轻轻吸了一口气。

"我知道你恨我。"

"我知道我浑身上下，从里到外，你只爱这颗心脏。"

陈庭森听陈猎雪心跳的习惯，从他把陈猎雪接回家的第一天就开始了。

那时候的陈猎雪还在观察排异反应的恢复期，恢复状态几乎是奇迹般完美，唯一的缺憾是术后他一直没见过陈庭森。

来见他的人倒是很多，救助站的员工、媒体记者，还有全国各地被感动而来的陌生人。他们唏嘘感慨，问了陈猎雪很多问题。先是问他拥有一颗健康的心脏是什么样的感觉，紧跟着就问他陈庭森对他的态度，还问他换上陈竹雪的心脏后，能不能感受到陈竹雪对陈庭森的情感。或者说，他对陈庭森除了感激以外，有没有升华出更亲近、深刻的感情。

他们都好奇，亲情会不会随着心脏的移植同步移植。

能不能感受到他们口中的感情，陈猎雪并不知道，只是每多听一个问题，他的心情就更加沉重一些。

过了一段时间，陈庭森终于出现在陈猎雪病床前，那天下着大雪——听说陈竹雪出生那天就下了很大的雪，陈庭森希望他能像雪中的翠竹一样坚韧。他在领养证上的名字，是陈猎雪，是猎杀的意思吗？

走廊上热闹的人声打断了他的思考，陈庭森被簇拥着推门进来，

/11

穿着那件给予陈猎雪新生时穿的白大褂，目光温柔又深沉，又透出几分隐而不发的痛苦。他看了陈猎雪好一阵儿，轻声说："回家吧。"

那一幕被一个志愿者捕捉下来，又一次"屠杀"了各大媒体头条，不知让多少人湿了眼眶。

陈猎雪的心脏就随着这句"回家"蹦了一下，蹦得太剧烈，险些吓着自己。

当时他真的以为自己可以拥有一个家了。

然而一进家门，陈庭森的态度瞬间就变了。

小陈猎雪在救助站学会了一身察言观色、揣摩心思的本事，见陈庭森满脸疲倦地陷进沙发里捏眉心，他乖巧地去厨房接了杯水，喊陈庭森："爸爸。"

陈庭森皱眉看了他一会儿，目光从他的脸滑到他的胸口，又从他的胸口滑到他的脸，冷漠地移开目光。

"以后在没人的地方，不用喊我爸爸。"

心往下坠了一下。陈猎雪特别肯定，是他在难过，不是陈竹雪。

也就是那晚，陈猎雪洗漱完毕，住进陈庭森安排给他的房间。他有点儿累，将睡未睡时，陈庭森拧开他的房门进来，没有开灯，在他床边站了很久，最终俯下身来听他的心跳。

他的动作有多温柔，十二岁的陈猎雪就有多寒冷。

从那以后，每逢跟陈竹雪有关的日子，陈庭森心情不好的日子，陈猎雪被送进医务室的日子，陈庭森想念陈竹雪的日子……陈庭森都会这样，在黑暗中听他儿子的心跳声，安抚自己的心。

陈猎雪安静地靠坐着，已经由第一次的惊慌失措变得麻木无感。

倒也不能说完全无感。

他看着从门外切进来的一缕亮光，光照在床尾柱上，让黑漆漆的房间显得压抑又逼仄，突然很想让那束光打到自己脸上。他想让陈庭森看清楚，他不是陈竹雪，他是"猎杀"了陈竹雪的陈猎雪，是陈庭森恨之入骨，又不肯放过的陈猎雪。

片刻后，陈庭森站起来，拧亮床头灯。疤痕暴露在暖黄的灯光里，在模糊的光线下显得很狰狞。陈庭森神情复杂地看了一眼，转身要走。

"对不起。"陈猎雪在陈庭森拉开门把手要出去时小声地喊，"陈叔叔，我心脏不太舒服。"

陈庭森刹住脚，回头望向他。

"怎么了？"陈庭森拍亮大灯重新走回去。

面对陈猎雪，陈庭森很少不皱着眉头。他检查陈猎雪的心口，陈猎雪观察他的表情。他明白陈庭森是什么心理，他想把陈猎雪和陈竹雪的心脏当成两个人来看待。

两个"人"都牵强。一颗心，和一个盛着心的器皿罢了。

"有点儿闷。"陈猎雪碰碰左胸，"一坠一坠的。"

陈庭森居高临下，又逆着光，神情十分莫测，盯着陈猎雪问："真的不舒服？"

"嗯。"

陈庭森深深地看了他一眼，没再问什么，只说一句"来吃饭"，果决地走了出去。

这是"没事"的意思。

在他关上门以后，陈猎雪歪倒在床上。他爸爸是医生，所以他连假话都说不得。今天"狼来了"两次，这个月不能再"不舒服"了，他眯着眼想。

陈猎雪长了张骗子脸。

这话是宋琪说的。

宋琪是他们学校的名人。与陈猎雪的"名"正相反，他虽然有个女孩一样温柔的名字，却是实打实的问题学生。如果陈猎雪是被老师们捧在手心里的云，他就是让人恨不得踩在脚底下的泥，打架斗殴、寻衅滋事、目无师长、成绩极差，在最差的班级里吊车尾。

宋琪说这话的意思并不是指陈猎雪是个骗子，不过如果非要这么说，他觉得也没错——陈猎雪具备了所有优等生的条件：聪明、乖巧、学习好，爱读书却不木讷，长相也清秀干净，这是硬件；软件是他可怜的身世与矜贵的身体。有个词叫惹人怜，如果用在男生

身上，便是陈猎雪的代名词。

他是老师们，甚至是陈庭森眼里标准的好学生，但在宋琪眼里，他实在就是个外貌骗子。

晚自习前，坐在窗边的同学站起来扫视一圈，看见刚做完值日，正在卫生角归置扫把、簸箕的陈猎雪，喊了他一声，往窗外指指，神情是一如既往的不情愿与不理解——不情愿帮宋琪喊人，不理解陈猎雪这种好学生为什么要跟宋琪玩在一起。

宋琪往他后脑勺上拍了一下，撑着窗台冲陈猎雪扬下巴，嘴里嘎嘣嘎嘣嚼着刚夺来的糖。他上身穿着一件半新不旧的黑 T 恤，校服皱巴巴地系在腰上，与身后往来穿着校服的学生形成鲜明对比。

"谢谢。"陈猎雪对同学笑了笑，慢条斯理地收拾书包，把做完的卷子留给可怜的同桌，慢悠悠地走出去。

宋琪插着裤兜晃到他身边，撞了下陈猎雪的肩，问："你爸今儿不是不值夜班吗？"

"被科室叫走了，大手术。"陈猎雪看了他一眼，拔出他叼在嘴里的空糖棍扔进垃圾桶。

宋琪痞里痞气地踢了垃圾桶一脚，迎面走来的两个女生看向他的眼神充满嫌恶，他装看不见，继续问陈猎雪："你不怕他半夜回来，又看见你不在？"

这个"又"字戳中了陈猎雪的"痛脚"，他回想起上次被陈庭森逮住夜不归宿时的情景，略带不满地看宋琪："你管那么多？"

"关心你嘛。"宋琪贱兮兮地笑。

陈猎雪有长期假条，随时可以以"不舒服"的理由直接离校，宋琪则完全不睬校规校纪。他俩出了学校，在公交车上颠簸了十来分钟，赶在六点半前来到一家 24 小时便利店。

"我还后半夜啊？"宋琪套上便利店的制服，问陈猎雪。

陈猎雪"嗯"一声，站在收银台后面开始码货。

"那我先去后面睡一会儿，有叫外卖的你喊我。"

交接班的小时工是个大学生，跟陈猎雪闲聊几句后也走了。这个点，对面长街还没开市，店里显得很清冷，他知道一两小时后会有络绎不绝的人流，所以现在随便掏出本书坐在收银台后面看。

几分钟后，自动门叮咚一声打开，有顾客进来，手机同时亮了，陈庭森的名字出现在屏幕上，是一个电话。

便利店小时工的工资不比肯德基、麦当劳高多少，但是夜班就不一样了，这家便利店左临长街、右接夜市，长街到了晚上灯红酒绿，夜市的外卖一单接一单，需要的人手比白天多，工钱也几乎翻了个番儿。

陈猎雪不缺钱。陈庭森从不在零花钱上苛待他，不仅每天给他一些散钞，还直接给他办了一张自己的副卡，以防他突发意外，进了医院拿不出钱来，一尸"两命"。

陈猎雪从没动过那张卡，但每天随身携带，像带着个救命符。

他第一天跟宋琪来便利店打工时，宋琪还笑话他，说什么"你就是有毛病，又不缺钱又不缺爱，我要是有你爸这样的……我但凡有个爸，都不出来打这个工"。

他压根儿不信陈猎雪能坚持一夜，毫不客气地说陈猎雪顶多坚持两个钟头就得哭着回家找爸爸。

如今掐头去尾，他俩的"同事"关系已经有一年整了。宋琪总问他为什么要打这个工，说："你爸那么娇惯你，知道你趁他不在家跑出来打夜工非得气死。"

陈猎雪拿起手机，犹豫着要不要接。他被陈庭森抓包过一次，倒没有抓住他打工，只抓到他夜不归宿。那也是陈猎雪来到陈家以后，第一次真正承受陈庭森的怒火。

陈庭森打了他。脸上，左脸，不算轻的一巴掌，对陈猎雪而言，也绝称不上重，因为那天正好是陈竹雪的忌日，陈庭森一定会提前下夜班回来，他给忘了。

"再让我发现一次，你就直接从这个家里出去。"陈庭森冷冰冰地说。

顾客在挑东西，陈猎雪看了一眼紧闭的仓库门，在心里骂着宋琪乌鸦嘴，还是滑开了接听键。

"爸爸？"

陈庭森应该还在医院，背景音隐约且嘈杂，他"嗯"了一声，通知陈猎雪："今天事情多，晚上不要等我吃饭了，写完作业就早点儿睡。"

每一个能喊陈庭森"爸爸"的机会陈猎雪都无比珍惜，他暗暗松了口气，乖巧地答应下来，让陈庭森也要注意休息，别忘记吃饭。

顾客来到收银台前，看陈猎雪在打电话，便大声提醒他："结账。"

陈庭森正要挂电话，闻声停住动作，问："你在哪儿？"

陈猎雪冲顾客抱歉地抿抿嘴唇，不慌不忙地编着瞎话："我在超市，晚自习会饿，来买点儿面包。"

陈庭森没说话。陈猎雪等了两秒，小心地转移话题："爸爸，你明天下班回来，能不能给我带一笼你们医院门口的小笼包？我这几天都有点儿想吃那个。"

电话挂了。

陈猎雪温和的表情冷下来，扫码结算，顾客奇怪地看他一眼，推门走了。

宋琪被拍醒，眯着眼看手机，差两分钟十二点。

他和陈猎雪每次都在十二点半交班，这么早叫他，估计是有外卖要送。宋琪甩甩头坐起来套衣服，看陈猎雪已经脱下制服准备走，奇怪地问："你回去？还剩半小时，钱不要了？"

陈猎雪有点儿迁怒地用眼白翻他，无奈道："都是你这张破嘴。我爸晚上打了个电话，不知道听没听出来什么，我有点儿慌。"

宋琪晃着一头乱发笑："该。"

他第一千次问："你说你，到底为什么来打这个工啊？"

陈猎雪眼神都懒得多给他，丢下一句"管得着吗你"，叫车离去。

陈庭森听着门外的人窸窸窣窣地掏钥匙，小心地拧开门，蹑手蹑脚进了家，他没出声也没动。整栋房子静悄悄的，来人显然松懈下来，走进客厅摁亮大灯，被端坐在沙发上的他吓得猛抽一口凉气。

陈猎雪是真被吓着了，险些原地跳起来。

陈庭森的大腿已经蓄了力，差点儿就起身过去扶他，被一声惊慌的"爸爸"定在沙发上。

陈猎雪露出食草动物一样的眼神，手足无措地望着他。怒火盖过关心重新在心头燃起，陈庭森蹙起眉，冷峻的视线在陈猎雪的脸上逡巡。

陈猎雪咬着牙垂下头，他为上次那句警告心慌。

从这个家里出去。

"过来，手伸出来。"陈庭森命令。

陈猎雪一步三挪，心跳得厉害，飞速思考该编个什么样的理由搪塞问话，然而没等他站定脚，手上就挨了一记凶狠的巴掌。

又一记。

直到第三巴掌落下，陈猎雪才反应过来正在发生什么，后知后觉地痛叫出声。

"啊！"

陈猎雪被吓着了，陈庭森怕他心脏受不住，没打他耳光，落在手上的巴掌却是实打实用了力气。

前几巴掌陈猎雪没回过神，发出第一声痛叫后，他咬紧了嘴唇。这是以前在救助站留下的习惯，那些婆婶最烦他们哭叫，哭了要挨骂。他直挺挺地僵在原地，肌肉绷得紧紧的，暗暗忍痛。

到了后几巴掌，他撑不住了。陈庭森一掌接一掌，似乎有不眠不休地打下去的意思，陈猎雪的手麻了，手掌再拍下来，直观感受到的已经不是痛，只剩单纯的"拍打"。

持续的拍打声响彻客厅。

又一掌下来，陈猎雪不由得喊："爸爸！"

他还是这样，一惊慌就记不住该喊的称呼。

陈庭森停了手，面若冰霜，抬眼看他。

本能让陈猎雪想缩回手，意识却控制着他的手，只能微微躲闪，嘴唇被咬得发白，额角沁出细细密密的汗。他仰起脸，求饶："爸爸，我错了……"

陈庭森抿抿嘴，盯着陈猎雪的眼睛，手掌又狠狠拍了下去。

第二天一早，陈猎雪的班主任收到陈庭森的短信——陈猎雪请假了。

陈猎雪趴在床上，指头轻轻点着手机，听见门外传来脚步声，他把手机往枕头底下一塞，恢复成半死不活的姿态，怏怏地枕着自己的胳膊瞪墙壁。

他昨晚挨了最后那巴掌才知道，原来前面陈庭森都留了力气，没真把他往死里揍，他求饶换来的最后一掌，陈庭森却用上了真正的力气，毫不留情。

陈庭森还是顾忌他儿子的心脏，见陈猎雪眼泪扑簌簌往下掉，也没打算一晚上把问题解决掉，他从药箱里拿出两管软膏往陈猎雪手边一丢，径自离开。

陈猎雪挨了一顿揍，最后还是自己回卧室上的药。

门开了，陈庭森盯着他的后脑勺看了一会儿，知道他醒了，便走到床边坐下。

"转过来。"

陈猎雪慢慢地扭过头。

"看着我。"

陈猎雪蔫蔫地抬起眼。

陈庭森看他眼珠子转来转去就是不肯跟自己对上，不悦地问："生气？"

陈猎雪臊眉耷眼，睫毛颤了颤，还是没抬眼看他，脸歪着枕在自己小臂上。"没有。"他小声咕哝。

不等陈庭森开口，他又接了句："是我的错，该打。"

陈庭森不吃他这一套，语气平静地继续问："上次我怎么跟你说的，还记得吗？"

陈猎雪小心翼翼地去看陈庭森的表情——面无表情。

陈猎雪做出可怜的表情去看陈庭森，反省："叔叔，我错了。我不该那么晚才回家。"

陈庭森眉心的沟壑更深了，不跟他兜圈子，直接质问："你去干什么了？"

陈猎雪收回目光，似乎难以启齿。

"说话。"

"我……"他观察着陈庭森脸上每一处肌肉的变化，小心翼翼地嗫嚅，"我去玩了。"

"跟谁？"

陈猎雪咬咬牙，望着陈庭森。

"女朋友。"他说。

"谁？"陈庭森的表情像是听到了什么不该存在的物种。

说谎话本身就需要一鼓作气，被陈庭森这样满含质疑地又问了一遍，陈猎雪有点儿脸红。他别开眼，连带着气势都弱了很多，心虚地重复："女朋友。"

陈庭森发出一声嗤笑。

陈猎雪预想了很多种陈庭森可能会有的反应，冷漠、生气、质问……他甚至连"女朋友"的样子都想好了，昨晚他们去哪里"玩"也打好了腹稿，没想到陈庭森的反应却只是像听了个无聊的笑话。

"你现在有资格吗？"陈庭森讥讽地说，目露不屑。知道陈猎雪没去做对心脏不利的事就够了，他毫不关心养子早恋的细节，丢下一句"想清楚你这个年龄该干什么，管好你自己"，就直接转身出了房间。

陈猎雪趴在床上怔了好一会儿。

他从没把自己想得有多重要，却也没想到在陈庭森眼里自己会这么微不足道。

看学校里老师那么紧张学生早恋，陈猎雪还以为所有家庭对于小孩的早恋问题都会很重视呢。他孤零零地待在房间里想。

这一顿打让陈猎雪在家里整整养了两天半才去上学。

宋琪是个无情的"杀手"，听说他挨了一顿打不仅没表现出关心，还幸灾乐祸地笑道："把爸爸急坏了？乖宝宝被打了？"

陈猎雪不悦地道："烦不烦啊你？"他翻出手机看一眼日期，对宋琪说："今天晚上我不去打工了，你顶我的班吧。"

"行。"宋琪一口答应，同时提了个条件，"今天我帮你顶，下月你帮我一天？我得回家看着我妈。"

宋琪的妈精神状态不太好，陈猎雪大概了解他家多灾多难的境况，点头同意。

合作一谈妥，宋琪立马恢复了嘴皮子精的本性，在他耳边嘻嘻哈哈："你还敢去上班哪？上次一个耳光，这回一串巴掌，再给逮着指不定就让你在家门口罚跪了。外面的世界多危险啊，你这种爸爸恨不得捧在手里的眼珠子，以后下课铃一打就老老实实乖乖回家得了！"

陈猎雪懒得理他，径直往教室走。

陈猎雪确实下课铃一打就跑了，在路口一拐，走的却不是回家的方向。他先去了一趟沃尔玛。陈猎雪推着小车在货架间熟练地穿行，不一会儿小车里的东西就堆得冒了尖，里面吃的喝的用的全都有，甚至还有两双棉袜子。

下班高峰期，天气又闷热，他拎着装得满满的两个大塑料袋去打车，因为腾不出手，所以被好几个人插了队，汗流浃背的样子有点儿傻。旁边一个阿姨带着女儿购物出来，实在看不下去，掏出一包纸巾让他擦擦汗，好奇地问他这是要去哪里，还把刚拦下的车让给了他。陈猎雪没客气，笑着道了谢，磕磕绊绊地爬进车里。

他要去一家修车厂。

修车厂的位置很偏，司机绕了一大圈，几乎要开出市区，终于在"有缘修车行"门口停下时，天都黑了。

这是家很小的修车厂，生意一直不怎么好，陈猎雪熟门熟路地进去，刺鼻的汽油味扑鼻而来。几个修理工正围着小圆桌吃晚饭，陈猎雪喊了声"安哥"。

安哥正用筷子往嘴里稀里呼噜扒稀饭，见了他也不意外，扭头往汽修间里看了一圈，大喊："小康？"

一辆破破烂烂的奥拓车底传来回答声："唉。"

"你弟又来了！"

叮咣一阵儿响，一个瘦长的身影从奥拓车底滑出来。那是个二十来岁的男青年，穿着一身脏兮兮的工作服，一副看起来就寡言的样子，脸上汗津津的，颧骨的位置沾着两道油墨，笼在昏暗的汽车阴影里，给人一种瘦得脱了相的视觉效果。

见到陈猎雪，他深沉的眼里绽放出光彩，笑着叫道："小碰！"

陈猎雪也笑了。

"纵康哥。"

002

修车厂里有个小小的杂物间，放替换下来的废弃轮胎等物，墙角污腻，狭窄逼仄，支一张行军床就没了能下脚的地方。

纵康拉亮灯泡，让陈猎雪先进去坐着："还剩一点儿活儿，我先去干完。你吃饭了吗？"

"不用了纵康哥，"陈猎雪把塑料袋放在床上，"我就来看看你，我爸在家做好饭了，你忙吧，我不耽误你。"

纵康比陈猎雪大不了几岁，整个人却显得很老成，他不悦地道："说了不让你买东西，我不缺，你的钱自己留着买书买吃的。"

陈猎雪笑眯眯的："我也够用的。"

纵康同陈猎雪一样，都是刚出生就因为先天疾病被扔在了医院，先后也经历了几个资助人，却没有换心的机会——不是所有被救助的儿童都有陈猎雪这如奇迹般的命运。他相貌普通，寡言少语，丢在人群中就会被淹没，资助随着年龄增长逐渐减少，成年后基本就没了，他不好再留在救助站白吃白住，就独自出来生活。

陈猎雪是被他拉扯大的，救助站资源有限，及至被陈庭森领养，他都跟纵康生活在一起，同吃同住，如亲兄弟一样互相依靠。

纵康把门关上，拉着陈猎雪坐下，小心地问："陈先生对你还好吧？"

"挺好的。"陈猎雪趁他这么点儿偷闲的工夫赶紧去翻塑料袋，"前阵子我在学校不太舒服，他专门翘班去接我，他在家都会亲自给我做饭，上夜班回来还给我带好吃的小笼包……纵康哥，你吃这个。"他拿出两罐黄桃罐头："你小时候就喜欢吃糖水罐头。"

纵康有点儿害羞，陈猎雪是他弟弟，学生又没有收入，给他买东西花的都是领养人的钱，陈先生人再好，也不可能心里没有疙瘩，他生怕陈猎雪惹陈庭森不高兴，在家里挨冷眼。

"你吃，我现在不爱吃甜的了。"他拎过大袋子往陈猎雪怀里搡，"这些得一百多吧？你拿走自己吃。瘦得跟猴儿似的，拿回去跟陈先生一起吃。"

陈猎雪侧身躲开他的推搡，抠开罐头拉环，把罐头打开，直接放他手里："你哪次都这样，放着不舍得吃，最后都被安哥他们摸走了。"

纵康笑笑，没说什么。

陈猎雪吮吸手指头沾上的糖水，吮出一点儿腥甜味，看一眼才发现罐头把手划了，小指上现出一道一厘米长的口子。

他把手蜷起来不让纵康看见，擦擦汗，打量昏暗的小杂物间，问："纵康哥，你晚上睡这儿热不热？"

"现在关了门我就在外面铺凉席睡，外面有风扇，不热。你热吗，小碰？"

他放下罐头要去外面搬风扇，被陈猎雪拦下来："别折腾了，好不容易偷个懒，被安哥看见又喊你干活儿。"

想了想，陈猎雪又问："你没想着换个别的工作？"

"换什么？"

"换个不这么累的，别太耗体力的，都行。"

纵康看了他一眼，垂下眼皮。小碰到底没有自己在社会上生活过，不知道没学历、没体力的人想找个体面又能赚钱的工作有多难。不过，他在这个破修车厂里做小工也有自己的打算。厂里小工虽然来得多，但走得也快，留不住人。听说安哥正计划着跟老板把这个铺面盘下来，他是安哥招进来的，如果能在安哥手底下当个"元老工"，踏踏实实的，也能比现在待遇好很多。

纵康没有回答，他顿了顿，将枕头掀开给陈猎雪看，那底下压着两本半旧教材，"我想报个夜校的班，拿个文凭，多学点儿东西总是好的，以后说不定我能自己盘个汽修厂呢。"

陈猎雪翻翻那两本自学教材，应该是从旧书摊上淘的。纵康只有初中学历，写字还一笔一画的，他的小孩字叠在书主人原本的旧笔记上，泛出一股认真的傻气，同时也透着让人欣喜的上进心。

"好啊！我支持你，纵康哥。"陈猎雪笑得眉眼弯弯，"已经开始上学了吗？"

"没呢。"纵康把书塞回去，难得做了个鬼脸，黝黑的瞳仁里显出勃勃生机，"我再攒攒工资，等下半年就能报名了。"

"小康！"安哥在外面大喊起来。

纵康三两口把舀起来的黄桃嚼下去，答应一声，剩下的来不及吃的都给了陈猎雪："小碰儿吃，等会儿我再……"

"知道了，"陈猎雪摆摆手，"你去忙吧，我吃完就走了。"

门关上后，陈猎雪打开手机搜了搜夜校的资料，心里有了计较。他分了一小堆零食出来给纵康的工友，剩下的全都塞进床底藏好，关灯出去。

到家时刚七点半，比正常晚自习下课的时间早很多，陈猎雪从出租车上下来，看了一眼自家亮着光的窗户，从书包里拿出刚买的创可贴贴在手上。

他丁零当啷地掏钥匙开门，还把钥匙串弄掉了一次，屋里的人似乎听不下去他在门口笨手笨脚弄出的声音，防盗门从里面呼地被拉开了。

陈猎雪表现出恰到好处的惊讶，利用还没进家门的机会喊了声"爸爸"，问道："你怎么在家？"

陈庭森无所谓他翘不翘课，早回来总比晚回来强。他转身坐回餐桌前："调休。"

陈猎雪换了鞋子跟上去。家里有点儿油烟气，显然厨房刚被用过。他看看餐桌上还冒着热气的两菜一汤，笑着问："叔叔，你做饭了？"

"嗯。"

陈猎雪自己去厨房拿了碗筷出来，刚要上桌，陈庭森掀起眼皮看他一眼："手。"

他下意识去摸自己贴了创可贴的小指，意识到陈庭森只是让他去洗手，讪笑一声，放下碗筷就往卫生间走。

一顿饭吃得跟往常一样无话，陈猎雪也没觉得不自在。陈庭森很会做饭，但很少下厨，偶尔这样吃上一次，哪怕只是番茄炒鸡蛋和醋熘土豆丝，他也觉得挺满足。见陈庭森停了筷子，他也捧起饭碗紧扒两口米饭，让陈庭森去休息，他来洗碗就好。

陈庭森没动，他的视线落在了陈猎雪的创可贴上。

"手怎么了？"陈庭森问。

陈猎雪"哦"了一声，佯装没放在心上，把小指往掌心里藏："不小心割了一下。"

他两三口咽下嘴里的饭，把碗摞起来端去厨房水槽泡着。陈庭森问了那一句就没再多说，陈猎雪自觉无聊，把创可贴扯下来扔进垃圾桶。

洗刷完锅碗，他又从冰箱拿出半个哈密瓜。他边切边想，家里没水果了，得去超市买一点儿，不知纵康哥有没有傻乎乎地把山竹分出去，那东西死贵，他一共就买了几个，一分他自己都吃不了两口。东想西想就走了神，落刀落歪了，刀锋从伤口上划过去，疼得他使劲龇了龇牙。

等他把哈密瓜扎上牙签端出去，发现陈庭森竟然没回房间，还坐在客厅沙发上看电脑，陈猎雪有点儿开心，把果盘放在他手边的茶几上。

"叔叔，水果。"

陈庭森"嗯"一声。陈猎雪知道他不会在饭后跟自己闲聊，有心想跟他在一个空间多待一会儿，又怕碍他的眼，转身要回房间。陈庭森把他喊住了。

"创可贴怎么摘了？"

他看见了。

陈猎雪蜷了蜷手，不太好意思地扭过头："洗碗沾上水了。"

"手伸过来。"

陈猎雪把小指伸给陈庭森。

伤口是斜着在指头上的，切口被水泡得起皱发白，像熟透的浆果涨破了皮，露出里头鲜红的肉，看起来就格外疼。

陈庭森的眉头几不可察地拧了拧。陈猎雪分析了一下，确定他皱眉是出于嫌弃与不情愿。

"干什么了能切到手？"他也就这么一问，没打算听前因后果，看了两下就把视线重新放回电脑上，"药箱里有防水贴，用碘伏擦过再贴。"

"好。"陈猎雪点头，"谢谢叔叔。"

他去电视柜底下找药箱，故意举着两个小瓶子回头问陈庭森："叔叔，是这个吗？"

陈庭森不耐烦地道："小的。"

陈猎雪把大瓶子放回去，偷偷翘了翘嘴角。

他回到茶几跟前跪坐着，磨磨蹭蹭地给自己抹药，把创可贴贴上，对陈庭森说："叔叔，水果别忘了吃。"

陈庭森偏头看了看他。

睡前，陈猎雪去阳台取换洗衣服，准备洗澡，经过客厅见陈庭森和那盘哈密瓜都不见了，进厨房开冰箱一看，哈密瓜已经用保鲜膜封起来，似乎是被人吃过，少了几块。

第二天一早，陈猎雪掐着时间起床熬粥，出去买早饭，回家时陈庭森正好起床洗漱。

陈猎雪慢腾腾地啜着白粥，在热气的掩饰下看陈庭森吃饭。

陈庭森吃饭的动作很优雅，咀嚼的时候不发出一点儿多余的声音。

陈猎雪不着痕迹地模仿着他。

等陈庭森吃得差不多了，他也放下碗，问："叔叔，你今晚在家吗？"

这问话听在陈庭森耳朵里十足就是想夜不归宿的意思，没等他发问，陈猎雪已经主动解释："我放学打算去商场买点儿东西，有什么需要我带的吗？"

陈庭森漠然地看着他，拒绝："不用。"

"跟谁聊呢？吃个饭，眼睛就没从手机上挪开过。"宋琪抻着脖子往陈猎雪手机上看。

"夜校？"他惊讶地盯着陈猎雪，"疯了吧你？"

陈猎雪懒得理他："吃你的饭。"

宋琪惊极反笑："你们学习好的人，是不是脑子都跟正常人不太一样？"

他又见识到了陈猎雪另外的一面。这个外表孱弱的骗子总能不停地刷新他对同龄人的看法——又是打工又是想读夜校的……这不是闲得有病吗？

"看什么啊，网上都是广告，骗人的。"他屈起一条长腿踩在食堂凳子上，边大口嗦酸辣粉边说，"我家楼下就有一个。"

"你家楼下？"陈猎雪疑惑。

宋琪看他一眼："老城区嘛。我家。"

不怪陈猎雪不信，他们所在的这座城市近年不断外扩发展，老城商业区还好，住宅区那些密集的老楼成片被开发，宋琪家所在的住宅区，几乎跟大工地没什么两样。

"无所谓，反正你也不可能去我家楼下读什么夜校，都快出了城区了。"宋琪几口喝完汤，把碗往桌子上一放，用手背抹嘴。

陈猎雪把手边的半包纸巾给他，不知在算计什么，竟然笑眯眯地说："不一定。放学领我去看看。"

"有什么好看的？除了烂尾楼就是废厂。"宋琪在巷道里七弯八拐地穿行，回头叮嘱陈猎雪，"把你的钱包放好。"

陈猎雪跟着陈庭森住在最好的地段，宋琪以为他多少要表现得矫情一点儿，但陈猎雪救助站出身，以前的条件也不比这儿好多少，他不紧不慢地跟在宋琪后面，甚至还看风景似的不时仰头环视。

真不是不能考虑，这里离修车厂不远。

"你们这儿房租多少？"他饶有兴致地问。

"这儿？"

宋琪终于拐出巷口走上水泥路，抬手一指对面几栋摇摇欲坠的建筑。"五百一月，我家。"他露出讥讽的眼神，"你住吗？"

陈猎雪看他一眼，没说什么。

宋琪所说的夜校开办在一所破小学里，看得出管理人努力想把它整饬得像样点儿，但在这种城乡接合部也实在没什么可努力的方向。

不远处有个菜市场。宋琪让陈猎雪一个人进学校参观，他趁着还没收市去买点儿菜。

十分钟后，两人就重新在路口碰了头。

宋琪不知是买是捡，还是从谁摊子上顺了个青萝卜，当水果一样咔咔大嚼，所谓的买菜只是拎了两捆蔫了的小白菜。

"看完了？"

他蹲在地上，痞里痞气地歪着头问陈猎雪。听到陈猎雪"嗯"一声，他丢掉萝卜皮站起来，还是忍不住好奇，问："你到底琢磨什么呢？"

陈猎雪短短十七年的生活经历尽人皆知，随便翻翻前两年的报纸就能看见他和陈庭森的名字，他从来不掩饰自己孤儿的身份，但从没对人提起过，"我有个朋友"这种话永远不会从陈猎雪嘴里听到。

听见陈猎雪说他有个哥哥，是这个哥哥想找个这样的学校上，宋琪心痒得很，特别想趁机八卦一番，可惜陈猎雪显然不想多分享那位"哥哥"的故事，只能作罢。

两人来到宋琪家楼下，这是现在已经少见的三层小楼，乌糟糟的，进出的都是些与这里"相称"的租客。

宋琪抬抬手："上去看看吗？"

陈猎雪有点儿犹豫。宋琪有个患了精神病的妈，这是学校里尽人皆知的事，他没细问过宋琪，但多少还是有点儿好奇。

"我没买东西。"他左右看看，想找个超市。

宋琪嫌弃，一把把他薅上楼："不用了，你才几岁啊。"

"家里乱，我妈精神一阵儿好一阵儿不好，你别被吓着。"他交代着，领陈猎雪来到顶楼一扇贴了破"福"的门前。他刚掏出钥匙，就听见屋里一阵摔砸酒瓶的动静。

宋琪赶紧高喊了声"妈"，两下拧开门锁。一股酒味儿扑鼻而来，陈猎雪下意识用手在鼻前扇了扇。

"滚！"

披头散发的妇女光着枯瘦的脚，站在满地碎片、酒水里，冲门口声嘶力吼。

宋琪连忙扑上去把他妈架开。宋琪妈发出惊恐的尖叫，扯着宋琪的头发挣扎。宋琪不敢松手，龇牙咧嘴地冲他妈喊："妈，是我！你儿子！"

好半天，宋琪才把他妈安抚到不再尖叫。形容枯槁的女人歪靠在床上任宋琪给她擦脚，往嘴里灌酒时才看见门口的陈猎雪。她踩踩宋琪，嘟嘟囔囔地问："宋显国，那是你儿子？"

宋琪似乎对这莫名其妙的话习以为常，淡定地回答："妈，我是宋琪。这是我同学，你别吓着人家。"

女人迟缓地"哦"了一声，突然清醒了，忙坐起身顺两把头发，露出一张清秀斯文的脸，她冲陈猎雪弯起眉眼："是琪琪的同学呀，快进来。"

"别这么喊我。"宋琪终于松了口气，黑着脸转身招呼陈猎雪。

陈猎雪没心思笑话他的乳名，他盯着宋琪妈眼都不敢眨——这张面孔熟悉得莫名其妙，他总觉得在哪儿见过。

"阿姨好，我叫陈猎雪。"他迟疑着自我介绍。

从那间酒气冲天的屋里出来已经是一个半钟头以后了，宋琪把陈猎雪送上车，撑着车门不好意思地直搓脑壳："不好意思啊哥们儿，本来想留你尝尝我做的面条，结果面没吃上，还让你帮着又扫地又拖地的……"

陈猎雪耳朵里还回荡着宋琪他妈那吓人的尖叫，眼前浮现一片片沾血的碎玻璃碴，整个人从心底里发倦，但听宋琪这么说又想笑，用脚尖往外蹬他。"知道了，赶紧回去吧，别让阿姨又把鞋套拆了。"他故意字正腔圆地咬住最后两个字，"琪、琪。"

"你！"宋琪脸红脖子粗地摔上车门，往驾驶座扔了张皱巴巴的纸钞，"师傅，明珠区。"

陈猎雪从后视镜看宋琪插着裤兜往家走，缓缓眨着眼，在心里叹气。宋琪他妈正常的时候还是很温和的，就是叫起来太吓人了，宋琪每天能笑得吊儿郎当的也是难为了他。

想着，他脑中又浮现起宋琪妈撩发的画面，莫名的熟悉感再次涌上心头。可宋琪妈对他全然是对陌生人的态度。

是在哪儿见过吗？

很快他就没法继续思考了。司机从后视镜看着他，把窗户一下就摇到了底，语气嫌弃："学生家家，怎么一身的酒气！"

陈猎雪咯噔一下从椅背上弹起来，揪着衣领闻了闻，心里一沉。

他让司机在小区外的超市门口停下，下车后走了进去，在货架间慢腾腾转悠，时不时抬起胳膊往身上嗅嗅，买水果时还故意在榴莲区多待了一会儿。

陈庭森曾对他说："什么事该做、什么事不该做，自己心里要清楚。"

陈猎雪又想起了这句话。

对于陈庭森来说，"不该做"的事拢共就一个底线——伤身。

陈庭森不怎么喝酒，偶尔抽烟也会关门去阳台。他将整个家变成一间二百平方米的"安全屋"，对陈猎雪所有也是仅有的几条要求，都是为了保护他胸腔里那颗陈竹雪的心脏。

陈庭森偏执、冷漠，好像只要他珍爱的那颗心还在跳动，其他事情就都不重要。

在平价男装区挑拣了一会儿，陈猎雪还是空着手走了出来。片刻后，他咬咬颊肉下了决心，转身去零食区买了条巧克力。

好歹今天挨打前，他能先甜甜自己。

陈庭森停在红灯前，远远就看见前方一个熟悉的身影，拎着购物袋慢吞吞地在路上走。

绿灯亮起，他开车到那人身后按了按喇叭。

陈猎雪吓了一跳，猛转过头，嘴里也不知道在吃什么乱七八糟的东西，右边脸颊被顶起一个小鼓包。

陈庭森降下车窗，陈猎雪惊喜地笑起来，脆生生地喊他"爸爸"。

"嗯。"他保持着在外面一贯的和颜悦色，接过陈猎雪的购物袋拧身往后座放。

陈猎雪上车坐好，歪头扣上安全带。

"爸爸，今天没加班？"陈猎雪心头惴惴，暗自闻着自己身上的味道，可口腔里的巧克力味太浓郁，他什么都闻不出来，而陈庭森对气味一直很敏感。

"嗯。"陈庭森的视线快速从陈猎雪身上扫过。

酒。巧克力。廉价的脂粉气。

他忍住皱眉的冲动，目不斜视地发动车子。

到家，陈猎雪边换鞋子边说要去洗个澡，陈庭森没说话，但他能感到陈庭森定在他后颈上的目光。

咔嗒。

心随着家门阖上的声音坠了下去，陈猎雪惊慌地去看陈庭森的眼睛。

"你去哪儿了？"

陈庭森的语气充满了压迫感。陈猎雪被这突如其来的审问吓得浑身发紧，连呼吸都缩进胸腔里，但陈庭森身上消毒水的味道仍往他鼻腔里钻，冷冽又锋利。

"我……"他从嗓子眼儿里挤出一点儿声音，张不开嘴似的嗫嚅，"我去买东西……"

"跟你的女朋友？"陈庭森打断他。

陈猎雪喉头发紧，硬着头皮认下，他不想让陈庭森知道他去宋琪家附近看房子。

陈庭森危险地眯起眼："她带你喝酒了？"

陈猎雪的后背绷得像一张弓，他被陈庭森吓得腿脚发软。

"尝了一点儿，"心脏怦怦乱跳，没底气的谎话让他的血涌上头，他讨饶似的说，"我没喝过酒，就尝了尝……"

陈猎雪还想观察陈庭森的反应，脚下一趔趄，被他拖进书房。陈庭森从玻璃柜里掏出半瓶干红，啵一声拔掉塞子，重重地蹾在桌子上。

"喝。"

他跷着腿往转椅上一坐，冲惊愕的陈猎雪抬抬下巴，面无表情地命令。

陈猎雪满心等着挨揍，怎么也料不到会等来一瓶酒。他有点儿慌了，站在原地不知所措。

"叔叔……"

"不是想尝吗？全喝了。"

书房没开灯，门外客厅的灯光照了点儿进来，陈庭森的面孔在书桌后看不真切，唯有眼睛像狮子盯着猎物般，死死盯着他。

陈猎雪在他的目光下茫然无措。陈庭森见他不动，拉开抽屉拿了根烟叼上，点燃后将打火机啪地一下扔在桌上，低声喝道："喝。"

陈猎雪心惊地回过神来，胡乱眨了眨眼。陈庭森从来不在他面前抽烟，怕对他心脏不好——他真的生气了。

陈猎雪小心地拿起酒瓶，陈庭森没给他杯子，他只能直接对着瓶口喝，干红的味道对没有尝过酒精的他来说太过苦涩厚重，他皱着脸咽下一小口，偷偷看陈庭森，陈庭森依然面色森寒，他只得咬咬牙继续往嘴里灌，这次灌得猛了，被呛得一直咳。陈庭森在他余光里站起身，来到他跟前夺走了酒瓶子。

"好喝吗？尝出新鲜了？"陈庭森不顾他被呛，冷冰冰道，"酒尝了，下一步是不是要尝烟？"

陈猎雪的喉管烧得火辣辣的，他被呛得泪眼蒙眬，又闻到了烟的味道，咳得更剧烈。

"我错……喀！我错了爸爸！喀！"

他仓促又狼狈地认错。

"你最近真是……太叛逆了。"陈庭森的目光里透出比冰凉更可怕的凶狠，声音又沉又缓地评价道。

陈猎雪打了个战。

陈庭森把陈猎雪赶了出去——没赶出家，只是赶出书房，让他回自己房间待着。

陈猎雪头重脚轻地挪了出去，轻轻带上了书房的门，小腿就跟灌了铅似的抬不动。

购物袋还在玄关地毯上，瓜果梨桃滚了一地，他木讷地看了一会儿，感觉心脏像是被干红活了血，激烈地跳动着，速度始终下不去。他低头摸摸口袋，从裤兜里掏出剩下的半截巧克力，慢吞吞地嚼了吃。

嚼着嚼着，就嚼出一行眼泪。

他眨眨眼，抬头盯着吊灯想把眼泪憋回去，头却沉得更厉害，耳膜上响着擂鼓般的心跳，眼前一片斑驳的星星点点晃过，他膝窝一弯，咚一声歪倒在地上。

意识的最后是书房开门的声音，陈猎雪迷蒙地开阖一下双眼，嚅动嘴唇，无声地喊"爸爸"。

"爸爸。我难受。"

有人拍他的脸。

陈猎雪听见陈庭森喊他，声音很紧张，感到来人紧跟着伏到他胸前，仔细听他的心跳。

"陈猎雪？"

陈猎雪闷闷应了一声，头晕得很，他似乎歪在一个怀抱里，浑身血液都在暖洋洋地流动，舒服得睁不开眼。

没喝过酒的人灌了那么急一口干红，又吃了甜食，酒气冲上来受不住，晕得急，醒得也快。陈庭森掰着他的眼皮看看，确定心脏没问题，吊在心口的气才瞬间松懈下去。

"起得来吗？"陈庭森垫起陈猎雪的脑袋。陈猎雪把头往他臂弯里一歪，装死。

他把人横托着抱起来，有点儿吃惊于男孩的重量——太轻了，隔着衣服都能摸到肋骨。他脚步顿了顿，拧开了主卧的门。除了药箱，主卧里还有一个简易的急救箱。

陈猎雪陷在床铺里听着陈庭森的响动。再度昏昏然时，有什么冰凉的东西探进衣服里，贴上他的心口，险些将他冰个激灵。

是听诊器。熟悉到不能再熟的器具。

陈庭森细致地检查了一遍他的身体。这种父子之间的平和许久都不会有一次，陈猎雪只觉得内心震颤。他想让这样温馨的时间久一点儿，索性借晕任性，翻个身抱紧被子挡在身前，就这样踏实地昏睡过去。

再睁眼已经是夜里了，房间没人，只开了一盏暖黄的床头灯，陈猎雪坐起来发怔，迷蒙了好一会儿才清醒过来。红酒的威力比他想象的大多了，一觉睡醒头还是沉甸甸的，之前发生的一切都跟做梦一样不真切。他又仔细看看四周，心里顿时泛起说不上来的滋味。

陈猎雪正想掀被下床，陈庭森推门进来，一见他的动作便皱起眉，喊他："躺下。"

陈猎雪心里跟打了光似的亮堂起来。他乖乖躺回去，眼看着陈庭森走到跟前，突然想起自己之所以睡在这儿，是因为喝酒喝晕了，是挨了罚。

"叔叔……"他又坐起身，不安地拢着被子，"我错了。"

陈庭森盯着他不说话。

半夜里静得很，除了空调风机的动静几乎没有声音。陈猎雪在陈庭森的注视下坐立难安，又不让下床，又不说话，他一点儿也不明白陈庭森的意思，心里乱糟糟的，发慌，怕陈庭森又掏出酒瓶子来让他喝。

"知道为什么让你喝酒吗？"

半响，陈庭森终于开口，他的声音又低又沉，陈猎雪立马跟被扯了心弦似的绷直脊背。

"知道。"他小声说，"惩罚。"

陈庭森又沉默一会儿。

"为什么罚你？"

陈猎雪想起书房里那句"你太叛逆了"，睫毛抖了抖，手指头在被子里蜷缩起来："因为我……不听话。"

床边凹陷，陈庭森在他身边坐下来。

骤然的靠近让陈猎雪慌张，他抬头看着陈庭森，慌张地喊了声"叔叔"，不知道自己该不该赶紧从床上下去。

可陈庭森接下来的话却让他僵在原处一动都不敢动。

"我跟你说过，百分之十二的人换心后连第一年都活不下去，存活时间最长的患者也不过是三十年，国内连这个数字都达不到。"

陈庭森的声音有点儿嘶哑。

"如果你爱惜这颗心脏，就不会主动去碰酒精那些东西。"

"我……"陈猎雪不敢看陈庭森。

陈庭森收回视线。陈猎雪刚要松口气，眼前一黑，陈庭森把灯拧灭了。

陈猎雪望着漆黑的屋顶，胡思乱想着，又睡了过去，再睁眼，天色大亮。

陈庭森在厨房做早饭，见陈猎雪出来没说什么。头天陈猎雪是空着肚子睡的，他把熬好的白粥端出来，赶陈猎雪去洗漱、吃饭。

陈猎雪答应一声，觉得陈庭森对他柔和了一些。

003

"你这几天挺高兴啊。"宋琪对着进货单码货架，从架子空隙里偷眼打量陈猎雪。

"嗯？"陈猎雪看他一眼，"我哪天不高兴？"

"也是。"宋琪挠挠头，说不出个所以然，"反正你这几天不一样，跟过节似的。"

陈猎雪笑笑，也没否认，问他："你上次不是跟我说，今天让我替你一天，你要回家看着阿姨吗？"

"下午回去看了一眼。我妈脑子快坏完了，记不住日子。应该不会有事。"

陈猎雪看一眼墙上的挂历，看不出什么来，问："今天是什么日子吗？"

"我妈结婚纪念日。"宋琪垒了两盒巧克力上去，轻描淡写地说，"前几年还清醒的时候，一到这天她就哭，这两年慢慢记不住事了，就这破日子记得清楚，今年干脆记都记不住了。"

这是宋琪头一次聊起他家的事，顿了顿，他又说："宋显国那个人渣，我妈这辈子算是叫他害了。"

宋显国这个名字宋琪妈提过。有客人进来，陈猎雪没接话，结完账他才继续问宋琪："你妈妈是怎么变成这样的？"

"不清楚。"宋琪整完货，从货架后走出来，接一杯汽水几口灌下去，"我从出生到现在就没见过他。得亏我妈等我能打工了以后才疯，不然我俩饿死在家都没人知道。"

陈猎雪自己活得多灾多难，对别人家的可怜事说不出宽慰的话。宋琪也没指望被安慰，他像聊邻居八卦似的说："我妈清醒的时候从来不提他，脑子不清醒的时候就胡言乱语，哭三句骂两句，让宋显国赔她儿子什么的。我反正活得好好的，从来也没听明白过。"

陈猎雪从包子柜里拿俩肉包子递给他："请你。"

"谢啦。"宋琪笑着接过来。

临近后半夜，宋琪送外卖回来，进了门就冲陈猎雪伸手："打我一下。"

"干什么？"陈猎雪狐疑地看着他，在他手心上拍了一巴掌。

"右眼皮乱跳。"

左跳福右跳灾，宋琪撕一小条白纸舔舔贴在眼上，如坐针毡似的不安生。这个点客人多，陈猎雪被他晃得心慌，皱眉看他："你回家看一眼吧，没什么事儿再回来，我给你盯着。"

宋琪拍拍他的肩："谢了。"说完就跨上送外卖的小电驴跑了。

陈猎雪这一盯就盯到了后半夜。

　　宋琪打电话过来，声音沉沉的没有生气，说的话也让人脊背发寒："你别帮我盯了，锁门回去睡吧。我妈上吊，我不过去了。"

　　陈猎雪一愣，这么大的事儿从宋琪嘴里吐出来就跟闹着玩儿似的。他麻利地给顾客结了账，关门往宋琪家里赶。

　　宋琪妈是上吊了，没死成，陈猎雪过去的时候还能看见她脖子上的红印子。

　　宋琪对他的出现有些吃惊，但又不太吃惊，他自己已经又累又难受，给了陈猎雪一个感激的眼神，继续料理满屋子狼藉。

　　陈猎雪帮他给他妈喂饭。女人一阵清醒一阵糊涂，还吐了一通，满嘴胡话，一会儿找宋显国一会儿找儿子，宋琪凑上去喊她"妈"，她又把宋琪推开，说不是你。

　　近五点时陈猎雪才从宋琪家离开，他得赶在陈庭森下夜班之前到家。宋琪要去送他，被陈猎雪推回去。

　　"把阿姨看好吧。"

　　可能是一夜没睡，可能是宋琪妈的样子太触目惊心，陈猎雪心里堵得难受，一阵阵后怕。宋琪如果没回去，哪怕晚一步，都不能及时把他妈从房梁上救下来。

　　人命这个东西，真是脆弱得要命。

　　到家换下衣服洗了个澡后，陈庭森还没回来。陈猎雪左右睡不着，索性坐在沙发上等。好不容易等到七点，他给纵康打了个电话。那边果然醒了。他问了些最近好不好，吃的用的还够不够的问题，得到的都是肯定的答案，这才放下些心。听到安哥在那头喊纵康，陈猎雪赶紧说周末去看他，恋恋不舍地挂了电话。

　　刚按下挂机键，门外传来钥匙的声响，陈猎雪过去开门："爸爸？"

　　陈庭森站在门外看他："醒了？"

　　"嗯。睡不着。"

　　陈庭森没再说话，进门换了拖鞋，把拎在手里的纸袋递给他。

　　"给我的？"他忙不迭接过来，纸袋还温热着，打开一看，里头是两屉小笼包，医院门口那家的。

陈猎雪霎时弯起了眉眼，冲陈庭森乖巧地笑。

"谢谢叔叔。"

陈猎雪托宋琪帮了个忙，让他在他家那栋破楼里再找一间出租屋，他要租下来。

宋琪这回连惊讶的表情都懒得做——陈猎雪太神乎了，人看着挺娇，干起事来却风风火火，即便知道这房子是给他那神秘的"小哥哥"找的，他也觉得要是哪天陈猎雪自己抱个铺盖卷儿住过来，他都不会多抬一下眼。

"人家愿意住这儿吗？难民营似的。"

宋琪领着陈猎雪看房子，看着墙上的霉斑连他都直撇嘴。

陈猎雪倒是很满意。这间出租屋就在宋琪家楼下，向阳，还有个嗡嗡作响的破空调，已经能称得上是"优质房源"了。

"不跟难民营一样他还不愿意住呢。"他掏出一个信封交给宋琪，"这是三个月的房租，以后你就是'房主'了，如果他要退租，你只管拒绝他就行。"

宋琪接过信封掂了掂："得，你在背后当好人，恶人让我做。"

陈猎雪好笑地看他一眼："你气质到位。"

"那人叫啥啊？"

"纵康。"

纵康从一摞旧车垫后面伸出头，看见陈猎雪就笑了："小碰！"

"你怎么现在来了？大中午的，吃饭了没？"他看一眼屋里吃饭的安哥他们，把陈猎雪往门后拽，"我带你吃饭去，昨天发工资了。想吃什么？"

陈猎雪用不着他请客，摇摇头，说："纵康哥，你跟我出去一会儿。"

"现在？"纵康又看了一眼屋里，开始动手解围裙带子，"等我一会儿，我去说一声。"

纵康跑到安哥耳边说了些什么。安哥抬头看见陈猎雪，陈猎雪

冲他笑笑，他摆摆手没拒绝。纵康小跑着回来，问："要去哪儿？"

门外停着一辆出租车，是陈猎雪坐过来的，他先拉着纵康上车，说："我帮你看了个夜校。"

跟司机说了地址，等汽车发动后他才说了下一句："顺便租了间房子。"

陈猎雪知道纵康的脾气，倔得很，因为生活不易所以格外节省，一分钱恨不能掰成两半花，平时他送去那些吃的用的，纵康已经够难以接受了，"租房子"对他而言绝对是一笔可怕的巨款，搞不好要生气的。

"你说什么？"纵康直接喊了出来，"租什么？！"

果然。

陈猎雪赶紧编瞎话骗他，说是同学家的房子，反正空着也是空着，一个月两三百意思意思而已，不比他在修车厂住的地方好到哪儿去，主要是夜校就在楼下不远的地方，旁边还有个菜市场。

纵康瘦削的脸涨得通红——是气的，也是臊的，偏偏陈猎雪把他拿捏得恰到好处，有司机在，他无论如何也不好发作。

他能理解陈猎雪的好意，如果他和陈猎雪的境遇掉转过来，他也一定会想方设法给他一些自己能给得起的东西。但陈猎雪自己都没成年，这样"资助"他算什么呢？

况且，他哪有经济来源，说到底，花的还不都是陈先生的钱？

纵康本来就笨嘴拙舌，肚里气得翻江倒海，更是连话都不会说了，红着脸瞪了陈猎雪半天，只能吐出来一句："你太任性了！"

陈猎雪拽着他的袖子嘻嘻笑，像小时候一样卖乖："离得近，你先去看看再说我也不迟。"

说话间就到了目的地，纵康心里又是一阵抽疼，抢着把车费付了，下了车小声埋怨陈猎雪："这么近的路打什么车？"

"我怕热，"陈猎雪听他叨叨，全都笑着应下来，"我娇气。"

他先带纵康去学校看了一圈，纵康心里不自在，质问他："你不会把学费也给我交了吧？"陈猎雪连连否认，纵康才稍微放下些心。

"房东就住那儿，你住他正下方那间。"陈猎雪指宋琪家给纵康看，"以后我来看你就能多待一会儿了。"

纵康心情复杂。陈猎雪拉他上楼，丁零当啷地掏钥匙要开门。他把陈猎雪拦下来，认真问："小碰，多少钱一个月？"

"三百。"陈猎雪眼都不眨，看起来非常真诚。

纵康这下真有点儿生气了："现在哪里还有三百块的房子租？"

确实没有。这么破烂的一间屋，哪怕宋琪已经凭借邻居关系砍了价，也要六百一个月，水电另收。

纵康不傻，他极少冲陈猎雪拧眉头，现在整个人都严厉起来，让陈猎雪给房东打电话："现在就把房子退掉，不租了。"

"纵康哥……"

陈猎雪还想说什么，阳台上方传来一道流里流气的口哨，二人抬起头，一个大男生趴在栏杆上往下看，短短的头发被午间的太阳照得金灿灿的："不租了？"

宋琪天生适合扮演这种不像好人的角色，浑然就是个"二流子"模样："爱租不租，房费不退。"

陈猎雪跟纵康介绍："哥，这是房东家的儿子，也是我同学。"

纵康迎着光往上看，微微眯起眼睛，缺少血色的脸被阳光照得又虚又透，他礼貌地说："你好。"

宋琪却一下子皱起眉头，露出疑惑的神情来。

"我是不是在哪儿见过你？"

纵康一愣，又仔细看看宋琪的脸，确定没有印象，就委婉地笑了笑，说："我比较大众脸。"

宋琪的反应却不像开玩笑，他跟纵康维持着一上一下的姿势，观察他了好一会儿，越看越觉得面熟。陈猎雪让他先下来再说话。下楼的时候他灵光一闪，问陈猎雪："你看他像不像我妈？"

陈猎雪一愣，猛地转头盯着纵康瞧，终于明白他对宋琪妈那说不清道不明的熟悉感出自哪儿了。

纵康不自在地搓搓脸，一头雾水："怎么了？"

宋琪从楼梯口晃荡着过来，凑近了纵康很稀奇地看，好像他是

个少见的西洋景儿，他发出连续不断的"啧啧"声："也说不上来哪儿像，近看也没那么像了，但真的像。"

他俩的距离被宋琪拉得极近，几乎要脸贴着脸，纵康虽然比宋琪大几岁，身高却比他矮了半个头，这姿势让他很不自在，尽量不动声色地把身子向后偏，去看陈猎雪。陈猎雪不知在想什么，愣在原地也不说话。他只能出声喊："小碰。"

"嗯？"

陈猎雪回过神，抬头就看见宋琪伸手去捏纵康的脸，若有所思又漫不经心地说："你不会是我妈另一个儿子吧？"

纵康跟他一样都是被抛弃的，陈猎雪当即沉了脸。

纵康反而不用他解围。他躲掉宋琪的手，不高兴地皱起眉："我们来，是跟你商量租房的事。"

"租房的事？"宋琪抱着胳膊靠在窗台上，冲纵康挑衅地眯起眼，"还是那句话，爱住不住，房租不退。"

陈庭森发觉陈猎雪最近总是心不在焉。

那天他下夜班回来，在门口就听见陈猎雪打电话，隔着门听不真切，也模模糊糊捕捉到"去看你"之类的话。

从有了女朋友开始，这小孩看手机的时间越来越长，以前休息日他只在家看书，现在动不动就往外跑，一跑就是半天，过了饭点也不回来，回来了也是一副心事重重的模样。

今天又是这样，他下班回到家，家里黑灯瞎火，连个人影也没有。

陈猎雪推开家门就看见陈庭森坐在沙发上，面色难看。上回他挨打就是这么个前奏，现在还心有余悸，当即嗓子眼儿一紧，边回想最近犯了什么错，边试探着凑过去喊叔叔。

"叔叔，我回来了。"

陈庭森不理他。

这倒跟平时没什么不一样。

陈猎雪开始熟练地没话找话："你吃饭了吗，叔叔？我买了点儿零食，还有冰激凌，你要吃吗，还是我去切点儿水果？"

陈庭森终于掀起眼皮，视线在他身上游走一番，蹙起眉头："去哪儿了，身上这么脏？"

陈猎雪低头看看，衬衫下摆果然蹭了灰。他最近帮着纵康搬家，纵康还在为他自作主张租房子的事气闷，他倒挺开心的。不管怎么说，让纵康住在哪儿都比睡在汽修厂里好。

只是宋琪总来捣乱，让他头疼。

想到宋琪就又想到宋琪的妈。那天宋琪离开后，纵康问过他宋琪妈的事，陈猎雪知道纵康一直还对"家"心存幻想，纵康跟宋琪妈长得实在太像了，他也忍不住怀疑两人是不是有血缘关系。可世界之大无奇不有，无凭无据的，给纵康一个念想其实是很残忍的事。再说宋琪妈那个样子……最后他也只是轻描淡写地把话题带过去。

他想得出了神，一抬头看见陈庭森仍嫌弃地望着自己，下意识后退一步。他知道陈庭森有洁癖，在医院工作的人好像都这样。拍拍身上的灰，他随口问："叔叔，你看我的时候，会觉得我像谁吗？"

他真的只是随口一问，陈庭森的眼神却微妙地变了好几番，反问他："你问这个做什么？"

"没什么，突然想到而已。"陈猎雪摇摇头，解着衬衫扣子去阳台拿换洗衣服，"我去洗澡了。"

陈猎雪在浴室里观察镜中的自己，观察换心留下的那条疤——即便隔着朦胧的水汽，也显得无比狰狞。

如果陈竹雪现在还在，不知是什么样子。他摸摸心口，想。

搬家是个辛苦活儿，纵康的东西不多，但收拾起来也不简单，除了被褥、衣服之类的物件，还有没用完的洗发水和肥皂，甚至在汽修厂里吃饭用的饭盒和筷子他都要一并包好带过去。

宋琪将瓶瓶罐罐都放进橱柜里锁好，对着剩下的半锅面条发愁。他妈已经饱了，他又要去便利店，过了夜的面条明天回来也不想吃，倒了又浪费。思来想去，他索性端起锅下了楼。

开门的是陈猎雪，见了他就把他往外撵："走走走，你一来我就烦。"

"别呀，"宋琪灵活地闪进门里，"我给你哥送饭来了。"

纵康还蹲在地上摆弄他的几个衣架子。他不记仇，为人又温和，住进"新家"的喜悦也冲淡了对多花冤枉钱的心疼，听见宋琪的动静就回头笑了："琪琪来了？"

宋琪一愣，羞涩的红从脖子猛地蹿到脸上，扭头要往陈猎雪屁股上踹："你告诉他的？！"

"啊？什么？"陈猎雪闪到纵康身后，装傻，"是说你的小名吗？琪琪？"

"陈猎雪！"宋琪跟条龙似的咆哮。

纵康护着陈猎雪，说："喊小名怕什么，你也喊他的，他小名叫小碰。"

小碰再可笑也没有琪琪可笑。宋琪绷着脸品了半天，不仅嘲不出口还挺好奇："为什么叫他小碰？"他边说边把端来的锅放在桌子上，用眼神示意二人：我做的。

纵康露出怀念的表情，笑着说："他小时候矮，我们房间的床高，每到上床时他都得跳起来，有时会磕到床柱上，一磕就捂着头哭，说'碰头了'，大家就管他叫小碰。"

陈猎雪也忍不住笑了，摸摸额头说："是真的疼。"

宋琪看着他俩回忆过去，那种真实的温情在两人间弥漫起来。

纵康的表情怎么能这么温柔？他望着纵康纳闷。温柔得就跟……苦于肚子里没墨水，他想了半天才在心里接上：跟我妈没病时候似的。

"你还会做面条？"纵康突然看向他这边，眼睛弯得像月牙儿，夸他，"真厉害。"

太像了。

宋琪脸一麻，搓搓脸去拽陈猎雪："走了。"

纵康刚要拿碗去给他们盛面，奇怪地问："到饭点了，你们去哪儿？"

"去打……"

陈猎雪拦住宋琪的话："去学校，今天有晚自习。"

"我真是不懂你。"今天客流多，宋琪逮着没人的空隙在店里叽叽喳喳。

"你说你打个工，你爸不知道，你哥不知道，你哥还怪你花你爸的钱，天天叨叨一万遍，内疚个没完。"他把进货单往收银台上一扔，"图什么呢你到底？"

陈猎雪拿过单子又捋了一遍，见没什么差错便将它放回抽屉里收好，一如既往地无视宋琪的问话，说道："跟你说个事儿。"

宋琪"嗯"一声。

"别跟纵康哥提你妈，多像都别再提了。"陈猎雪认真看着宋琪，强调，"他从小就是孤儿。"

嘴一刻也停不下来的宋琪难得沉默了片刻，反问陈猎雪："你也觉得太像了吧？"

陈猎雪不知该说什么，两人对视一会儿，谁都没再继续这个话题。

临交班的时候来了个外卖订单，陈猎雪看看地址，把制服脱下来递给宋琪："我去吧，送完就顺道回家了。"

"你能行吗？"宋琪睡得迷迷糊糊，"你都不会骑电动车。"

陈猎雪好笑地看他一眼，拿了东西往外走："我打车送。"

收件人的小区离他家不远，估计是改装的民宿，几个年轻人要了一大堆零食饮料通宵，收了东西还热情地冲陈猎雪说"谢谢"。

"享用愉快。"

陈猎雪心情很好地完成了订单。

刚走出小区，电话突然震动起来，陈猎雪吓了一跳，第一反应是宋琪妈又上吊了，看到来电显示，他的心一沉。

早上七点，陈庭森在医院里收到陈猎雪发来的短信：叔叔，你夜里给我打电话了吗？我开了静音没听到。

他面无表情地看了短信一眼，将手机装回口袋里。

陈猎雪在家里坐卧不宁。他昨天半夜被陈庭森的来电吓了一跳，手指已经放到了接听键上，突然反应过来这个点他应该已经睡熟了，接起来才是不正常，只能捧着手机不动，等电话挂掉才匆匆叫车回

家。

现在短信发出去十分钟了，连个回信也没等到。

他心慌意乱地回想昨晚的细节，怎么想都不觉得会暴露。难道送外卖的时候被陈庭森看见了？这种可能性简直微乎其微。

如果他被看见了，陈庭森肯定直接就过来捉人了，何必打电话吓他？

况且连电话也只打了一个……一个？

陈猎雪思绪一转，不好的念头瞬间像杂草一样狂长：电话是半夜打的，短信也没回，最近好像很不太平，新闻上不时有新案件，万一陈庭森是遇到坏人了，那个电话是求救电话……

他不敢继续想下去，连害怕也忘了，手忙脚乱地给陈庭森打电话。

嘟——嘟——

"喂？"

熟悉的声音响起来，陈猎雪松了口气的同时脱口就道："爸爸你没事吧？"

那头顿了顿，电流把陈庭森的声音渲染得格外冷冽，好像没有感情似的，他反问陈猎雪："你在外面？"

陈猎雪一愣，把称呼改过来："对不起，叔叔。我在家呢。"

既然陈庭森没事，那昨晚的电话一定就是打给自己"查岗"的，陈猎雪重新紧张起来，熟练地编瞎话："我睡醒看到你的未接来电，怕打扰你上班，就发了条短信，但是你没回，我就……"

陈庭森打断他："你今天上学吗？"

"上。"陈猎雪在床上盘腿坐得稳稳当当，"我收拾好了，这就要出门了。"

陈庭森"嗯"了一声，交代："放学我去接你。"

陈猎雪怀疑自己听错了。毕竟陈庭森太忙了，又烦他，除了偶尔装病能把陈庭森骗到学校以外，就只有家长会能让他来了，而且也没来过两次。

他开心起来："今天吗？"

"嗯。"

"好啊！谢谢叔叔。"

陈庭森挂了电话。

直到洗漱完真要出门了，陈猎雪才反应过来：陈庭森为什么给他打电话，还是没告诉他。

人真是很奇怪，平时没什么特别活动，一天八节课上起来飞快，今天想着陈庭森要来接他，时间反倒慢起来。

陈猎雪靠着窗户看向操场。大课间要跑操，他每次都是留在教室的那个，每次都有不想去跑步的同学羡慕他，他总是笑着不说话，在心里念一句："不知满足。"

操场上跑操的号子声冲天，主席台那边也一如既往的有几个学生在罚站，陈猎雪一眼就认出了里面的宋琪，他在几人中间身高腿长，格外显眼，被教导主任用书本卷成筒点着鼻子敲打，也不嫌丢脸。

陈猎雪在他回来时笑话他："睡过头了？"

"别提了，"宋琪一脸煞气地杵在他们班窗户旁，路过的学生都绕着他走，"早上交班时困得不行，想着眯两分钟就直接来学校，没想到一睁眼九点多了，一进学校被抓个正着。"

窗边的同学不耐烦地翻白眼，被宋琪拍了一掌："什么表情你？"

他冲陈猎雪扬扬下巴："今天放学还去看你哥吗？"

陈猎雪把他往外赶："别欺负我们班同学。不去了，今天有事。"

"你能有什么事？"宋琪"嗤"一声，摆摆手，"走了。"

陈猎雪不用跟他说自己有多快乐，出了校门能看到等着自己的家长，这种对一般学生来说不胜其烦的事，在他心里简直是想也不敢想的美梦，是最大的事。

宋琪前脚刚走，同学就使劲关上窗，不高兴地吊着眼睛看陈猎雪："你老跟他玩个什么劲儿啊，你俩又不是一路人。"

陈猎雪笑笑，没搭理他。

好不容易熬到最后一节课，陈猎雪已经坐不住了，他心里跟长草了一样，从没如此期待过放学铃响。

手机在抽屉里振了两下，他以为是陈庭森，忙拿出来看，来电人却是纵康。

　　纵康几乎不会主动给他打电话，陈猎雪举手向老师示意，从教室后门跑出去，小声接听："喂？纵康哥？"

　　"小碰，"纵康的声音很急，"你有宋琪电话吗？他妈出事了！"

　　陈庭森提前一个小时就将车停到学校对面，什么也没做，坐在车里盯着校门的方向，等陈猎雪放学。

　　距离说好的下课时间只剩十来分钟的时候，陈猎雪给他发了条短信，说老师要延堂加课，让他不用来接了，紧跟着又来一条：或者晚自习放学再接也可以。

　　陈庭森回复"知道了"，又坐了一会儿，料想陈猎雪不至于在这种事情上骗他，决定开车走人。

　　他刚准备发动汽车，一个熟悉的身影就闯进视野。陈猎雪与一个陌生男孩从校门里急匆匆出来，拦了辆出租车绝尘而去。

　　车屁股反射出刺目的金属光，他的手机还停留在收到短信的界面，被他随手扔到副驾驶座上。

　　陈猎雪不知道陈庭森已经看见他了，即便知道他也不信，陈庭森的时间金贵得要命，疯了才会在校门口等他一个小时。他一门心思扑在纵康那边。电话里三言两语说不清楚，纵康只说宋琪妈出事了。陈猎雪有过遇上她上吊的经验，这次沉稳了许多，边往宋琪班里跑边交代纵康：要保护好自己，别让宋琪妈出房间，打120，宋琪妈疯起来力气很大，宋琪都难以招架。

　　纵康答应着，急急挂了电话。陈猎雪的心一阵阵揪着，他隔着手机都能听出纵康的心神不宁，毕竟他和宋琪妈一对脸就跟照镜子似的，偏偏对方是个疯女人，他大概已经猜想出一万种可能了。

　　宋琪正在课堂上堂而皇之地补觉，被老师点名叫起来时还很不耐烦，抬头看见旁边的陈猎雪顿时愣了，脱口就问："放学了？"

　　班里哄堂大笑，老师气得把他撵出去，让他别再回来了。

　　后来陈猎雪回想起这句话，也不知算不算一语成谶。

宋琪经历这样的紧急情况太多次了，坐在出租车上还有心思跟陈猎雪抱怨，说他没让纵康见他妈，这次肯定是纵康自己找上了门，把他妈吓着了。

陈猎雪看着手机上的时间没理他。本来他担心着纵康和宋琪妈，对放了陈庭森鸽子的事没有太在意，现在稍微平静点儿，会忍不住想：这个点他本该站在校门口等陈庭森了。陈庭森也没说晚上会不会来，他期待了一整天的事就这么落了空。

然而当车停在目的地，他的心又全都扑在纵康和宋琪妈身上。

"我先跑过去，你慢点儿跟着。"

宋琪打开车门就迅捷地蹿了出去，陈猎雪两步撵上他，二人飞奔着上楼。

推开门的瞬间，浓郁的血腥味扑鼻而来，映入眼帘的画面却比这气味更加可怖：宋琪妈死蛇般歪在满室狼藉里，纵康跪坐在她身旁，高高举着她一条胳膊，丝丝缕缕的血水从他的指缝间不断外溢，从宋琪妈的手腕流到纵康的手臂上，好像某种残忍的媒介，将两人硬生生连在一起。

"妈！"

先回过神的是宋琪，他疯狂地扑上去，想从纵康手里夺回他妈渗血的胳膊，纵康不知维持这个姿势多久了，两条上臂都在哆嗦，连忙喝道："别动！"

他瘦削的脸上被喷溅了血点，本就不健康的肤色显得格外灰败，努力挤出一点点剩余的力气，对宋琪解释："她割腕了，我不能松手，得等救护车来，松手了大出血，她就救不回来了……你帮我托着她的胳膊，我手麻……"

宋琪几近崩溃，伸过去的手抖得吓人，猩红着眼吼起来："那医院的车呢！车呢？！"

"车在路上了，我打过电话了，你别怕。小碰，小碰你再打个电话催一催！"

陈猎雪直到这时候才回过神，胃里一阵翻江倒海，死亡的威胁如影随形地跟了他近二十年，这样眼睁睁地看着生命流逝让他头晕

目眩，下意识地攥紧了胸口。

"好，我再打一个……"

他刚要掏出手机，突然被一股力气推向一旁。有人大步疾行到宋琪妈身旁，毫不犹豫地蹲跪下来，熟练地接过她的手腕。

"过来！"陈庭森扭头喊呆滞的陈猎雪，"把我的手机掏出来，打通讯录第一个号码。"

陈猎雪只觉得此情此景像做梦一样不真实，他走上前去。

"爸爸……"

陈庭森皱起眉毛严厉地道："快！"

004

陈庭森一出现，所有人都安心不少。

陈猎雪按他交代，拨通电话递到陈庭森耳边，听他迅速跟那边说明情况，安排手术室，又让宋琪去准备好钱。救护车的声音由远及近，陈猎雪看着陈庭森有条不紊地安排一切，明明他们都还在血泊里，肩膀却已经松懈下来，感到安心。

救护车一路呼啸，迎车医生已经准备好，宋琪妈直接被推进手术室，宋琪被带走签字，"手术中"的灯牌亮起，门外便只剩下浑身血污的纵康和陈猎雪。

"纵康哥……"

陈猎雪蹲到纵康跟前，看他脸色苍白，神情也恍惚，担心地皱了皱眉。

"纵康哥，"他又喊一声，纵康才抬起眼皮看他，"你还好吗？"

"嗯。"

陈猎雪从书包里掏出一瓶矿泉水，拧开递给他："喝点儿水。"

纵康摇摇头，他连嘴都不想张，什么都咽不下。

"那咱们去卫生间把脸上擦擦吧？"

听他这么说，纵康才发现自己身上有多脏。血腥味浓得冲鼻子，衬衫黏糊糊地贴在身上，让人极度不适。

陈猎雪挽着他的胳膊搀他起来，安抚他："没事的，我爸爸在呢。我家离得近，等会儿咱们先回去换身衣服，再……"

他话还没说完，宋琪斜刺里猛地冲了过来，一拳打在纵康的脸上。

两人都没有防备，纵康生生受了这一下，整个人都歪着向后倒去，陈猎雪惊呼一声，拉都拉不住，被带着跟跄了好几步才堪堪站稳。

刚稳住，他就扭头还了宋琪一拳。

宋琪没躲，陈猎雪的力气对他而言跟病猫一样，这一拳哪怕用了全力也不过让他歪了歪头，目光依然戾气满满地定在纵康身上，胸膛一起一伏地喘气。

陈猎雪不欲与宋琪多说，发生这种事谁都不好受，谁都没法说。他去把纵康扶起来，看他挨打的那边脸眼见着就红肿起来，心疼得要死，生怕他身体受刺激，边给他顺气边问："没事吧？"

纵康摇摇头，小声说"没事"。他没看宋琪，在陈猎雪的搀扶下往卫生间走去。

再回来，宋琪蹲在地上捧着脑袋发愣，已经没了方才的气焰。

"疼吗？"

陈猎雪把刚才没喝的水递给宋琪，宋琪接过来仰头全灌进嘴里，水从嘴角溢出去一些，跟脸上凝固的血混在一起。

"我问纵康哥了，他去还你放在他那儿的面锅，听到屋里有动静，但是一直没人开门，怕你妈在家出事，所以砸了门锁进去。"

宋琪从指缝里看向纵康，纵康形单影只地坐在一旁，用湿巾一点点擦袖口的血渍。

"进门你妈正在割腕，血都喷出来了。"陈猎雪顿了顿，继续说，"他救了你妈，你不该打他。要怪就怪你自己，还把玻璃瓶子往家里放。"

"小碰。"纵康轻喊了他一声，示意他不要说了。

陈猎雪听话地走回去，叫了辆车，带他回家换衣服。

司机很介意他们身上的血，沟通了半天才勉强让他们上车，把车开得飞快，车上一路无话。

直到进了家门，只有他们两人独处时，纵康才终于缓缓张开嘴。

"小碰，"他神色恍惚，不知所措，茫然极了，"你们没到的时候，她醒了一次。"

"她喊我'康康'。"

纵康定定地看着陈猎雪。陈猎雪已经随着那句"康康"怔在原地，连瞳孔都微微收缩起来。

他和纵康都知道，纵康是带着名字进的救助站，遗弃他的人在他的包被里留了纸条，写的就是"纵康"两个字。

陈猎雪微张着嘴，却一句话也说不出。纵康跟他对视着，眼眶一点点泛红，继续说："我没见过她，她不该知道我的名字才对。对吧，小碰？"

这不确信的征询语气就像一只小手，在陈猎雪心口捏了一把，疼得他眼睛酸涩，不知所措地抱住纵康。

"纵康哥……"

纵康积蓄了二十多年的眼泪终于滑落下来，每一颗砸在陈猎雪脖颈上都重逾千斤。

"我和她，长得真像啊……"他哽咽着说。

"那，你要认她吗？"

陈猎雪问出这话的时候只觉得心里没底，他还是觉得太巧了，每年被遗弃的小孩那么多，真正能找到父母的一只手都能数得过来，只因为长得像，只因为一声"康康"，就敢确定吗？

纵康将这些话说出来，状态恢复了许多，人也清醒了，摇头道："不认。"

陈猎雪私心里确实不想让他认。

他想得很现实，即便能原谅弃子之举，正常些的家庭也就算了，宋琪妈这个状况，根本就是个烂摊子，认了就是自找麻烦。纵康心太软了，不可能放着宋琪妈不管，可他自己都过得穷困潦倒、生死由天，拿什么管？

"只是我的猜想而已，是不是真的还两说。即便是真的，她也不一定愿意认我。就算她愿意认……"纵康垂下眼皮，温驯地眨着眼，

"这么多年都过来了，现在我已经不需要她了。"

没有人比陈猎雪更能理解这句话里的决绝与坦荡。

他们是被抛弃的孤儿，这是打在他们骨头上的烙印，不论成长为什么样的性格，不论是否有能力生存、以后过着怎样的生活，每个深夜里对亲情的渴望都一定伴随着无法释然的不甘。

"我忍受病痛的时候你们在哪里？"

"我被其他小孩殴打辱骂的时候你们在哪里？"

"我每天吃着廉价的饭菜，每时每刻都要看人脸色生存时，你们在哪里？"

"为什么把我带到世上，却只给我残破的身体与坎坷的一生？是你们让我背负这样的命数度过不知长短的岁月。"

这是一个人的命啊，是活生生、血淋淋的肉体凡胎，不是电视上的寻亲节目，哭着说一句"我有苦衷"，就有千百观众原谅你所有过往。

陈猎雪近乎悲悯地望着纵康。他是走大运才遇上了陈庭森，纵康有什么呢？心心念念了那么多年，好不容易触碰到一点儿亲情，还被鲜血浇了满头。

纵康打起精神，露出让陈猎雪安心的笑："不管是不是，我都默认她是，也算了结一个心愿。我不会认她，但是我愿意尽力照顾她。"陈猎雪内心百般不愿，但看纵康神色坚定也知一定劝不了，只好勉强道："你想照顾她的时候，就多去看看她；不想见，咱们去找其他的房子，离她远远的。"

"嗯。"

宋琪妈命大，动脉没被割断，加上止血及时，她在鬼门关溜了一遭又被拉了回来。

得知她情况稳定了，陈猎雪拖着宋琪洗澡、换衣，又买了饭吃，在病房见到安稳躺着的宋琪妈，两人松了口气，他却开始后怕。

陈庭森为何会神兵天降，为何突然要接他放学，为何在半夜给他打电话？种种迹象其实已经非常明朗——他知道他在打工，电话是确认，接人是管束，突然出现证明他早早就到了学校门口，并且目睹了他的撒谎现场，还跟了过来。

若是放在过去，陈猎雪早已心慌意乱，怕承受不住陈庭森的愤怒。然而经历了这么一遭，此刻他对陈庭森的需要远远超过了不安与惶恐，宋琪妈躺在血泊里奄奄一息的样子尚在眼前，他没法不联想到自己脆弱的心脏。人的生命真的太脆弱了，每分每秒都可能天人永隔。

他不想因为这件事跟陈庭森有隔阂。

陈庭森进了科室就忙得脚不沾地。终于把临时工作都解决掉后，他去看了看宋琪妈，跟宋琪交代完需要交代的，不理会眼巴巴望着他的陈猎雪。"你当时怎么在那儿？你们……"他指纵康和宋琪妈，两人连皮带骨地相像，"什么关系？"

纵康对陈庭森充满敬意，幸好陈猎雪提前跟他坦白过是拿攒下来的零花钱租的房子，陈庭森不知道，不然他一定会再三向陈庭森表达愧疚和感谢。

刨掉陈猎雪的相关话题，他将原委一五一十地告诉了陈庭森。

"嗯，做得很好。"陈庭森夸奖他，又问了问纵康的身体健康情况，让他抽时间来做个检查，之后领着护士转身出病房。

陈猎雪咬咬牙，起身跟上去。

护士知道他是陈庭森的养子，还为他们的感人事迹贡献过泪水，忙提醒陈庭森："陈医生，猎雪找你呢。"

陈庭森回头看一眼。陈猎雪不敢跟他对视，冲护士姐姐道谢。

"那我先过去，陈医生辛苦啦，带猎雪回去吃饭休息吧。"

"嗯，辛苦了。"

陈庭森在前面走，陈猎雪就像条安静的尾巴，在后面紧紧缀着，偷偷摸摸蜷着手指，想拉一把陈庭森的白大褂。

他们从病房走到休息室，不长的一段路，招呼陈庭森的声音四起。休息室里没人，门一关，又静得让人无措。

陈庭森仍不看他，将他晾在身后，自顾自脱白大褂换回家的衣服。

身后安静了一会儿，待他扣到衬衫的第三颗扣子，胳膊一坠，一只手攥住了他的衣袖。

"爸爸……"陈猎雪瓮声瓮气地喊。

陈庭森眉间拱起深深的沟壑，不由分说地将他扯开。

"爸……"

"闭嘴。"

陈庭森没使多大的力气，动手时却毫不犹豫。他面无表情地掰开陈猎雪，将扣子扣好，看都不看他一眼，锁上柜子大步往外走。

陈猎雪慌张地追上去。

上车的时候他还怕陈庭森会赶他，头一次在陈庭森上车前先坐到副驾驶位上，系好安全带，惴惴不安地等着。

陈庭森没赶他，但也没说话。

他就像载着陌生人一样，眼神都没往副驾驶位上给，一路无言地将车开回了家。

陈猎雪的胆子不算小，他时常会故意犯错，让自己的身体出点儿问题，来博取陈庭森的关注，他知道怎么引起陈庭森的注意。可眼下的状况跟他有意为之完全是两种情况——陈庭森的怒火不在他的可控范围内，一点儿也不，他的小秘密在今天全都暴露了，还牵扯着鲜血淋漓的一条人命。他连解释都不知该从哪里开始。

至少陈庭森没赶他下车，他安慰自己。他还是愿意自己跟着他回家的。

陈庭森将车停稳，推开车门下去，陈猎雪紧紧跟在他身后。天已经暗了，从车库到楼道需要穿过两扇没灯的门，陈庭森脚步飞快，陈猎雪满脑子都在思索怎么解释，没注意到台阶，脚下踩了个空。他惊叫一声，眼见就要摔下去，一条有力的臂膀从前方穿伸过来，稳稳地捞住他。

"爸爸……"陈猎雪借此机会，抓住了陈庭森不松手。

陈庭森似乎停顿了一秒，仍不理他，却默许他牵着自己的胳膊，走出这段黑洞洞的通道。

陈猎雪心里终于有了底，明白陈庭森再生气也还是心疼自己……

自己的心脏。他心思转得飞快，给自己拿了主意。

回到家，陈庭森径直拿了衣服进浴室洗澡。陈猎雪这一天又喜又惊，基本没吃什么东西，先去冰箱里摸了个面包出来垫肚子。陈庭森从浴室出来，便看见他端端正正跪在客厅里。陈猎雪这样，让他瞬间就皱了眉，脸色比先前更冷，陈庭森不悦道："谁教你这些的？起来！"

陈猎雪把垂在胸前的脑袋抬起来，露出有些茫然的表情，说："小时候做错事，阿姨都让我们这样反省自己。"

陈庭森的下颌绷了绷，命令他："站起来。"

陈猎雪瘪瘪嘴，似乎不知如何是好，仍不起身，仰视着陈庭森："叔叔，你原谅我了吗？"

得不到陈庭森的回答，他又把脑袋垂下去，打定主意要这样惩罚自己似的。

陈庭森的视线像鹰隼一样定在他身上，陈猎雪后脖颈寒毛直竖，手掌在腿侧攥成了拳，赌陈庭森舍不舍得他这样跪。结果陈庭森毫不犹豫地离去，书房门一升一关，他被晾在了外面。

陈猎雪的腰背沮丧地塌了下去。

大约过了一刻钟，书房的门又打开，陈猎雪没有抬头，听着脚步声一步步走近，陈庭森在他身前的沙发上坐下。

一个靠垫扔了下来。

"不想起就坐着。"

陈庭森身上有丝丝缕缕的烟气，陈猎雪动动鼻子，乖乖拽过垫子坐好。他的腿已经麻了，膝盖跪得通红，陈庭森看了一眼，烦躁地移开视线。

"下午为什么撒谎？"他问。

陈庭森现在知道陈猎雪会夜不归宿，知道他有个烦人的女朋友，他提出去学校接他放学，本意是约束他的行为，防止他又在外面疯玩。结果陈猎雪一个谎又叠了一个谎，让他今天才知道他跟救助站里的小孩还保持着联系，并时不时往那种污糟糟的地方跑。

他不知道为什么陈猎雪撒谎成瘾。

这一点十分讨厌。

"你大可以直接告诉我，你同学的妈妈出意外了，你要去帮忙，为什么要撒谎？"

陈猎雪愣了一会儿，这"一会儿"里，他眼珠动也不动地望着陈庭森。

"我不想让你讨厌我。"他回答。

陈庭森额角一跳。

陈猎雪张张嘴，擅自换了话题，说："我今天看到宋琪妈妈那样，突然觉得死亡离我特别近。爸爸，我会死吗？"

有那么一刻，陈庭森怀疑陈猎雪是故意的，故意用"死亡"来逃避责问。

当他看到陈猎雪眼里的不安与茫然，这猜想下意识就被自己否定了。陈猎雪也许比同龄人成熟一些，但到底也就是个孩子，胸膛里缀着旁人的心脏，偷生一样地活，说不好什么时候这条脆弱的生命就会走到尽头。

他都会怕，何况陈猎雪？

陈庭森见惯了生死，从手术台上抢救回了无数条生命，最让他功成名就的是陈猎雪，最让他无能为力的是陈竹雪。他回想起陈竹雪血淋淋的样子，突然没了继续质问的心情。

"每个人都会死。"他把陈猎雪从地上拽起来，难得当一回心灵导师，生硬地道，"有多少人拼了命想活都没有机会，你要学会珍惜。"

陈猎雪从他的手伸下来那一刻就呆住了，陈庭森做出要拉他的姿势，他立马配合着伸出手。

这是陈庭森第一次在家里冲他伸手，下一句说的却是："我平时对你严格，要你爱惜身体，你应该明白是为了什么。"

陈猎雪瞬间清醒过来。

这下他真有点儿难受了，抿着嘴望着陈庭森不出声。陈庭森把他拉到沙发上便准备起身离开。陈猎雪突然轻声问："爸爸，如果我死了，你会继续把这颗心脏捐给下一个人吗？"

他说"这颗心脏"，不是说"我的心脏"。

陈庭森惊愕地看向他，陈猎雪神色自若，越自若，提出这样的问题就越让人惊心。陈庭森一时间说不上这问题哪里不对，可看着陈猎雪坦然的样子，心里蓦地就蹿起一股无名火。

"哪有这么容易？"他不悦地蹙起眉，冷冷斥责他，"既然知道你是靠这颗心脏才能活着，以后就不要让我抓到你撒谎乱跑。"

陈猎雪垂下眼睫，点头："嗯。"

夜里下雨了。

陈猎雪给纵康打了个电话，那边并不安静，窗户漏风似的嗡嗡响着，还有锅碗瓢盆的摔打声。

"你在做饭吗，纵康哥？"陈猎雪问，病房晚上不能陪床，纵康现在肯定在出租屋里，但是这么大的动静不是他的作风，估计跟宋琪在一起。

"小碰，你没事吧？"纵康没回答他，抢着问，"陈先生怪你了吗？我看你们走的时候挺急的，他是不是不太高兴？"

"没有。"陈猎雪盘腿坐在床上，"我跟他解释过了，他让我以后有事要提前告诉他，没有生气。"

纵康松了口气，连道"那就好"。

"宋琪呢？"

"下面条呢。"纵康挪到了稍微安静些的地方，小声说，"我刚才去楼上找他，灯也不开，乌漆墨黑的。一个人坐着，怪可怜的。"

陈猎雪动动眉毛："你就把他拽你那儿去了？"

纵康咕哝："我怕他一个人想不开。"

有的人似乎天生就适合承担某种角色，比如纵康擅长当"哥哥"，陈猎雪想。他笑着说："这就把他当弟弟了？"

一道巨大的闪电在窗外一闪，将房间照得惨白瘆人，紧跟着天边就响起轰轰的雷声，纵康连忙交代陈猎雪挂电话："好了不说了，下雨天你记得把插销拔掉，明天到学校安慰一下琪琪。"

宋琪在那头不高兴地大叫："琪什么琪？！"

陈猎雪把手机锁上，踩着隆隆的雷雨声下了床，他先站在窗边看了一会儿，又拉开门缝从里往外看，见书房还亮着灯，就蹑手蹑脚地往陈庭森房间走。

陈庭森将酒瓶放回橱柜，捻着高脚杯走出书房，一眼就看见陈猎雪在他房门前晃。他没出声，站在暗处打量陈猎雪。

"我会死吗？"

他耳畔响起陈猎雪茫然的提问，深邃的眼眸暗沉下去。这么单薄的一具身体，谁知道能撑过几年！

落地窗外又是一阵电闪雷鸣，陈猎雪放在门把上的手犹豫了一下又松开。陈庭森在这时才开口问他："做什么？"

陈猎雪惊慌地转过身，陈庭森自黑暗中一步步走过来，面无表情地看了他一眼。

"叔叔……"他表现出被抓了现行的尴尬，不敢看陈庭森，小声喊。

陈庭森拧开门，没再看他，径直走进去，却也没关门。陈猎雪扶着门框往里张望，没话找话地解释："打雷了，我睡不着。"

睡不着还是不敢睡？陈庭森抿了一口红酒，不耐烦道："进来。"

时针已经指向"1"了，陈庭森似乎还没有要睡的打算，拧开床头灯看书。

陈猎雪喜欢一切极端天气。

窗外电闪雷鸣，陈猎雪安静地躺在床上听着陈庭森翻书页的沙沙声，心头一片安宁。

不知过了多久，陈庭森从余光里看见陈猎雪仍睁着眼，把灯光调暗了些，问他："太亮了？"

"没有。"陈猎雪顿了顿说，"觉得很开心，就不想睡了。"

陈庭森不知道他在开心什么，这小孩在某些时候很奇怪。但他也没问，合上书关了灯。

"睡吧。"

"爸爸。"陈猎雪轻声喊。

陈猎雪以为不会有回应，过了很久，他听到陈庭森沉沉"嗯"

了一声。

陈庭森抬起手臂，迟疑地一下下拍抚着陈猎雪的后背，开始将陈猎雪的面孔幻想成陈竹雪的样子。

"爸爸，你……要听心跳吗？"

"陈竹雪"小声问道。

"陈猎雪，再说话就回你房间去。"他连名带姓地呵斥，转过身不再理他。

他是陈猎雪。陈竹雪早就已经没了。

陈庭森打算去阳台"清醒清醒"，身后默然半晌的陈猎雪不知死活地开口。

"叔叔。"他更换了称呼，"你嫌我烦吗？"

陈庭森的脊背僵了一瞬。

陈猎雪的心里也在打鼓，他对陈庭森底线的试探一次比一次更过火。

陈庭森拧开灯。

陈猎雪眯起眼，下一秒，他整个人像只小鸡崽儿一样，被陈庭森从床上拎了起来。

"叔叔……"他慌张地睁眼去看，只见陈庭森的面颊紧绷着，不理会他，直接将他拽下床，往房门口拖。

"叔叔，我错了！你别生气！"他拽着陈庭森的衣服不撒手。

"你每次都在认错，"陈庭森沉声质问，"到底是真觉得错了，还是在敷衍？"

"我……"陈猎雪张了张嘴。陈庭森以为他又要认错，没想到他撇撇嘴，把自己抱得更紧，用委屈的口吻说道："我就是……今天闪电太多了，我不想一个人。我老是想到宋琪妈妈的样子，我……"他仰起的脑袋垂了下来，声音也降了下去，很沮丧地松开手，拽过被子抱进怀里。

"我就是想离你近一点儿……爸爸。"

陈庭森的眉心狠狠地跳了跳。

他突然意识到，陈猎雪还是个孩子。如果陈竹雪还活着，他不会比陈竹雪大上多少。如果陈竹雪在电闪雷鸣的雨夜来找他，他一定不会粗暴地把那孩子拉开。

陈猎雪瞪大眼睛看墙，他能感到陈庭森在看着他。

又一道雷声响起，陈庭森走到窗边阖上窗户，嘈杂的雨声瞬间变小了，屋里一下子变得很静。陈猎雪不敢回头，竖着耳朵听陈庭森的动静。陈庭森往床边走过来时，他的心都要跳到喉咙口了，后脖颈阵阵发麻，陈庭森拉起他被子的那一刻，他险些连呼吸都停止了。

"爸爸……"

陈庭森的动作顿了顿，闷闷地"嗯"了一声，继续将被子掸好翻开，盖在他身上。

"睡吧。雨快停了。"说完，他转身走了出去。

陈猎雪的心随着咔的关门声，从喉咙口落回胸膛里。

望着天花板愣了一会儿，他掀起被子蒙住头。

陈庭森走到另一个房间，推开窗户。他点了一根烟，迎着扑面的水汽眯着眼喷云吐雾，心情却越发烦躁。

陈竹雪小时候很娇气，还没成长到耻于撒娇的年龄就匆匆离世。陈庭森不知道正常的男孩子到了陈猎雪这个年龄，还会不会这么黏人。尤其陈猎雪的身世与经历又不能以"正常"而论。他这样的孤儿，是不是对亲情的渴望与需求格外强烈，格外需要身心的双重关注？

这些归类于心理学的范畴，他并不了解，但也许，他应该多了解了解。

陈庭森将了将头发，将烟头摁灭在浸了雨的窗台上。

他皱着眉认真思索：也许真的该将再婚提上日程了。

005

大课间。

跑操的学生们此起彼伏地喊着号子，陈猎雪在教学楼天台的石墩子后面转了一圈，不出意外地找到了宋琪。他踢踢宋琪的脚："你

们班主任又在楼下逮你呢。"

宋琪跟个日夜颠倒的精怪似的，眯着眼坐起来，满脸不耐烦。

他还穿着昨天的衣服，眼底黑黢黢地挂着乌青，陈猎雪看他两眼，从兜里掏出瓶酸奶扔过去。

"昨天打你疼吗？"

宋琪哧地一笑，拧开盖子咕咚咕咚牛饮，说道："就你那点儿力气，猫抓似的。"

"晚上的班别去了，我给你顶上。"陈猎雪拣了块干净的地面坐下，说，"你多陪陪你妈吧。"

宋琪没接话。陈猎雪险些以为他坐着睡着了，扭头去看他。宋琪愣愣地点点头，又摇摇头，说："没事儿，我下午去看她，晚上反正也不能在医院待，不碍事。"

任谁遭遇亲妈割腕这种事，心里肯定都沉得喘不过气，陈猎雪也没再劝，点头道："行。你回家好好睡一觉也可以，不差这一晚上。纵康哥肯定会去照顾你的。"

他提到纵康，宋琪的表情古怪地变了变，皱着眉头咕哝："这叫什么事……人家天上掉林妹妹，我从天上掉了个兄弟。"

陈猎雪心里老大不情愿让纵康多摊个弟弟，用眼角斜瞥了宋琪一眼，警告他："你别欺负他。"

宋琪烦躁地撸一把头发："他长得跟我妈似的，到底谁欺负谁啊？！"

宋琪妈在医院没住多久，多躺一天病床就多烧一天钱，住不下去。

纵康自从在心里默认了这个"妈"，就没放心过，天天在修车厂和宋琪家两头跑，他怕宋琪妈受不住伤口痒，乱抓乱挠，专门从厂里带了一小圈软车胎回来，没人在家的时候就把宋琪妈的手腕裹起来。

陈猎雪偶尔去帮帮忙，总觉得宋琪妈似乎清醒了点儿，以前一个钟头就能发一次疯，现在状态好的时候能安稳一下午，不知是在鬼门关走了一遭的缘故，还是因为纵康无微不至的照顾。

陈猎雪坐在纵康的小出租屋里包饺子，白菜猪肉馅，肉是陈猎雪买的，从超市绞好带过来，纵康心疼得很，说一样的肉，从菜市场买回来自己剁就行了，净花冤枉钱。

陈猎雪的指头捏着面皮，不急不缓地包着饺子，他笑着说："所以你得多吃两个。你吃上了，钱就花得不冤枉。"

纵康将新擀好的面皮切好拿过来，往桌上撒面粉的时候突然说："小碰啊，如果叫陈先生来吃饭，是不是不方便？"

"嗯？"陈猎雪动作一顿，抬眼去看纵康，"吃什么饭？"

纵康在围裙上擦擦手，扫视了一下这间简陋的出租屋，窘迫道："让人来这儿吃饭确实是……我是想着，那天陈先生忙里忙外的，也没好好谢谢他，至少该请他吃顿饭，但是……"

后面的话他没继续说。陈猎雪心里明白，最近纵康的开销肯定大了许多，过阵子还要去上夜校，一分钱真是恨不得掰成两半使，有心想请陈庭森去像样的地方吃顿饭，却实在拿不出这笔钱。

他笑笑，手指重新动起来包饺子，字斟句酌地说："我懂。没事儿，就算你们真请他，他也不一定……也不一定有时间来。"

纵康点头："也是。"又问："不过那天他怎么突然就过来了？是你叫的吗？"

陈猎雪把饺子放下，撒了个似是而非的小谎："他来接我放学，我跟他说我没在学校，他就过来了。幸好赶得巧。"

"是啊。"纵康感激道，"陈先生对你好，你就更要懂事，咱们欠人家的太多了，别惹他不高兴。"

陈猎雪"嗯"了一声，乖巧点头，心里却空落落的。

纵康还在念着"陈先生"，陈猎雪看着手里饱满鼓胀的饺子，突然生出一个模糊的想法。

"纵康哥，你有饭盒吗？"他眨眨眼，"我带点儿你包的饺子给我爸吧。"

陈庭森打开家门，鞋子还没换掉，陈猎雪就从房间里啪哒啪哒跑出来，像个迎门的小狗一样，凑到他跟前喊："叔叔，你回来了。"

他刚洗过澡，头发半干，蓬松着，脸颊上还有水汽，又乖又干净。陈庭森淡淡"嗯"了一声，错开他往屋里走。

"你吃过饭了吗叔叔？"陈猎雪跟在他身后轻快地问，"纵康哥包了饺子让我带回来，我去下给你吃吧。"

陈庭森进屋就看见餐桌上放着个陌生的饭盒，他打开看了看，里头的饺子码得整整齐齐，每一个都饱满完整，边角捏得严丝合缝，是家常饺子的包法。

"你又去见纵康了？"他把盖子放回去，问陈猎雪。

"嗯，去看宋琪妈妈，也陪陪纵康哥。"陈猎雪说着，把饭盒端起来往厨房走，"纵康哥一直很感谢上次的事，想请你吃饭，但是怕耽误你上班。我跟他说，爸爸没有介意这种事，他还是不好意思，我就拿上了。"

抽油烟机的声音有点儿大，怕陈庭森听不清他说话，陈猎雪提高了音量："叔叔，纵康哥包的饺子可好吃了，跟咱们点外卖买的那些饺子都不一样。"

陈庭森看他宝贝地抱着那盒饺子，左一口"纵康哥"，右一口"纵康哥"，心里有点儿烦。饺子而已，又不是没吃过，有什么不一样的？刚冒出这想法，他突然发现好像从没在家里给陈猎雪包过饺子，上次亲手包饺子的记忆，竟然要追溯到陈竹雪还在的时候。

陈猎雪还在厨房里叽叽喳喳地说着什么，陈庭森说道："我不饿，你下了自己吃吧。"然后解开袖扣进了浴室。

陈猎雪握着漏勺的手顿了顿，明亮的眼睛黯淡下去，眼里慢慢浮现出执拗的神色。

等陈庭森从浴室出来，面食清甜的香气已经飘了满屋子。

薄薄的雾气从厨房逸出来，陈猎雪背对着他在桌上摆碗筷。他像模像样地给自己扎了个围裙，像是家里的主人。

陈庭森眉头紧锁。陈猎雪暗暗咬牙装作没看见，祈求陈庭森："叔叔，你吃一点儿吧，纵康哥包了很久的。"

陈庭森确实不饿，他在医院餐厅里吃过了饭才回来。就算没吃过，他工作了一天，已经很累了，也没心情跟陈猎雪坐在一起吃饭。

见他没有答应的意思，陈猎雪微微垂了垂头，手指紧紧握住筷子，有些委屈地小声说："我好久没跟你一起吃饭了。"

陈庭森打算径直回房的脚步就停了下来。

陈猎雪是个孩子。他这样提醒自己，不悦地坐到饭桌前。

陈猎雪立马扬起头，眉眼弯弯地笑起来。

"我去调个醋碟。"

两碗饺子，一只醋碟，食不言的两个人。

陈猎雪是猫舌头，怕烫，一个饺子得吹半天。他有一口没一口地吃着饺子，注意力都用来观察陈庭森的碗。他把自己包的饺子都放进了陈庭森碗里，很好认，比较丑的那几个就是。

等陈庭森终于夹到一个送进嘴里，他立马停下筷子，如渴望被夸奖的小孩子一样，小心翼翼地说："这个是我包的。"

陈庭森咀嚼的动作缓了缓。陈猎雪是真的有点儿不好意思，他的双眼带着期待与陈庭森对视着。

"叔叔，好吃吗？"

"嗯。"陈庭森点了点头，他沉默着把饺子吃完，然后站起身离开，"替我谢谢纵康。"

陈猎雪张张嘴，虽然有点失望，但仍是点了点头。

陈庭森是真的烦他。

他独自坐在大大的餐桌前，难过地咬住嘴唇。

陈猎雪有两个生日，救助站登记了一个，陈庭森领养他以后，将日期改成了做手术那天。

"少爷的待遇就是不一样，生日都比别人多一个。"宋琪吊着眉毛冲火锅炉子撇嘴，"这是过的哪个？"

纵康把洗净的菠菜端上来，说："当然是旧的。小碰的新生日都是陈先生给他过，我记惯旧日子了，不过就跟少了点儿什么似的……底料挤好了没？"

"挤了。你这破炉子什么时候能烧开啊？"

"你别再偷吃火腿肠了。"

"我哪吃了？你烦死了！"

"给你吃这个……"

陈猎雪听他们在外间说话，洗蘑菇的手慢了下来。宋琪不知道嚼着什么挤到他跟前，叫了他一声。陈猎雪慢吞吞地扭头看他，"怎么了？"

"你才是怎么了？"宋琪打量他，"怎么老心不在焉的？费劲巴拉给你过生日连个笑脸也没有，在家挨打了？"

挨打？陈猎雪眼皮垂了垂，自嘲地想，陈庭森愿意打他倒好了。

他实在不知道自己到底犯了什么大错，能让陈庭森持续这么久不理他。如果还是因为下雨那晚的事，陈庭森不会跟他一起吃饺子，可吃饺子时他又说错什么了？难道就因为吃到了他亲手包的饺子，陈庭森就对他无法忍受了吗？

出门不理他，回家不理他，吃饭不理他，他再往外跑，再用"女朋友"来试探，陈庭森都没什么反应，甚至有一次他从便利店上夜班回来，故意露出马脚，没换拖鞋就倒在沙发上睡觉，第二天一早睡眼蒙眬地去给陈庭森开门，陈庭森也懒得多问他一句。

好像对他的所作所为，甚至对陈竹雪的心脏都不关心了一样。

水从手指缝里哗哗地淌出去，陈猎雪目无焦距地看着，一股空落落的无力感将他包裹起来。

"琪琪，你来弄一下这个。"

纵康把宋琪喊了过去。宋琪骂骂咧咧地嚷"别这么喊我"。纵康笑着看他一眼，拧上水龙头把陈猎雪挤开。

"照你这个洗法，半夜都煮不上。你俩先吃，煮好的东西都给琪琪妈妈捞一份在旁边，我等会儿给她送上去。"

纵康干活儿手脚麻利。陈猎雪看着他粗糙的指节——在修车厂待久了，指缝总是洗不干净似的，到了冬天还会皲裂、脱皮、长冻疮。

"纵康哥。"陈猎雪叫了他一声。纵康抬头看他，眉眼永远像春风一样温柔。陈猎雪问他："你开心吗？现在这样。"

"给你过生日当然开心了。"

"宋琪天天气你，也开心吗？"

"你说琪琪啊，"纵康像个真正的大哥，无奈又包容地笑，"他其实挺乖的。"

陈猎雪冲纵康笑笑，任一些话在心里一遍遍打转：

"我其实不乖。"

"陈庭森不会给我过生日，我是骗你的。他也不喜欢我。他很烦我，连话都不愿意跟我讲。"

"我一点儿也不开心。"

"明明最开始的时候，只要有个地方能让我安稳生活，我就觉得很幸福了……"

"我真贪心。"

"陈猎雪！"宋琪突然把他放在桌上的手机丢过来，"手机振了。"

陈庭森不理他以后，陈猎雪就把手机都设置成振动。他慢吞吞地把手机举起来，看清来电人的瞬间像被打了强心剂，浑身的疲惫都被驱散了。

"嗯。商场三楼那家餐厅，找不到再给我打电话。"

陈庭森挂掉电话。陈猎雪在那头很高兴，他却说不上什么心情，看着屏幕上的名字抿了抿嘴唇。

"孩子过来吗？"他身旁的女人问。

她是医院王姐给他介绍的相亲对象，年龄比他小些，长相并不很出众，收入普通，家世普通，胜在性格温和，此刻她正微微抬头仰视着他，有些紧张。

"他从家里过来，等会儿才到。"

"我去给孩子买点儿什么吧，是叫猎雪吗？我只给我姐家的儿子买过玩具、奶粉什么的，也不知道现在的男孩子都喜欢什么……"

陈庭森温和地拦下她，笑笑："不用，他不缺什么。我们先去餐厅。"

女人听王姐详细介绍过陈庭森的情况，知道陈庭森对这养子宝贝得紧，努力想给陈猎雪留下好印象，问陈庭森："猎雪这个年龄，

性格应该挺活泼吧？"

陈庭森想了想，睫毛在深邃的眼眸里落下投影，说："他很乖。"顿了顿，他看了女人一眼，补充道："有点儿爱撒娇。"

女人愣了愣："撒娇？"

"嗯。"陈庭森点了点头，什么也没解释。

陈猎雪从纵康那儿出来的时候很不好意思。纵康没说什么，他以为陈先生要给陈猎雪过生日，高高兴兴地让他快去，别误了饭点，反倒是宋琪在旁边冷嘲热讽，陈猎雪都走出很远了还能听见他在嚷嚷："你哥忙活一下午！你就跑吧！"

即便知道陈庭森给自己过生日的可能性微乎其微，陈猎雪也没能忍住泛起丝丝期待。毕竟是十八岁的生日，也许陈庭森从没提过，心里却是记挂着他的。

正值晚高峰，路上堵得一塌糊涂，被卡了四个红灯后，陈猎雪坐不住了。他让司机在路口靠边停下，就近找了个地铁口，倒了两三次才终于到了地方。从地铁站出来前他还专门去卫生间洗了把脸，怕身上有汗味。

那家餐厅的位置他知道，出了电梯往左走就是。电梯下来时他想了想，掏出手机给陈庭森打电话："爸爸，我到一楼了，方便下来接我吗？"

"知道了，在下面等我。"陈庭森拉开凳子起身。

坐在对面的女人忙问："猎雪到了吗？"

"嗯，稍等，我去找他。"

"唉，好，那我让服务员现在上菜。"她两只手交握在一起，冲陈庭森拘谨地笑笑，"有点儿紧张呢。"

"他很乖。"陈庭森重复一遍，安抚她，"不用紧张。"

嘴上这么说，电梯降到一楼时，陈庭森的心头也像上了弦般发紧。

王姐不是第一回操心他的家事，可以说从他将陈猎雪领回家以后，每个稍微亲近些的人都替他发愁：本来年纪轻轻前途无量，样貌、事业样样都拔尖，即便遭遇了那样的家庭变故，也不影响他再组建一个和美的新家庭——偏偏多了个养子。

传奇的事例只能在报纸上感人，在现实生活中，与一个丧子、离异过的男人共同抚养一个体弱多病的养子，这份考验足够击退大半萌动的芳心。剩下小半无所畏惧的示好，也被陈庭森一次次婉拒。

他无数次午夜梦回时，无数次从手术台上下来时，无数次望着陈猎雪时，脑中浮现的都是陈竹雪无声无息地躺在面前的样子。他以医生的身份救回那么多人，却没法以父亲的身份挽回自己的孩子。甚至有好几次，他聆听完陈猎雪胸膛里传来的心跳声，恍惚着抬首时撞上陈猎雪无辜又依赖的目光，陈庭森会质问自己："我做的一切真的是对的吗？"

他自认还没有心力再去承担起一个家庭的重担，在他能够坦然面对陈猎雪之前。

陈庭森只能更加疏远陈猎雪。但疏远毕竟不是长久之计，所以当王姐又随口聊到要给自己介绍个对象时，陈庭森思索片刻，第一次应允下来，想与对方相处看看再说。

叮。

电梯门一开，陈庭森一眼就看见了陈猎雪。男孩子似乎又成长了些，面庞依然白皙，五官已经从稚嫩过渡为少年人的青涩，站在那里就像棵小树般挺拔，他也正往电梯外这边瞧。看见陈庭森，他眼睛一亮，温温润润地笑起来："爸爸。"

陈庭森不由想起刚才跟女人保证的"他很乖"，心道："确实很乖。"

陈猎雪还不知道楼上有什么在等着自己，他简直如获新生，大着胆子去拽陈庭森的袖子。

陈庭森没看陈猎雪，借抬手摁楼层按键的动作将手抽开。

"这么大了，怎么老跟小孩一样！"他沉声说。

将被脱开手的小失落迅速掩盖下去，陈猎雪抓紧一切机会跟陈庭森说话。

他试探着问："爸爸，今天怎么突然出来吃饭？"

　　陈庭森终于正儿八经地看了他一眼。对上陈猎雪期待的目光，他莫名感到有些不自在，将目光移开后才开口道："让你见个人。"

　　陈猎雪眨眨眼，生出不好的感觉来，他盯着陈庭森问："谁？"

　　"一个阿姨。"电梯到了，陈庭森率先走出去，尽量委婉地让陈猎雪明白这顿饭的目的，"如果相处得不错，以后可能会来家里一起生活。就算你对这个阿姨不满意，在饭桌上也别表现出来。"

　　推开包间的门之前，他再一次扭头叮嘱："明白吗？"

　　陈猎雪直愣愣地看着他，眼睛都忘了眨。

　　听见动静，女人立马从凳子上站起来，尽量让自己笑得温和大方，往门口迎："是猎雪吧？喊我李阿姨就行了，我……"

　　陈猎雪面无表情地看向她，嘴角绷成一条直线，什么也没说，干脆利落地转身向外走。

　　"哎？"女人的笑容僵在脸上，她无措地望向陈庭森。

　　陈庭森愣了愣，那句"他很乖"言犹在耳，于是皱起眉，严厉地喊："陈猎雪。"

　　陈猎雪的脚步分毫不停，他没听见一般，头都不回。

　　陈猎雪被陈庭森领养的第一年，有一回去医院复查，给他做记录的阿姨问陈庭森："孩子的事算是尘埃落定了，什么时候把老婆追回来？"

　　当时很多人都觉得陈氏夫妻会和好，会像每个正能量电影里演的那样，妻子在丈夫的感化下接纳了陈猎雪，把他当成自己的儿子对待，从此一家三口过着幸福美满的生活。

　　当时的陈猎雪对陈庭森有一种特殊的依赖，他怕别人分走陈庭森对他的关注，听到这个问题立马抬起了脸，握住陈庭森的手不说话。陈庭森在外人面前永远是好父亲的形象，他摸了摸陈猎雪的头，淡淡笑着说："先照顾好他再说吧。"

　　在照顾他的身体这方面，陈庭森确实能做到事无巨细，他容不得陈猎雪有一丁点儿闪失。可陈猎雪依然没被彻头彻尾地照顾"好"过：他用心脏作借口，企图吸引陈庭森的关注，喊上一百次"狼来了"，但第一百零一次，陈庭森仍会紧张地摸上他的心口。

陈猎雪用着各种方法试图让陈庭森对自己的关注多一点儿，再多一点儿，几乎忘了陈庭森本该拥有一个完整的家庭，或者说他本该有一个可爱、健康的亲生儿子。

听到"一个阿姨"时，陈猎雪并没能第一时间反应过来，"阿姨"这样的词在他和陈庭森的生活中很陌生，他纯粹被戒备的本能打断了思路，好像食草动物远远听见一声兽吼，尚来不及去分析这是狮子还是老虎，浑身就已绷紧十足地警戒起来。

直到李阿姨笑着出现在眼前，"阿姨"由一个词语变成看得见、摸得着、近在咫尺的威胁，巨大的惊愕才如同无形的巴掌，劈头盖脸地打醒了他。

怪不得陈庭森最近对他越来越冷漠，怪不得会叫他出来吃饭……

"过生日"之类的幻想通通变成可笑不已的妄想，陈庭森在用最直截了当的方式告诉他，他只是个外人。

身体先于大脑做出了反应，听到陈庭森喊他的名字，陈猎雪才发现自己竟已走了出去。他在心里犹豫了一下，忤逆陈庭森对他来说真的不是件容易的事，如果不是心口呼呼倒灌的冷风太刺骨，他一定会忍不住停下脚步。

电梯前人很多，陈猎雪不想等，仿佛只要离开得够快，就能当作什么也没有发生。他转身进了安全通道，机械地一阶阶往下走，到二楼转角，听不到楼上那些热闹的人声以后，他绷得笔直的肩膀一下子垮了下来，双脚灌了铅一样再也抬不动，鼻腔酸得发麻。

他孤零零地在原地站了一会儿，轻轻抽了口气，抱着一点点可怜的希冀回头看，身后一如既往，空荡荡的。

"爸爸，今天是我的生日。"

他在心里对陈庭森说。

陈庭森的脸色可以用难看来形容。

陈猎雪转身就走已经让他吃了一惊——他在陈猎雪来之前想象了很多种可能，任何一种可能都建立在陈猎雪乖乖落座吃饭的前提

下，他怎么也没想到一向乖巧懂事的陈猎雪竟会做出这样不礼貌的举动。更让他不悦的是陈猎雪明明听见了他的声音，却连头都不回一下。

李阿姨招呼都没打完就被给了个下马威，下不来台之余反倒放松不少。她是做足了后妈难当的思想准备的，果然越大的小孩排外越严重，与其让她在饭桌上对着张不阴不阳的面孔，陈猎雪直截了当的态度反倒更能让她摸清楚状况。

就是没太明白这孩子"乖"在哪儿，她尴尬地想，陈猎雪看她那一眼简直敌意滔天。"陈医生，孩子……要不要去追一追？"她问。

陈庭森的视线一直跟着陈猎雪的背影，直到他消失在人群里才收回来。他将情绪掩进眼底，向女人歉然地笑笑："不用。真不好意思，小孩子闹脾气，随他去吧。"

没有陈猎雪在场，这顿饭也失去了本身的意义。陈庭森满脑子都是陈猎雪头也不回的背影，心里烦躁不堪。不知道陈猎雪去吃饭没有，这个点人多车多，会不会刮着碰着，最担心的还是他胸膛里那颗心脏。

勉强让这次约会有头有尾，囫囵结束，他带着满腹躁郁开车回家，打开门，乌漆墨黑的，扑面而来的冷清将他已经堆到喉口的质问通通堵了回去。

陈猎雪不在家。

他没回来。

陈庭森站在陈猎雪空空的房间里皱眉，这种局面失去掌控的感觉非常不好，他掏出手机给陈猎雪打电话，等了半天那边才接通，他压着火气问："你在哪儿？"

陈猎雪回道："在外面。"

"回来。"

沉默了一会儿，陈猎雪低声说："我今天……去朋友家睡，你跟阿姨好好相处吧，爸爸。"陈猎雪说完，把电话挂了。

陈庭森愣了两秒，如同每个初次经历孩子叛逆期的家长一样，他看着已经结束通话的屏幕难以置信。

他突然意识到一个问题，陈猎雪"不乖"起来，他竟然一点儿办法也没有。

陈猎雪坐在纵康家的破沙发上，挂了电话以后就攥着手机不说话。两个小时前他兴高采烈地跑出去，去找陈庭森，连口饭都没吃上又跑回来了。纵康心疼，边给他搬炉子热火锅边问："真不回家了？"

宋琪接腔："回个屁，回家看他爸跟他后妈亲热？"

陈猎雪冷冷地瞥他一眼。纵康反手往他胳膊上拍："你少说两句。"

"我这不阐述事实嘛。"宋琪撇撇嘴，"也不想想他爸离婚多久了，都拉上饭桌了，下一步可不就得往家带。"顿了顿，他挑起眉毛："说不定私下里已经见过很多次了，让你去见面只是通知你个结果而已。"

"你……"纵康又要拍他。

宋琪侧身避开。他冲陈猎雪继续道："给你找个后妈又不是要把你赶出家门，有这么委屈？"

纵康堵不住宋琪的嘴，无奈地叹了口气，坐在陈猎雪旁边劝道："其实琪琪说得对。"

宋琪："我说一万遍了，别喊我……算了。"

"我知道你怕陈先生娶了老婆就不疼你了，也怕家里来了阿姨对你不好……陈先生也是，干吗非得今天告诉你。"纵康不高兴地皱了皱眉，"但是，陈先生毕竟是个成年人，得有个家庭，早晚都要有的，他照顾你，也得有人照顾他的生活。你跟阿姨好好相处，不会影响你跟他的关系的。"

"现在不影响，以后有了自己的小孩就说不好咯。"宋琪阴阳怪气。

"你真是……"纵康无奈地瞪他，"能不能想点儿好的？"

"我想什么？你也是一个人，平时谁照顾你的生活啊？"

纵康每次拌嘴都说不过宋琪，难堪地磕磕巴巴。陈猎雪不忍让纵康为自己担心，轻轻笑了笑，表示自己没事了。

"今天不想回去就不回去吧。"纵康强行把话题转回来，"在我这儿睡，明天正好跟琪琪一起去学校。"

陈猎雪点点头。宋琪把筷子往他跟前丢："吃点儿吧少爷，你哥又捞饬一遍，你别一口都不吃啊。"

"谢谢你，纵康哥。"陈猎雪说。

纵康捏捏他的肩膀，笑着说："吃了这顿饭，小碰就长大了。"

"手机又来电话了。"宋琪踢一脚沙发，冲纵康翻白眼，"他又不是个婴儿，哄什么哄，在这儿哼哼半天，一看见电话还不是接得飞快，肯定是他爸的。"

确实是陈庭森打来的。

陈猎雪觉得自己有点儿没出息，他把听筒靠在耳边，想起宋琪那句"私下里见过很多次"，喉头发紧。

"你在纵康家？"

陈庭森说话一如既往简单直接，仿佛刚才被挂电话的人不是他。陈猎雪"嗯"了一声，他便语调没有起伏地命令道："出来。"

陈猎雪倏地从沙发上站起来，他推开阳台的门往外看，远处的巷口果然停着一辆汽车，在昏黑的环境下只能隐约看到轮廓。

他的心脏在胸膛里剧烈地跳动起来。听筒里嚓一声响起，陈庭森似乎点了根烟，陈猎雪瞬间就能想象出那画面：陈庭森叼着烟，车内烟雾缭绕。

陈庭森转着手里的打火机，拇指时不时顶开不锈钢机盖，再啪地合上，眼睛盯着车窗外黑窄的小巷尽头。

火机是顺手从家里带出来的，来之前他用了一根烟的时间思考，是放任陈猎雪在外面过一晚，还是再打个电话命令他现在就回来。外宿是不可能的，可如果陈猎雪继续使性子，难道还要他动身去抓吗？

越思考越觉得光火，以前他跟陈猎雪说话从不用重复第二遍，更不用考虑什么"如果"。

呼出最后一口烟，陈庭森按捺着火气开车出门。

　　车行至半途时，王姐打电话来问了相亲的事，说对方对陈庭森很满意，并不介意多个孩子，如果陈庭森也觉得可以，就择个日子两人再接触接触。陈庭森先道了谢，然后抱着歉意婉拒了。

　　陈猎雪能去的"朋友家"左右不过就是纵康家。将车停在巷口后，陈庭森皱起眉，掏手机给陈猎雪打电话。摸到火机时他确实想点一根，但车里有烟味很麻烦，陈猎雪吸不得二手烟，他只能烦躁地把烟吐掉。

　　小巷窄长，车前灯打出的灯光能覆盖的范围很有限，时间过去了足够久，陈猎雪的身影才终于出现在光里。

　　陈庭森透过车前窗看他。他有必要好好跟陈猎雪谈一谈了。

　　陈猎雪是被纵康送过来的。宋琪听他接完电话就开始揶揄，陈猎雪知道自己不可能夜不归宿，也不可能让陈庭森等太久，但看着桌上刚热好的火锅，又实在过意不去。

　　"你怎么着都得给我吃一碗再走！干吗啊，一天到晚净折腾人。"

　　宋琪把他摁在沙发上，稀里糊涂地也不知道盛了点儿什么东西，连汤带料往他手里放。

　　纵康赶紧把碗端回桌上，说："不想吃就不吃了，陈先生在等着呢，你别欺负小碰。"

　　宋琪翻了个白眼。

　　"我送你过去。"

　　纵康要去换衣服，陈猎雪拉着他坐下："没事，我也饿了，还是吃点儿再下去吧。"

　　囫囵吃了几口，总算没让纵康这番心意白费。陈猎雪下楼走到能看见车的地方，心情又复杂了起来。

　　"有话好好说，别一不高兴就由着自己的性子来，一次两次哄着你，总发脾气就不好了。陈先生对你再好，其实都是情分，你听他的话才是本分。不然以后有弟弟妹妹了……"

　　纵康小声交代着，陈猎雪听到最后一句，感觉自己就跟个桃核儿似的，毫无价值的壳子里包着苦得掉渣的芯。

　　陈庭森关掉刺目的车灯下车，陈猎雪不急不缓地走到他跟前。

　　并没有预料中那样可怕的冷漠，他轻喊了声"爸爸"，陈庭森看他，陈猎雪垂下睫毛没有看他。

　　"先上去。"陈庭森说。陈猎雪点点头，跟纵康道了再见，开车门时他顿了顿，选择了后座。

　　没有陌生人的味道。

　　他抽抽鼻子，看着听纵康说话的陈庭森，不知该不该高兴。

　　车外的二人并没有聊太久，陈庭森上车时看了他一眼，没说什么。车开离巷口后，陈庭森突然问："怎么坐后面了？"

　　陈猎雪的声音听起来无精打采："我先习惯习惯。"习惯把副驾驶座留给未来的"妈妈"。

　　陈庭森本以为他是在耍脾气，万万没想到陈猎雪能说出这种答案。他看向后视镜，陈猎雪靠在椅背上看着窗外，路灯明灭的灯光映在他脸颊上，显得很朦胧。

　　从这个地方到那个地方，再从车库到家，一直没人再说话。直到进了家门，陈猎雪才终于小声道："我去洗澡了。"

　　陈庭森看着他进浴室的背影，没说话。

　　陈猎雪洗了个战斗澡，很快，因为他怕洗太久陈庭森就回房间了。

　　出了浴室一看，陈庭森果然还在客厅里坐着。他交叠着两条长腿，似乎在思考什么，或者打算着什么。陈猎雪从浴室出来时他没往这边看，陈猎雪往卧室走时，他出声喊："过来。"

　　陈猎雪松了口气。

　　他转过身，故意不看陈庭森，好像知道陈庭森要说什么一样，快速道："对不起叔叔，我错了，今天不该没有礼貌。我今天……心情不太好，下次会和阿姨道歉的。"

　　陈庭森看他一步都不动，远远站在对面的样子，心里的那股火腾地复燃起来。

"过来。"他重复道。

陈猎雪有些怕，默默走过去。

"对不起，叔叔……"

"我没让你道歉。"陈庭森不耐烦地打断他，但把后面的话说出口却也没想的那样容易。

"今天是你生日。"他清清嗓子，"怎么没告诉我？"

从纵康嘴里听到这个信息时他真的有些吃惊，尤其纵康以为他知道这件事，陈庭森的心情一时间复杂到难以言喻。

陈猎雪的睫毛颤了一下，他沉默着。

陈庭森刚要说什么，陈猎雪突然鼓起勇气喊了声"爸爸"，往他跟前凑了凑道："那我能要个礼物吗？"

陈猎雪从没主动要过东西，以至于陈庭森突然听到这么个要求，反应了一下才道："你想要什么？"

"我……"陈猎雪紧紧盯着他，嘴巴张了张，终于下了决心把话说出来，"我想……能不能，等我考上大学以后，你再找……找新阿姨……"

最后几个字几乎卡在了喉咙里，声音让人听不清楚，却不影响陈庭森听懂他在说什么。

陈庭森本来正打算告诉他相亲的结果，听完这个愿望，他下意识先反问道："为什么？"

陈猎雪没有隐瞒，咬咬牙告诉陈庭森："我不想跟新阿姨一起住在家里。"

陈庭森面无表情地看着他。

比起显而易见的情绪，往往就是这样看不出态度的表情最让陈猎雪害怕，他垂下眼皮快速道："等我去上大学以后，家里没有我了，就不会影响你们，我……"

陈庭森打断他："然后呢？"

他的语气与表情一样没有起伏，像在说别人家的事："考上大学以后，你就再也不用回来了，是这个意思吗？"

"没……"陈猎雪想反驳，抬头看见陈庭森的眼神，又把话都

咽回到肚子里。

客厅陷入了安静。

打破安静的是陈庭森的一声冷笑："你凭什么觉得你有资格脱离这个家？你以为你是凭什么活着，又是凭什么去考你的大学？"

陈猎雪浑身倏地一冷。

类似的话他早就听陈庭森说过，再听见，依然觉得尖锐得让人难受。陈庭森的声音很轻，说出的话冷冽得如同柳叶刀的刀锋，每个字都直直戳进他的心肺，然后再蘸着粗糙的盐粒，碾着他的血肉一下下地磨。

他觉得心口的刀疤一抽一抽地疼。

等不到反驳辩解，陈庭森怒火中烧，陈猎雪不言不语的样子在他看来就是默认，默认他想尽早脱离这个家，带着他亲生儿子的心脏，从他身边离开。

在陈庭森忍不住要伸手去拽他的前一秒，陈猎雪扬起脸望着他："那我不要礼物了。对不起，叔叔……我不要了。"

陈庭森满腔的怒火一下子被这句"我不要了"扑灭了，化成一团呼不出咽不下的郁气，堵在喉管不上不下。

半晌，他疲惫地闭了闭眼睛，感到喉头生涩。他尽力将语气放软，轻声道："我已经拒绝那个阿姨了。"

陈猎雪愣了愣，眼睛忽地亮了："爸爸……"

陈庭森眉头一动，神色复杂地看向他。

陈猎雪的开心是真实的。这种性格到底是怎么形成的呢？

陈庭森觉得自己该说一句表示歉意的话，酝酿了半晌，他开口道："换一个礼物吧。其他还有什么想要的？"

陈猎雪在陈庭森旁边坐下道："爸爸，今晚我可以和你住在一起吗？"

"不行。"

陈庭森想也不想就拒绝。

他把陈猎雪转过来面向自己，严肃道："陈猎雪，你已经不小了，不要像小孩子一样。"

陈猎雪跟他对视了两秒，点了点自己的心口，突然问道："你也不需要它了吗，爸爸？"

倾听陈竹雪的心脏跳动声，一向是陈庭森最大的心理安慰，改掉这个习惯并不容易。

"今天不需要。"他冷静地说。

陈庭森睡得很晚，他反复回想一整天发生的事情。这孩子似乎格外喜欢亲近他。陈庭森推测：多年的孤儿生活，让陈猎雪对亲人依赖得十分严重。

陈庭森今天的状态很不好。

坐在对面的杨副刀打量着他的脸色，问："心里有事儿？"

陈庭森捏捏眉心："这么明显？"

杨大夫："就差在脑门上系个死结了。"

他拱起肩凑到陈庭森跟前，好奇地问："昨天相亲，怎么样？"

"没怎么样。"陈庭森疲惫道，"就那样。"

"听王姐说你给人回了？怎么着，你拖家带口的还挑呢？"

杨大夫经历了从陈竹雪到陈猎雪的完整更迭，自己也是有家有室的人，多少能理解陈庭森的种种顾虑，他拉着陈庭森出去，道："也不急这一年半载的，现在还是多照顾照顾小孩儿，等他考上大学了，不用人催，你也有心思琢磨自己的事。"

他一提考大学，陈庭森就想起陈猎雪提起考上大学以后就不再回家，愈发烦躁起来。

烦。

怎么样都烦。

杨大夫被他阴郁的脸色吓着了，怕自己说错了话，忙问："你怎么了到底？"

陈庭森碾灭烟头，换了个话题："你儿子平时好管吗？"

"小孩不听话？那你有什么办法，上辈子欠的，除了忍着，还能怎么着……"

他嘴上这么说，眼睛里的慈爱却几乎要溢出来。正在这时，一个来电打断了陈庭森七拐八绕的"取经"，来电人的号码显示在手机屏幕上，熟悉得过了头。

"我要见他。"

电话那端的女人开门见山地说道。

006

"一场秋雨一场寒啊。"

宋琪晃着脑袋走进便利店，不学无术的他嘴里蹦出一句谚语。

陈猎雪坐在摆货梯子上，在货架前扭着头看他，挑起了眉毛。

"今年怎么怕冷了？"

他目光戏谑，绕着宋琪脖子上的围巾打转，把宋琪看得浑身不自在，一个劲儿地把围巾往下拽："你哥天天叨叨，烦死人了，跟个女孩似的，我妈都没他话多。"

"多好啊，"陈猎雪笑笑，佯装吃醋，"以前每年的第一条围巾都是织给我的。"

宋琪耳朵根儿冒火："婆婆妈妈的……想要就给你，拿走拿走。"

欢快的音乐声打断二人的斗嘴，自动门开，有顾客从雨幕里走进来。陈猎雪道了句"欢迎光临"，重新把注意力放回对货单上。

片刻后，宋琪小声喊他："陈猎雪。"

他闻声，眼皮一掀就对上梯子旁顾客的视线，那是个中年男人，大约是被梯子挡了路，正看着他。

"不好意思。"陈猎雪笑笑，从梯子上跳下来，给男人让路。

男人回以微笑，很儒雅："没关系。"

他拿了两瓶牛奶、一包纸巾，又对陈猎雪笑了笑，原路折回收银台前，轻声问："还要别的吗？"

陈猎雪这才发现门边还站了一个女人，穿着棕色的大衣，长发卷卷地垂在胸前，见他看过来，迅速背过身去，摇摇头。

两人离开后，宋琪盯着缓缓关合的自动门嘀咕："怪里怪气。"

陈猎雪透过窗子往外看，那一对男女出了门没有立刻走，男人为女人撑开伞，又回头看了一眼，附在女人耳畔说了什么，女人点点头，他们这才上车离开。

"他俩怎么了？"他问宋琪。

"跟俩贼似的，进门就都盯着你看。"宋琪说着，用看好戏的眼神看向陈猎雪，"要是在电影里，那二位就是你亲爹妈。"

陈猎雪内心毫无波动地扯扯嘴角，看看车头的车标，转头继续码货："那我亲爹妈可够有钱的。"那辆车可不便宜。

这本该是一个小小的插曲，结果两天后，那对男女又出现了，这次不是在便利店，而是在学校门口。

"你好，你是陈猎雪，对吗？"

只有一面之缘的男人出现在眼前，这次没有恼人的雨水，男人比两天前更显利索儒雅。在他身后不远处的轿车里，披着长卷发的女人正坐在副驾驶座上往这边看。

陈猎雪警惕地退后一步，男人立刻表示自己并无恶意："别怕。"他指了指轿车的方向，温声道："那位阿姨你也许还有印象，她是陈竹雪的妈妈。"顿了顿，他微笑起来："现在，她是我的爱人。"

"我要见他。"

江怡曾以为自己一生都不会说出这句话。

陈竹雪是在她眼皮子底下坠的楼，当时她刚拎了蛋糕出来，距离陈竹雪十米都不到，后来她无数次回想当时的画面，每一帧都是慢动作：她的儿子就像一块跷跷板，挂在护栏上晃荡，两只小手徒劳地在空中抓了抓，就这么头朝下掉了下去。

噗。

原来人砸在地上没有非常夸张的动静，闷闷的，像一只破了皮的鼓，又或者是摔成了一摊烂泥的蛋糕。

陈竹雪死了。

她没法接受。谁能接受呢？

十分钟前还乖乖喊着"妈妈"，会笑会说话，等着吃生日蛋糕呢，就在距离她十米的地方摔死了。

陈庭森能接受。

陈庭森如同一个怪物，从救活了别人的手术台上下来，又走进他儿子的手术室，出来后向她宣布，他们的儿子死了。

脑死亡。

她没法去理解脑死亡和心脏死亡的区别，她只知道她儿子还有心跳。心还在跳，还在等着爸爸妈妈救他，她残忍的、不可理喻的丈夫，却要把他的心脏捐出去。脑袋已经瘪了，还要在他胸口上剖个大洞。

"你挖我的心吧！陈庭森，你把我的心也挖走吧！你把我和我儿子一起杀死吧！！"

是如何熬过那段崩溃的日子的，江怡已经忘了，哭号、晕厥、争吵与声嘶力竭，牵扯的不只是她与陈庭森的小家，还有她的娘家和婆家。她认识的不认识的，熟悉的不熟悉的，每个人每一天都要来提醒她一遍：你儿子死了。你丈夫把他的心脏捐了出去。

终于从无数个噩梦里清醒过来，她脑子里唯一的念头是离开陈庭森。她觉得自己和陈庭森都是杀人犯，同床共枕的每一夜都让她颤抖崩溃。

她用漫长的时间让自己恢复正常人的生活，她屏蔽一切有关陈庭森和他那个可笑的所谓的养子的消息。关崇的出现让她感激，他用强大的温柔与包容，陪她开启了新的生活。

在她能坦然回忆过去，能笑着说出陈竹雪小时候的趣事时，她以为自己已经准备好迎接一个新的生命了，准备好与这个男人孕育一个属于他们的孩子，重新去做一个合格的妈妈。

可是不行。

她跪在浴室的花洒下一边干呕一边痛哭，她没法骗自己，她的陈竹雪还活着呢，就在这个城市里，她儿子的心脏还在跳着，他走得那么可怜，她却要将他抛诸脑后，去当别人的妈妈。

从浴室出来时她很自责，她以为会面对关崇的不悦与冷脸，毕竟对于任何男人来说，她的行为都太伤人了。没想到迎接她的却是一杯温热的开水与准备好的避孕药片。

"去见见他吧，就当了一下心结。"男人把她拥进怀里，柔声说。

江怡把脸埋在他怀里，泪水氤氲在这片胸膛上，她想：我真恨你，陈庭森。

电话那头的声音与五年前一样，冷静到让人咬牙切齿。显然接到这个电话让陈庭森很惊讶，他沉默了片刻才问："怎么突然要见他？"

那种熟悉的焦躁、悲愤感涌了上来，江怡有些激动："他身上装着我儿子的心脏，我凭什么不能见他？"

"你的状态不适合见他。"陈庭森果决道。

关崇拿过电话，边安抚江怡边向陈庭森解释。那头的人倾听完毕，良久才道："这段时间他身体不太好，等天气好起来再说吧。"

这是个无比拙劣的借口。

关崇笑了笑，没有揭穿，表示会尊重孩子的决定。

挂电话前，陈庭森问："她现在怎么样？"

"挺好的，多谢关心。"

那头的语气中有着小小的释然："谢谢。"

电话挂了。

江怡问："怎么说？"

关崇看着她极力掩藏于眼底的希冀，想了想，道："那孩子最近身体不好，如果你想的话，我们可以先远远地看看他。"

可念想这种东西，要么没有，要么就如同春风掠过的野草，在心里成片成片地放肆生长。

查到陈猎雪的学校、班级并不难，得知他还有一份在便利店的工作，二人倒着实有些惊讶。在那个下着秋雨的傍晚匆匆见了一面，江怡的心头五味杂陈。那孩子那么瘦，又瘦又苍白，眉眼却如同水墨画一样宁静。

如果她的陈竹雪长大了，大概也是这么干干净净的模样。

"我和你江阿姨没有别的意思。"关崇打量着面前的男孩，解释道，"其实，我们准备要自己的孩子，在这之前，她想知道陈竹雪过得好不好。"

陈猎雪抿抿嘴唇，目光中仍带着些许怀疑。

关崇被他的警惕心逗笑了，他笑起来暖洋洋的，周身都散发着一种和蔼可亲的气质。

"谨慎是好事。"他说着，掏出自己的钱夹，将身份证与工作证都抽出来，"我把身份证押给你，可以跟我们一起吃顿晚饭吗？"

关崇。

教授。

陈猎雪翻看着他的证件，想了想，问："你们找我，我爸爸知道吗？"

关崇扬了扬眉毛，没有正面回答："你可以给他打个电话。"

"不用。"陈猎雪把证件还给他，乖巧地笑笑，"去吃饭吧，关叔叔。"

江怡坐在副驾驶座上，陈猎雪从走过去到站在车旁，她始终没有正眼相待。关崇敲敲车窗，她才冷漠又稍显拘谨地向外看，被陈猎雪黝黑的瞳孔盯得心头一缩。

"江阿姨。"陈猎雪微微笑着喊她。

短暂的对视，两人都在观察对方，江怡以为自己对陈猎雪该有一副冰冷的心肠，然而只要想到她儿子的一部分寄存在这个孩子体内，某种冰封已久的母性本能就冒出了头。她绷紧下颌点了点头，算是听见了，生怕自己生出多余的感情，忙不迭继续目视前方。

陈猎雪拉开后门上车。他想的就简单多了：陈竹雪的妈妈原来是这样的。

精致。

江怡长得很精致，她的脸很有线条感，五官分明，从眉眼到口鼻，都有一种仿若被雕琢过的精致，这一点儿跟陈庭森很像。陈猎雪偷看过她和陈庭森的结婚照，那上面的二人都面带微笑，没有如今这样拒人于千里之外的冷漠。

江怡从后视镜里看他，陈猎雪弯了弯眼，江怡又一次漠然地转头，他也就顺势扭头看向车窗，透过车窗上的倒影观察自己。都说儿子随妈，他的五官跟江怡完全是两种风格，所以他肯定也不像陈竹雪。

"想吃什么？"关崇发动汽车，爽朗地问。

江怡不说话。陈猎雪扭头才发现他在问自己，不好意思地道："我都行。叔叔阿姨决定吧。"

关崇眉眼带笑："带孩子出去吃饭，当然要优先照顾小朋友的喜好。"

也许是职业的原因，他身上自带亲和力，陈猎雪也就真不客气地做了决定，选了一家港味餐厅。

"这家店在哪儿？"

江怡轻声答："第二医院对面。"

关崇挑挑眉。陈猎雪装模作样地看着窗外，权当没听见。

路上堵得厉害，关崇跟陈猎雪聊着天，问他的学习和健康，也问陈竹雪的心脏。

听到陈猎雪说"很适应，到现在还没什么不好的反应"时，江怡不由自主地微偏了头，修长的脖颈拉出优美的曲线。

车停在一个漫长的红灯前，关崇摇下车窗，夹起一根烟侧首问陈猎雪："介意吗？"

陈猎雪想到陈庭森从来没有烟味的车厢，摇摇头："不介意。"

这顿晚饭没吃多久，尽管关崇表现得面面俱到，但餐桌上还是不比在车里，只用面对江怡的后脑勺。对面坐着的江怡脸色说阴不阴说晴不晴，目光直往他胸口瞄，让他没什么食欲，于是他吃了个半饱就放下了筷子。

"你每天都吃这么少？"

江怡终于开口说话了，能听出她真的很别扭，语气古怪又急促。

陈猎雪擦擦嘴，回答："我胃口不大。"

"怪不得这么瘦，男孩子还是得多吃点儿。"关崇道。

陈猎雪笑笑，没接话，他拉开外套拉链，指着心口问江怡："阿姨，你想听听它吗？"

江怡与关崇同时停下动作。

他们确实是为这个而来的，与陈猎雪聊起这颗心脏时也没觉得有什么不妥，可冷不丁由陈猎雪主动提出来，两个大人反倒不自在起来。

江怡怔了片刻，眼圈迅速红了，她跟关崇对视一眼，不知所措地放下筷子。陈猎雪脱下外套走到她跟前，大方道："听听吧，它跳得挺好的。"

江怡没法形容再次听到那颗心脏跳动的感觉。

对于一个丧子的母亲而言，这也许与锈钟的再一次走字、枯枝的再一次抽芽、涸泽的再一次涌流无异；它是女娲造人的第一捧泥巴，是一声被暂停的天籁，摁下重启键，又在她耳边呼喊"妈妈"。

对陈猎雪而言，只是一个陌生的女人，在他胸口泣不成声，为一个在前十二年与他无关的生命。

他有些悲悯地看着江怡抽搐的肩头，心想：不知道如果有一天，我的亲生母亲见了我，会不会哭成这样。

她知道自己儿子的胸腔里已经换上了别人的心脏吗？她会流泪吗，为她儿子被剜掉的心脏，为她的儿子最需要她而她不见踪影的时候，受的每一刀罪？

关崇动容地看着这一幕，他轻抚妻子瘦削的肩膀，突然问陈猎雪："手术的时候，疼吗？"

陈猎雪愣愣地看他。他想说"疼啊，怎么不疼，那可是我的心"，然而他只是笑笑，轻快道："不疼。打麻药了。"

从餐厅出来，关崇要送陈猎雪回家。陈猎雪拒绝了，他指指不远处第二医院的字牌，要去等陈庭森下班。

他们在车前多说了几句，关崇随手又点上一根烟，坐在车里补妆的江怡降下车窗，仍不看陈猎雪，对关崇说："掐了吧。"又补充："刚吃过饭。"

关崇冲陈猎雪眨眨眼，依言灭了烟："江阿姨怕熏着你。"

他看看陈猎雪被眼泪浸湿的衣襟，要他把自己的围巾戴上，陈猎雪没拒绝。关崇的围巾上有淡淡的男士香水味，还有些烟味，他不习惯地伸伸脖子。

关崇给他围好围巾，问："我能听听吗？"

陈猎雪："嗯？"

"心跳。"

听说他做了换心手术的人都有这个好奇心。陈猎雪熟练地展开胳膊，笑笑："听吧。"

分开后，他把设成静音的手机掏出来，满屏的消息和未接来电，是宋琪和纵康的。他给纵康拨过去，那边已经急坏了，劈头就问："你怎么了小碰？没头没脑地给我发个车牌号，还让我两个小时没接到你电话就报警，你干吗了？"

宋琪大呼小叫："他是不是偷人车了？！"

陈猎雪边往医院走边解释，将前因后果没有隐瞒地都告诉了纵康。纵康得知那二人已经离开了，这才松了口气，心安的同时，想想陈竹雪妈妈听着陈猎雪的心跳哭自己儿子，又不是滋味地难受起来，他嘀嘀咕咕："这两人也真是，你又不是陈竹雪……陈先生知道吗？"

快知道了。

陈猎雪掖了掖围巾，跟纵康道别，踏进医院的大门。

陈庭森刚脱下白大褂准备去吃饭，护士小刘敲门："陈大夫，快看谁来了。"

陈猎雪从她身后探出头。

"爸爸。"

陈庭森脸色不易察觉地一凛。"你怎么来了？"他放缓口气，问，"吃饭了吗？"

小刘一走，他转身径自收拾东西，说道："进来。把门关上。"

好久没听陈庭森说这么多话了，陈猎雪挺高兴地依言进门。他坐在问诊的椅子上看陈庭森，轻声解释："我在这附近吃饭，顺便就过来了。你吃了吗爸爸？"

陈庭森扫了一眼他脖颈上的围巾，不说话。

陈猎雪平时最会察言观色，这一会儿却跟傻了一样，不仅不住嘴，还跟个吃货一样絮絮叨叨："但是没吃饱，我想吃小笼包了，

我们去吃那家店的小笼……"

"跟谁吃饭？"陈庭森打断他。

陈猎雪眨眨眼，避开陈庭森的视线，把脸往围巾里埋："跟朋友。"

陈猎雪用眼角的余光偷看陈庭森。陈庭森冷冰冰地盯着他。一股久违的危机感将陈猎雪包裹起来，他紧张地咽了咽口水。

只过了片刻，陈庭森收回目光，连带着空气中压抑的氛围都消散了，他又恢复成对陈猎雪不愿多看的模样，套上外套向外走去。

陈猎雪一怔，掩了掩心里的失落，忙起身追上去。

陈庭森没按原计划留在医院吃食堂，他踩着汽车油门，在拥堵的马路上时走时停地挪动，此起彼伏的喇叭声不绝于耳，聒噪得让人心头火起。终于开到顺畅的路段，他一脚刹车停在路边，说道："快去。"

陈猎雪茫然地看着他。

陈庭森满脸都是不耐烦："还买不买包子了？快点儿。"

听他这么说，陈猎雪才发现他们停在了那家小笼包店门口，刚掉进无底洞的心脏瞬间被暖流热烘烘地拱了起来，他忙不迭开门下车："我去买，爸爸你等我。"

陈庭森没理他，他撑着胳膊看了会儿街景，又转头看向副驾驶座上的围巾，陈猎雪上车后就把它摘下来了。

烟灰色，男士，一个陈猎雪买不起也不会买的牌子。

关崇和江怡对陈猎雪的兴趣并没有因为见了一面就平息。

确切来说是江怡，她发觉自己竟如此迫切地想再做一回母亲，但成功受孕并不是一朝一夕就能达成的事情，她的心里就生出一簇簇野草，春风一吹，浩浩荡荡地形成一幅陈猎雪的画像。

陈猎雪认为自己精心编排的围巾局并没有发挥作用，陈庭森除了在医院那一眼，连问都没有多问一句，买完包子就开车回家，到了家依然跟平时一样，懒得理他。

陈猎雪把围巾叠起来收进衣柜，不急不躁地想，这个道具已经没有价值了。

半个月后的下午，陈猎雪和宋琪一同去便利店，刚出校门，马路对面有人按了按喇叭，关崇下车走了过来。

"谁啊？"宋琪眯着眼睛看，用胳膊肘捅陈猎雪，"那不是你那'亲爹'吗？"

"他是陈竹雪妈妈现在的丈夫。"陈猎雪一点儿也不意外，示意宋琪往车里看，"车里那个就是他妈。"

"上回不是来哭一鼻子了吗，有瘾？"

陈猎雪没理他，关崇已经来到面前了，他笑着喊了声"关叔叔"。

关崇看看宋琪，温和地问："你的朋友？"

"是，他叫宋琪。"

宋琪也不打招呼，吊儿郎当地站在陈猎雪身旁。

关崇来前没告诉陈猎雪，现在也无所谓宋琪有没有礼貌，他又释放出他拿手的亲和力，很自然地道："正好，一起去吃饭。火锅怎么样？"

陈猎雪摇摇头："不去了关叔叔，我俩今天要打工。"

关崇眉毛一挑，回头看了看车里的江怡，问："可以请假吗？"

倒也不是不行，陈猎雪看似迟疑地想了想。宋琪阴阳怪气地道："去呗。这么冷的天，吃顿火锅多舒服。"

关崇笑着看他："你也来。"

"不去。他不在我正好拿双份工钱。"说着他脸一垮，又似不满又似威胁地瞪着关崇，"倒是你们，你们知道他不是什么劳什子陈竹雪吧？"

关崇点头道："当然。"

这天他们去吃了火锅，仍是陈猎雪挑的店，仍在陈庭森医院附近。

江怡的脸色比上次好看了不少，吃饭时终于不再是关崇一个人两头照顾，她时不时会问陈猎雪一些问题，比如学习怎么样，天气冷不冷之类的，问完立刻就抿紧嘴唇，等陈猎雪回答了才放松下来，又时而往陈猎雪碗里夹菜，每夹一次都要紧张地问："这个能吃吗？"

关崇更关注打工的事。他先问了陈猎雪平时零花钱够不够用，见陈猎雪点头，他又问："所以打工是想锻炼自己？"

"我有一个哥哥，"陈猎雪慢吞吞地挑着白菜里的花椒，说，"现在在汽修厂给人洗车，他以后想盘一家自己的店，我想多帮帮他。"

江怡皱皱眉："哥哥？"

陈猎雪抬头看她："救助站的哥哥。"

这个话题便没再继续下去。

结完账，关崇开车将陈猎雪送到便利店，拎出一个精致的大纸袋，纸袋上印着彰显奢侈的标识。

"江阿姨给你买的，拿着。"

陈猎雪摇头："太贵了。上次你借我的围巾我还没还给你呢。"

关崇笑笑，把纸袋提手往他手心里放。"那就凑够一整套行头再还。"他附在陈猎雪耳畔小声道，"不然你江阿姨要伤心的。"

陈猎雪面无表情地听着，关崇直起身，他又露出乖巧的表情，接过纸袋去敲江怡的车窗。

"谢谢江阿姨。"

江怡不自在地"嗯"了一声，把车窗摇了上去。

关崇拍拍他的肩："早点儿回家，下次再来看你。"

汽车亮着车灯离开了。

陈猎雪回到便利店，宋琪正忙得四脚朝天，听见动静就气得骂他："拎的什么玩意儿，赶紧过来，点外卖那人投诉我两回了！"

陈猎雪把袋子往收银台底下一塞："来了。"

等宋琪送外卖回来，店里也清静下来，他俩凑着脑袋去翻大纸袋，里面除了一件冬装外套，还有一副手套。

陈猎雪把手套递给宋琪："帮我带给纵康哥。"

宋琪接过来摸了摸，皮的。他不会辨皮，只知道一定是好料子，拽了个塑料袋把手套塞进去，边塞边问："那衣服你是不是得藏起来啊？我要是你爸，知道前妻两口子偷偷带我儿子去吃饭，还买这买那的，非得硌硬死。"

陈猎雪点点头："嗯，说得对。"

第二天，陈庭森下夜班回来，进门就看见了躺在沙发上的大纸袋。

纵康是被吵醒的，才六点多，天还是灰蒙蒙的，宋琪在厨房里叮叮咣咣地制造噪声。

"琪琪？"

他裹着棉袄起床去看。

宋琪搅着锅里的米粥，在小厨房昏黄的灯光下回头看他："醒了？"

纵康问："今天怎么又起这么早？"

宋琪妈痊愈以后，宋琪就不在自己家里生火做饭了，有时候纵康做好了送上去，有时候他下来做，连着纵康的份一起，吃完了再端上去喂他妈。纵康提起坐在炉子上的水壶，去门口的小水池洗漱。宋琪跟他隔着一道窗子丁零咣啷地盛粥："想起就起了，赶紧刷你的牙。"

纵康笑笑，迅速抹了把脸进屋。

吃到一半，宋琪从衣兜里掏出个塑料袋递过去："陈猎雪有东西给你。"

"什么？"

"手套。"

纵康拿过来看，先露出欣喜的表情，感受到手套不一般的质地后，又蹙起了眉头。

"他老是乱花钱，我哪用得着这种东西？"

宋琪大口吸溜着粥，随口道："他那野爹给买的，不要白不要。"

纵康以为他在说陈庭森，苦笑一声："什么野爹？陈先生是小碰的恩人，你不要……"

"不是那个爹，"宋琪不耐烦地摆摆手，"上次找他的那对夫妻……"

纵康一愣："陈竹雪妈妈？"

"嗯。"

"他们又来了？"

"嗯。"

纵康的表情凝重起来，他攥着那副手套发了会儿呆，突然说："我

/89

是不是该告诉陈先生？"

宋琪立刻反问："你告诉他干吗？"

"我怕他们对小碰……做什么不好的事。"

"万一他早就知道呢？"

"什么？"

纵康呆呆的，一副听不明白的样子。宋琪翻了个白眼，开始喋喋不休："万一就是陈猎雪他爸，让那两口子去找的陈猎雪呢？再说了，他们就算对陈猎雪做不好的事又能干吗？挖他的心？这不是挺好的，领着吃饭，还买这买那。"宋琪嘟囔着重新端起粥："人家家里的事，一天天跟着操不完的心。"

纵康沉默片刻，低声说："他们这是把小碰当成陈竹雪了。"又说："这对小碰不公平。"

陈庭森临下班时收到了一条短信，发件人是纵康，内容很长，开头一大段都在解释自己的冒昧打扰，他快速往下看，目光停驻在"陈竹雪妈妈"的字眼上，他脑中立马蹦出那条围巾与陈猎雪的支支吾吾。

回到家，迎接他的是沙发上扎眼的纸袋。

陈猎雪起床洗漱，看见陈庭森坐在餐桌前看报纸。

"叔叔，你回来了。"他一副睡眼惺忪的样子，跟陈庭森打个招呼就进了卫生间，十分钟后脸上挂着水珠出来，拿了瓶牛奶放进微波炉里转。

"吃饭了吗，叔叔？"

陈庭森掀过一页报纸，语调没有起伏地问："你买的？"

"什么？"

陈庭森不说话，陈猎雪这才扭头看向沙发上的纸袋，他用余光观察着陈庭森的表情，咽了咽口水，"嗯"了一声。

陈庭森放下报纸，冰冷地看向他。

叮！微波炉转到了头，屋子里顿时陷入寂静。

陈猎雪心跳加快，他佯装镇定地收回视线，拿出牛奶边啜边说：

"天冷了……"

陈庭森似乎不想多听他说一句话，他把报纸一折，起身离开了餐桌，椅子与地板摩擦出刺耳的声响。

陈猎雪："叔叔？"

回应他的是陈庭森冷漠的背影，与砰一声摔上的家门。牛奶溅出来一点儿，他连忙吮吮手指，趴在窗台上往下看，不一会儿，陈庭森的车从地下车库驶出来，消失在小区门口。

他知道了吧？

陈猎雪想。

007

陈庭森去找了江怡和关崇，陈猎雪猜的，因为那之后整整一个月，他都没再见过关崇夫妇。

他也没见过几次陈庭森。陈庭森出去交流了，只给他留了一笔生活费和一句"出差"，具体的消息还是陈猎雪跑去医院问来的。

"叔叔，什么时候回来？"

陈庭森好像没听见，又或者无心理会他，没说只言片语，拖着箱子走了。

纵康给陈庭森发了短信的事，陈猎雪直到半个月后才知道。

那天是冬至，他去纵康家包饺子，纵康要他给陈庭森带一些回去，陈猎雪随口道："不用带，他出差了"。纵康手上动作一顿，突然问："陈先生是不是不高兴了？"

"嗯？"陈猎雪抬头看他。纵康有些不好意思，说："我给他发短信，说了陈竹雪妈妈总来找你的事。"然后他赶紧解释了发短信的目的，还拿出手机给陈猎雪看，问有没有哪里言辞不当。

纵康的行动确实在陈猎雪的意料之外，他翻看着短信，冲纵康笑笑："没有的事，爸爸早就知道了。你也是为我好，别多心，纵康哥。"

月底的时候下雪了，今年的第一场雪，陈猎雪睁开眼就看见窗

外灰白一片，他裹了裹身上的被子，屋里清清冷冷，没有一点儿人气。

他懒得起床，蜷在被窝里看雪，迷迷瞪瞪间又睡了个回笼觉，梦见陈庭森回来了，把他从床上揪起来，他惊喜地喊了声"爸爸"，正要给陈庭森一个拥抱，手机在耳边嗡嗡地响了起来，是关崇的电话，问他吃饭了没。

陈猎雪不太愉悦，心想一大早吃什么饭，再看一眼时间，才发现已经中午十一点儿多了。

"在睡懒觉？"关崇笑了一声，"正好，起来收拾收拾，我和你江阿姨过去接你。"

陈猎雪瞬间清醒过来："来我家吗？"

"嗯？"关崇问，"你不是在家睡觉？"

"不用这么麻烦，关叔叔。"陈猎雪拥着被子坐起身。

用关崇夫妻引起陈庭森的关注是一码事，但外人进家里是另一码事。他有些烦闷地挠挠头："去哪里吃饭？我打车过去就行了。"

下过雪的空气又干又冷，吸一口能从鼻腔直接通进肺里。陈猎雪慢悠悠地到订好的餐厅，看到关崇和江怡已经到了，二人有说有笑，不知有了什么开心事，连江怡都是一脸春暖花开的好气色。

"江阿姨，关叔叔。"陈猎雪打了个招呼坐下。

江怡见到他仍不那么自在，收敛了眉眼间的笑意。关崇与他闲话几句，点了菜，突然温和地笑起来。

他告诉陈猎雪："你江阿姨怀孕了。"

江怡立马有些紧张地看向他，眼神很微妙，是那种怀了二胎的母亲看向长子的目光。陈猎雪张张嘴，绽开一个眉眼弯弯的微笑："恭喜你，江阿姨。"

当晚回到家，陈猎雪蜷在被窝里翻看日历，他反复点开第二天的日期。现在刚过晚上九点半，还不是陈庭森的休息时间，他鼓起勇气拨了个电话。

陈庭森没接。

十来分钟后，陈猎雪手机一振，收到一条消息：什么事？

他连忙回复：没事，叔叔，就是问你什么时候回家？

那头没有回复。

初雪来得猛烈且没有征兆，交流结束本该上午就能到家休息，延误了七个小时后，陈庭森乘坐的航班才缓缓降落在停机坪上。

冬天天黑得早，杨医生拖着箱子从机场出来，远眺着天上地下一片白茫茫，往手心哈热气："嗬，雪这么厚了。回家吃饭咯。"

陈庭森正翻着手机里的未读消息，一脸面无表情。前来接人的大巴车停在跟前咔的一声打开车门，众人上去安置好，杨医生在陈庭森身旁坐下，瞄他一眼，道："你别老垮着脸，等会儿到家再吓着孩子。"

陈庭森收起手机，眉心的疙瘩勉松开了些许。杨医生叹了口气，道："江怡瞒着你去见猎雪，确实不合适。那她不也是想孩子了嘛，这是好事，你看前几年她什么时候找过你？"

江怡第一次打电话时杨医生正好在，听闻她突然想见陈猎雪，也不知该说什么好。若江怡还是单身，这肯定是复合的好契机，然而江怡已经有了新伴侣，展开了新生活，毫无征兆地打个电话来要见人，连杨医生都记得她当年对陈猎雪的憎厌，实在是想不到她要做什么，陈庭森拒绝她的要求也是在情理之中。

没承想事隔半个月，陈庭森告诉他江怡夫妇私下里已经见过陈猎雪了，还不止一次。私下里，还是"夫妇"。

两个大人瞒着，陈猎雪也瞒着，设身处地地想想，他都替陈庭森不舒服。可再不舒服也是别人家的事，他这个外人不便发表意见，只能宽慰："你跟孩子也半个月没见了，赶紧回去亲近亲近。等明后天再约江怡他们俩好好聊聊，又不是多大的事儿，偷偷摸摸跟苦情剧似的……"

陈庭森正看到陈猎雪给他发的短信，杨医生觑了一眼，在嘴边犹豫了半天的话还是没忍住吐了出来："其实，可能是小雪生日快到了……江怡今年刚结婚，想孩子了吧。"

"小雪"指的是哪个雪不言而喻，陈庭森显然也想到了这一层，倦怠地闭上了眼。

"明天再说吧。"他说，嗓子有些沙哑。

杨医生又叹气，拍拍陈庭森的肩："去我那儿喝一杯吧。"

陈猎雪没等来回复，攥着手机迷迷瞪瞪地睡着了，不知过了多久，他被一阵窸窸窣窣的动静惊醒，竖着耳朵听了一会儿，声音是从房间外面传来的，他第一个念头是陈庭森回来了，还没来得及雀跃，那边又是咚的一声，像门打在墙上。

是小偷？

他飞快地回忆自己是不是忘了锁门，"医患矛盾入室报复"的新闻在脑中闪过，他屏息下床，贴着墙根蹭到桌边，抄起桌上装饰用的花瓶，踮着脚走到门后。

外面的声响也消失了。

就在这时，床上的手机疯狂地响起来，有人打来了电话。陈猎雪提了口气，忙摸索着去关机，门外的人肯定也听到了，急促的脚步声由远及近，陈猎雪蓦地生出股奇妙的感应，他随着开门声猛地看向门口。陈庭森啪地拍亮了壁灯。

"爸……"陈猎雪眼睛一眯，惊喜交加下又慌忙改口，"叔叔……"

陈庭森在骤亮的灯光下蹙着眉头，身上带着丝丝缕缕的酒气。

"叔……"

他想说叔叔你喝酒了，陈庭森打断他："你怎么还没睡？"

陈猎雪看着陈庭森，小声说："明天是竹雪的生日吧？"

某种复杂的神色从陈庭森脸上一闪而过，陈猎雪不待细看，便眼前一黑，刚打开的灯又被关上了。

"去睡吧。"

陈猎雪知道陈庭森要听心跳，也知道陈庭森一定会回来。"你喝酒了……爸爸。"他喊得很小声，带着试探与谨慎。

"嗯。"半响，陈庭森听到自己从喉咙里挤出沉闷的回应。

他不该喝这么多。

杨医生让他去家里喝酒，他本该拒绝的，明天一早就要去医院，要跟院领导开会、汇报工作……他本该如平常一样自律，回家、洗漱、整理资料，解决堆积如山的大小事务，还要安排一场跟江怡夫妇的见面，再跟陈猎雪好好聊聊。

他本来是这么计划的。

可烦乱的情绪并未顺从这井井有条的安排。

酒是不是真能解愁，对他而言暂且存疑，但至少是一种宣泄的途径。杨医生能喝，喝多了话多，喝着喝着，嘴上就没了把门儿的，搭着他的肩胡言乱语，说："老弟，杨哥知道你这几年不好过，明天哥就让你嫂子给你找个后妈……不是，给猎雪找个后妈！不能让江怡占了去。"

到后来他也不知道他们喝了多少，从杨医生家出来时已经有点儿醉了，只记得要尽快安排与江怡夫妇见面。

陈猎雪睁开眼，房间里静悄悄的，在被窝里穿好睡衣，陈猎雪掀被下床，今天出太阳了，临近中午，拉开窗帘就看到外面白花花的一片，他关掉空气净化器开窗通风，进浴室洗澡。

洗完澡后，他拉开门，听见客厅竟然有说话声。见他出来，那人的话音止住，沙发上几人齐齐望向他，陈猎雪愣在原地，呆呆地看着陈庭森与他对面的关崇和江怡。

"醒了？"关崇笑眯眯的，仍是那副气定神闲的派头，像在自己家一样自然，"还没放寒假呢，就开始赖床睡懒觉了。"

陈猎雪尴尬地扯扯嘴角，喊了声"关叔叔、江阿姨"。江怡点点头，神情也是淡淡的，眼中比之前却多了些慈爱。三个人里最不自然的反而是身为主人的陈庭森，他的目光始终没有放在陈猎雪脸上，在虚空中点了一下就收回来，定在茶几某个无意义的点上，语气没什么起伏地通知他："收拾收拾，跟江阿姨回家。"

关崇微微挑眉，像是惊讶于陈庭森的冷淡，却没反对，继续冲陈猎雪微笑。

陈猎雪却无法继续以微笑回应他。

他望着陈庭森，仿佛陈庭森刚才不是说了一句话，而是兜头给了他一闷棍，打得他猝不及防。明明就在恒温的室内，他却如同身

处数九寒冬，脚趾冰凉。

"为什么？"他问。

陈庭森垂下眼皮喝茶。关崇见他没有解释的意思，只当这位过分宠溺养子的父亲是在不满，起身走向陈猎雪道："是这样，猎雪，你江阿姨怀了宝宝，心情比较紧张，想接你去家里住一阵子，你陪陪她，我们也想多陪陪你。"

他背对江怡，冲陈猎雪眨眨眼，意思是"你懂的"。

陈猎雪懂，江怡怀孕了，又开心，又对陈竹雪有愧，她需要的根本不是陈猎雪的陪伴，她只想要陈竹雪的心脏在她身边跳动，给她安慰，只想找个容器，寄存她漫溢的母爱。

陈猎雪没回应关崇的话，他仍盯着陈庭森。

关崇揽过他的肩，很亲昵地把他往沙发那边带。他确实觉得这不是什么大不了的事，见气氛微妙，便开玩笑般轻松道："得谢谢你爸爸割爱。之前你江阿姨就给你爸爸打过电话，想见见你，因为你身体不太好，被拒绝了，我们可难过了很久，才偷偷去看你。"

关崇带着陈猎雪在沙发上坐下，陈庭森看了他一眼，仍旧什么也没说。

"所以今天既是来跟你爸爸赔不是，也是来隆重地跟你爸爸提出申请，接你去叔叔阿姨家过几天，带你好好玩玩。"

如果是之前，陈猎雪还能接上他的话，甚至能附和着玩笑几句，但他现在丝毫没有心情，关崇在耳边念叨些什么，他一点儿也不想研究。他只盯着陈庭森，盯得眼皮发酸，直到耳畔突然寂静无声，陈庭森紧抿着嘴角看向他，他才发现自己脱口说出了什么话。

"你不要我了？"他攥着手指，干涩的嗓子发出声音。

陈庭森看了他两秒，陈猎雪感觉自己的心脏一下子落空了。

关崇看出陈庭森对他与江怡不满，这完全可以理解，在监护人明确表示不同意的情况下，他们三番五次私下接触陈猎雪，如果换作是他，他也不会有多好的脸色。尽管早上给陈庭森打电话时已做足了心理准备，真正谈妥后来到这里见面，他还是被陈庭森浑身的戾气惊着了。

如果用八个字来形容眼前的男人，大概就是仪表堂堂、神色郁郁。

江怡在两任丈夫之间略有些尴尬。在她和陈庭森交流的时候，关崇一直在观察陈庭森的表情，已经想好若是被赶出去，要怎么优雅地离开。当江怡激动地说"就凭那颗心是我儿子的，我就有权力让他跟我住"时，他轻抚江怡的肩，补充道："只是待产期间。"

陈庭森交叠着腿，双手随意交叉着放在腿上，面无表情地看着他们。

"江怡。"他语调没有起伏地说，"我不能确定你现在的状态适不适合……"

江怡吸了一口气，打断他的话："我至少不会出差一走就是半个月，把孩子扔在家不管不问。"

这话像是触碰了某个机关，陈庭森整个人顿时陷入沉默。

半晌，他眨了眨布满红血丝的眼睛，眼中闪过转瞬即逝的烦躁，轻声说："不要让他晚上往外跑，他有这个毛病。"

这是同意的意思。江怡愣了愣，没料到这么容易，她与关崇对视一眼，还想再说点儿什么，陈猎雪就在这时候出来了。

关崇本以为陈庭森的烦躁是对他们的，看完陈庭森与陈猎雪的互动，他才发现，陈庭森的烦躁似乎针对的是陈猎雪，或是他自己。

陈庭森向关、江二人点头示意了一下，开门进了某个房间。陈猎雪起身就要跟上去，关崇没拦他，若有所思地看着那紧闭的房门。

进了书房，陈庭森先点上根烟，闭着眼睛深吸一口，然后将满心的烦躁与烟气一同长长地呼出去。

客人在客厅坐着，主人缩在书房抽烟，他自己也知道不像样子，但是他现在只想一个人冷静一会儿。

他试图强迫自己理性地去处理当前的状况，他还有很多事要做，把陈猎雪送走也许正是眼下最好的选择。

门把手被拧动，不用看也知道是谁。陈庭森皱起眉，压抑着亟待喷发的火气道："出去。"

陈猎雪动作一顿，小心翼翼地进去，关上门。

　　"叔叔……"

　　陈庭森的眼皮跳了跳，扬手将烟灰缸扫到墙上，砰的一声，陈猎雪下意识缩起肩膀，咬牙没让自己惊叫出来。墙皮被砸出一块痕迹，烟灰缸咯咯噔噔滚到脚边，他僵着指头弯腰把它捡起来，又一个个去捡撒满地毯的烟头，再起身，见陈庭森坐在书桌后的皮椅里看他，如同一尊冰雕。

　　陈猎雪张张嘴，别开眼，小声问："是因为瞒着你跟关叔叔、江阿姨见面，你才不要我了吗，叔叔？"

　　陈庭森喝道："出去。"

　　"我……"

　　"收拾东西，生活费我每个月打给他们，要买东西就刷卡。"

　　陈猎雪愣了愣，抬起头直直望他："每个月？"他到这一刻才终于相信，陈庭森是真的不想看见他，甚至……不想再要他了。

　　"叔叔，我愿意去关叔叔家，"他上前一步，急切地说，"我……我去住一个星期可以吗？"

　　陈庭森不说话，他打开电脑，手指在键盘上有条不紊地敲打。

　　"我错了叔叔，我以后再也不惹你不高兴了，我不会再做让你不高兴的事了，你别赶我走，叔叔我……"陈猎雪慌张地道着歉，好像只要出了这个家门就再也回不来了一样。

　　陈庭森终于把目光挪到他脸上，他松开紧绷的嘴角，居高临下地睥睨着陈猎雪，反问："之前你为什么不能这么乖？"

　　陈猎雪所有的乞求都被堵回嗓子里，喉结无声地颤动。

　　咚咚，关崇在外面敲门，犹疑地喊："猎雪？"

　　门从里面打开，陈猎雪神情灰败地走出来。关崇闻着满室的烟味，不着痕迹地皱起眉头，他看一眼陈庭森，拍拍陈猎雪的头笑道："跟爸爸说好了？"

　　陈猎雪垂下眼皮，往自己房间走，整个人都很黯然："我去收拾东西。"

　　关崇想了想，进了书房。陈庭森捏捏眉心，他真的觉得累极了，说了句"抱歉"，起身开窗通风，摆手让关崇坐，自己则倚着窗台又点了根烟，边把烟盒递过去边解释："昨晚没睡好。"

"不用，谢谢。"关崇笑着指指门外，"不方便。"

他说的是江怡。江怡确实很反感烟味，陈庭森想起她当初怀陈竹雪的时候，反应特别大，闻到一点儿不喜欢的味道就会干呕反胃。

陈庭森隔着缥缈的烟气看关崇。以"前夫"的身份而言，他对关崇是该有强烈的抵触的，这是动物的本性，也许无关乎情感，但一定关乎一种"独占欲"——她曾是我的人，现在却属于你。

他如今无暇去与关崇进行"雄性"间的较量，眼下他对关崇的反感与提防，全都建立在"陈猎雪"身上。

陈庭森点点头，弹了弹烟灰道："那最好。陈猎雪也不能碰烟。"

关崇看着他手里的烟微笑起来："我们会好好照顾他的。感谢你体谅江怡的状态。"

陈庭森目光冷冽，没有说话。

"还有什么需要格外注意的吗？"关崇问。

"如果他心脏不舒服，第一时间联系我。"

"当然。"

"他不习惯跟不熟的人过于亲近，给他足够的私人空间。"顿了顿，陈庭森又说。

关崇挑了挑眉。

陈猎雪收拾的行李很简单，小小一个行李箱堪堪装满，他想了想，又掏出去一半，拎着个轻飘飘的箱子出了房间。

关崇问他都收拾好了没有，他看向陈庭森。后者的目光完全不在他身上，甚至比他更利索，已然做好了一副送客的姿态："医院还有事，就不留你们吃饭了。"

关崇客气几句，接过陈猎雪的行李颠了颠，有些惊讶："衣服拿够了吗？"

陈猎雪就是为了能借着拿东西的由头多回家几趟，眼也不眨地说："够了。"

"不够再买。"江怡接了句，走过来捏下陈猎雪衣服上粘的线头，

"走吧。"

她挽着关崇的臂弯走在前面，陈猎雪最后回头看一眼，喊了声"爸爸"，陈庭森终于看向他。陈猎雪立马停下脚步，小心地说："爸爸，我走了。"

陈庭森跟他对视了一会儿，点了点头，什么也没说。陈猎雪垂下眼皮，就这么走出了这个家。

走出去和当初走进来，似乎同样突然。

陈猎雪坐在关崇的车里，正午的太阳光透过玻璃膜，白花花的，刺眼。他有点儿发怔，回想起第一次跟着陈庭森回家的时候，高大的身影在他面前打开了那扇门，从此给了他一个遮风挡雨的家。

然后今天，他亲手把他赶出来了。

他想起以前陈庭森教训他的时候说过，再不听话就把他从家里赶出去。他本来是最怕这句话的，他知道陈庭森要是真不要他了，他一点儿办法也没有。可经过了这么多的事，他一次次用心脏做幌子，胆子越来越大，行为越来越出格，陈庭森每次都包容了他，他竟然就把那句话给忘了。

刚才，在走出卧室的门以前，他都以为今天会跟之前无数次一样，等陈庭森发发脾气就过去了。

陈猎雪眯着眼看窗外的太阳，心头茫然，有点儿后悔以前的行为。

关崇停下车，边解安全带边说："今天时间晚了，来不及回家做饭，在外面随便吃点儿吧。"他扭头逗陈猎雪："睡了一上午，两顿都没吃，饿了吧，猎雪？"

陈猎雪没什么情绪地咧咧嘴。

今天再与关崇、江怡两口子坐在一起吃饭，感觉就跟之前完全不一样了，之前他们是外人，而从今天开始，自己要跟他们一起生活好几个月。

陈猎雪又想到陈庭森的话，几个月是多久呢？三四个月还是五六个月？难道真要等到江怡十月怀胎生下孩子吗？十个月可就接近一年了，从现在开始算，要足足等到明年冬天他才能回家，这太久了……

"猎雪？"

"嗯？"

关崇的声音把他从胡思乱想中拽回现实，见他和江怡一起盯着自己看，陈猎雪忙应了一声，问："什么？"

"看看菜单，想吃什么自己点。"关崇把菜单递给他，观察他的神色，"怎么发起呆了？"

"没什么。"陈猎雪扫了两眼菜单，没什么胃口，便转头询问江怡，"江阿姨看了吗？"

"我点过了。"江怡把菜单递还给关崇。她心情很好，好到她自己都没意识到脸上展露了笑容，连说出的话都比平时多，无意识地跟陈猎雪聊起了家常："不太饿，就想吃点儿酸的，点了个酸汤鱼。你喜欢吃鱼吗？"

陈猎雪看看她的肚子。饭店里有中央空调，很温暖，江怡进了包间就脱了大衣，她穿着一件贴身的半领羊毛衫，小腹是平的，还没显怀。

"还行，我不挑食。"他笑笑，又说，"电视里都说酸儿辣女。"

江怡把手覆在肚皮上摸了摸，关崇也搭了一只手过来，与她十指相扣，温柔地开起玩笑："我觉得女儿也不错。你还想不想吃点儿辣的？"

江怡轻拍他一下，脸上洋溢着幸福。

明明是很幸福的一对，为什么非要把他带回家呢？想到亲生儿子的心脏在他这个外人的身体里跳动，真的能让她幸福地养胎吗？

陈猎雪冷眼旁观着二人的亲昵，想不通。

"你呢，猎雪，喜欢弟弟还是妹妹？"

关崇抬首问他。陈猎雪重新换上温和的表情，浅浅一笑："都好。"

解决了午饭，他们驱车回家。

陈猎雪知道这夫妻二人生活条件优渥，从衣食上就看得出来，见关崇将车往有名的高档小区里开他也不惊讶，窗外是一排排的独

栋别墅，像他在电视里看过的那种，一家一院，草坪外还竖着篱笆。

"第一次来家里吧？"关崇停在一栋漂亮的小楼门前，从后备箱里拎出陈猎雪的行李箱，"之前我和你江阿姨就想让你来家里吃顿饭，怕你爸爸不高兴。"

陈猎雪没接这话，他跟在江怡身后进屋，别墅里铺了地暖，装修得很好看，简洁又大气，客厅里还有个美式的壁炉，通透明亮的落地窗外自成一片雪景，将室内衬托得温暖如春。

江怡从玄关的鞋柜里取出一双全新的毛拖鞋，关崇在旁解释："拖鞋、洗漱用品、床单被罩，江阿姨都给你准备好了，每一样都是亲手挑的。"

江怡嗔他："这有什么，你赶紧把行李拿到房间去。"

陈猎雪慢悠悠地脱鞋穿鞋，脸上客气地笑着，心里越发不是滋味——他们竟然一早就知道陈庭森会同意把他扔到这里来住。

给他安排的房间在一楼。陈猎雪跟着关崇进去，房间很大，床单被罩果然全都布置好了，崭新的，被子很厚实、蓬松。关崇把行李箱靠墙角放好，扬手拉开落地窗帘，推拉门外竟然是一整片后院。

"不知道你习不习惯住一楼，这里连着院子，感觉你应该会喜欢，就把这间给你当卧室了，你看可以吗？"

陈猎雪点点头："挺好的，叔叔阿姨费心了。"

关崇带他在房子里上下转了转，交代好每扇门的用处，温声说："就像在自己家一样。"然后拍拍陈猎雪的头："休息会儿吧，折腾半天了。"体贴地带上了房门。

陈猎雪在床边坐了坐，仰面躺下去。床真的很软，被子上还有阳光的味道，他陷在温暖的床铺里，闭上眼满脑子都是家里那张硬邦邦的床。

那张床一点儿也不舒服，可他不喜欢身下这张床。

008

"所以，你被你爸赶出去了？"宋琪目瞪口呆地问。

陈猎雪看他一脸傻相，不知该先嘲讽他还是先同情自己，惆怅地点点头："算是吧。"

"为什么啊？"宋琪三两口把手里的包子吃下去，皱着眉头问，"你爸疯了？"

"所有人都疯了。"陈猎雪在心里道。"不许这么说我爸。"他瞥了宋琪一眼，然后将前因后果大概说了一遍。

"所以，你惹你爸不高兴了，关崇那两口子作怪，怀个孕要把你带去家里保胎，你爸在气头上，就同意了？"宋琪丈二和尚摸不着头脑。

"不是，所以你干吗了能把你爸气成这样？不就那夫妻俩瞒着你爸带你吃了两顿饭吗？"顿了顿，他补充，"又给你买了件衣服。不就这么点儿事儿吗？"

在旁人眼里确实就是这么点儿事儿，陈猎雪轻轻踢起脚边的雪，所有沉甸甸的心事都只能和着冷气往肚子里咽。他含糊道："大概吧。还有打工的事，我被他抓了好几次，前几天又是陈竹雪的生日……各种问题凑一起爆发了。"

宋琪听得生气，又不能说什么，把陈庭森连带着关崇、江怡挨个儿骂了个遍，最后索性骂起了纵康："就他作，不让他跟你爸说，他非说，这下好了，把你说出去了。"

陈猎雪不悦地打断他："又不是纵康哥的错，你别老欺负他。"

"你要在他家住多久啊？"

"等她生了孩子吧。也可能住不了几天他们就烦了呢？"

"有道理。"宋琪表示赞同，"怀个孕非把你弄去，听着前儿子的心跳也不怕夜里做噩梦。"

他又问："你在他们家好不好啊，你是不是跟灰姑娘似的，寄人篱下，天天得干家务活儿？"

"你烦不烦？"

"哥哥这不是关心你。"走到校门口了，宋琪停下脚步，嘴上仍连珠炮似的发问，"那你现在回哪儿，你野多家？以后你还能去打工吗？别让他们逮着你夜不归宿再捅给你爸，那你真不用回你那

个家了。"

"什么野爹？！"陈猎雪无奈地看他，"打工的事他知道，应该不影响。"

他抬头看了眼天色，冬天天黑得早，傍晚六七点的光景，路边早就成片地亮起了灯，如果是之前，这时候他已经回到家里煮上一锅粥，或者一锅汤，等陈庭森回来。

不知道陈庭森怎么样了。

他把脸往围巾里缩了缩，道："去你那儿吧，看看纵康哥。"

纵康不在陈猎雪给他租的房子里，他在楼上看着宋琪妈吃饭。

陈猎雪跟着宋琪进门的时候，正听见他自言自语似的跟宋琪妈说话："你想吃什么就告诉我，我做得不好吃也不要发脾气，你看，你的碗都换成不锈钢的了，你再砸碗，可要没碗吃饭了……"

"纵康哥。"

"唉，小碰来啦。"

陈猎雪喊了一声，纵康回过头冲他笑笑，哄小孩似的对宋琪妈说："你看谁来了，琪琪的同学，你认识的。"

"阿姨。"陈猎雪配合着歪歪头，跟宋琪妈打招呼。她入冬后瘦了很多，这里条件差，不暖和，虽然纵康给她裹了大棉袄，她的脸上仍透着青色。

宋琪妈可有可无地看他一眼，拧起秀气的眉毛嘟囔："宋显国，你又带你那些狐朋狗友回来喝酒……"

宋琪见怪不怪，盛了碗面条就蹲在矮桌旁吃了起来，边吸溜着边对陈猎雪说："还是那样，一阵清醒一阵迷糊，估计是天冷把脑子冻木了，越来越迷糊，一天清醒不了几个钟头。"

纵康收走宋琪妈吃完的碗，接宋琪的话："开春就好了。"

门缝漏风，他拉着陈猎雪到背风的位置坐下，问："吃饭了吗，小碰？我做了面条，给你盛一碗？"

他端着两碗面条过来，陈猎雪看到他手上的冻疮，指头每个都又红又肿，右手小指的指尖还皲裂了，一道肉口子红通通地张着嘴。纵康甩甩手不让他看："冻疮一年长年年长，每年都跟烂梨一样，怪恶心的，吃饭呢，别看。"

陈猎雪心里不是滋味儿，问他："我给你的手套戴了吗？"

纵康刚说句"戴呢"，宋琪就在一旁拆台："他戴什么？跟个宝儿似的，恨不得锁柜子里供起来。"

纵康瞪他："就你话多。"

"哎，那我可多不过你。"宋琪一抹嘴，冲陈猎雪扬下巴，"你跟人家多打小报告，害得这儿子被赶出去了。"

陈猎雪把自己那碗面推给他："吃都堵不上你的嘴。"

"什么赶出去？"纵康一脸茫然，瞪着陈猎雪，"小碰，你跟陈先生怎么了？"

同样是听了陈猎雪说的前因后果，纵康的反应跟宋琪截然不同，他当真把责任都揽在自己那条短信上，自责坏了。陈猎雪忙安抚他，将江怡的母爱扩大了好几倍来解释，纵康才没联系陈庭森"认罪"。

"当妈的想让儿子活在自己身边，哪有什么错！"

他们说得热火朝天，身后一直不清不醒的宋琪妈突然冒出这么一句。纵康愣愣地看她。宋琪问："妈，你醒了？"

宋琪妈抓起手边的橡皮筋往他丢过去："宋显国，你赔我儿子！"

纵康垂下眼皮，宋琪无奈地叹了口气。

陈猎雪回到关崇家是晚上九点多，江怡正坐在客厅里看电影，听见门响就回头招呼了一声："回来了？"

"嗯。"陈猎雪换好鞋子，他与江怡的交流全都建立在对方需不需要同他说话上，同他说多少话又完全取决于江怡的心情如何，眼下她正是母爱洋溢的状态，很体贴地问了陈猎雪几句饿不饿、冷不冷。

陈猎雪一一应了，问："关叔叔呢？"

"他也刚回来没多久，在楼上洗澡。找他有事吗？"

"没事。那我先回房间了江阿姨。"

"好。"

就是这么干瘪的对话。

　　他的房间里放了一本日历，陈猎雪正翻着日历算日子，有人敲门，是关崇。

　　"关叔叔。"

　　"在做什么？"关崇的头发还湿润着，肩上搭了一条毛巾，"你江阿姨说刚才你在找我，怎么了？"

　　陈猎雪让他进来："没什么，就是看江阿姨一个人在客厅，顺嘴问问。"

　　关崇在房间里随便看了一圈，在书桌前的椅子上坐下："怎么样，这几天在家里住得习惯吗？"

　　"挺好的。"陈猎雪看他有谈心的架势，也盘腿在床沿坐下来。

　　关崇看看他，微笑着轻声问："是不是想你爸爸了？"

　　想。想回家，就算家里没人说话，没这么暖和，也想回去。

　　他心里苦涩，面上只是笑笑，没有作声。

　　关崇正要说什么，陈猎雪的手机突然振动起来，是电话，但是只震动了两下。关崇把放在桌上的手机递给他，陈猎雪接过来看，屏幕上显示的号码让他愣了愣，仔细再看一遍，便整个人都兴奋起来。

　　"我爸爸的电话。"他对关崇解释，连忙回拨过去。

　　陈庭森滑上挂机键，将手机往桌上一丢，身子向后重重仰靠在椅背上，消毒液的气味混着稀薄的血腥味涌进鼻腔。

　　他刚下手术台，这是台大手术，他是接替主刀上去的，主刀站了十四个小时，他也差不多，出来后膝盖几乎不会打弯。紧绷的神经稍一松懈，他做的第一件事是像往常一样打电话给陈猎雪，让他不用等自己吃饭了。

　　电话拨出去那一刻他才猛地想起，家里已经没人在了。

　　他盯着桌面上的手机，不出片刻，屏幕上果然亮起了陈猎雪的名字。

　　陈猎雪听着电话里的嘟嘟声，直到快自动挂断，那头才终于接起来。陈庭森的声音一如既往地冷静疏离，没有任何问候，他直接问他："什么事？"

"爸爸！"他先开心地喊了一声，然后解释道，"我刚才手机没在身边，看见你给我打电话了，是有什么事吗？"

"没事。摁错了。"

"哦……"陈猎雪眨眨眼，果然是这个原因。他其实习以为常了，如果是在家里，恐怕还要开心一下，盼着陈庭森多多手滑。然而眼下的环境，他看着面前的关崇，心里多少有点儿失落，好在至少他跟陈庭森说上话了。

陈猎雪立马转移话题，不给陈庭森挂断电话的机会："爸爸你吃饭了吗？是不是还在医院？最近降温厉害，你要注意保暖，多喝点儿汤……"

"还有事吗？"陈庭森问。

"我挺好的。"陈猎雪自说自话，手指紧紧攥着手机，"关叔叔和江阿姨对我很好，很照顾我，爸爸，你不用担心我。"

那头传来隐隐约约的说话声，似乎是有人在跟陈庭森汇报什么，隔了两秒，陈庭森回他："嗯。没事就挂了吧。"

电话挂了。

关崇见陈猎雪放下手机，笑着问："爸爸想你了？"

陈猎雪也笑笑，没说是也没说不是，换了个话题对关崇道："关叔叔，我去便利店打工的事，麻烦你不要告诉我爸爸。"

关崇想起陈庭森先前交代的陈猎雪喜欢晚上往外跑，估计就是这件事。他有些惊讶："他不知道？"

陈猎雪摇摇头："我也不知道他知不知道，但是如果他知道我回家晚了，我会挨打。"

关崇这次是真的笑出了声："你这么乖，竟然也会挨打。"

陈猎雪抿着嘴唇不接话。他心说："我一点儿也不乖，所以现在才会在你家里。"

"不过我也有些好奇，"关崇敛容正色道，"你之前说，打工是为了一个哥哥。"

"是。"陈猎雪点点头，上次关崇问到了这里，但江怡并不想

听她亲生儿子以外的话题。眼下关崇又提起，他也没有隐瞒，闲聊着把纵康的事一五一十说了出来，包括宋琪与宋琪妈，纵康跟宋琪妈是如何相像，他们现在维持着一种什么样的奇妙的相处模式。

"宋琪就是上次在学校门口，跟我一起的人。"

"我有印象。"对于关崇这样条件优渥、身体健康的"正常人"，听陈猎雪说这些"边缘人"的生活故事是很不错的消遣。他饶有兴趣地问："你跟你爸爸，是在救助站认识的？"

"嗯，我也不知道怎么就被爸爸选上了。"提起与陈庭森的初遇，陈猎雪的眼睛里泛起柔和的光彩，"我很幸运。"

关崇慈爱地看了他一会儿，说："你是个好孩子。"

紧跟着，他又问道："下次去打工是什么时候？"

"后天晚上。"

"还是夜班？"

"是，我前半夜，宋琪后半夜。"

"这样。"关崇算算日子，道，"下班的时候我去接你。"

陈猎雪吃惊地张了张嘴，忙拒绝："不用，关叔叔，我打个车就回来了，不会影响你和江阿姨休息……"

"你说了不算。"关崇打断他，笑道，"现在在我这里，要听我的话。我得替你爸爸保护好你，万一出了什么岔子，我可担待不起。"

"这待遇……"宋琪隔着便利店的窗子往外看，关崇的车在外面亮着黄澄澄的大灯，已经等了十来分钟了。他啧啧道："换个地方住还多了个司机，我看你这野爹比那个爹好多了。"

"什么野爹不野爹的。"陈猎雪无奈地瞥他一眼，加快速度整理收银台，"还有十分钟，你替我看着吧，他在外面等这么久，我都不好意思了。"

宋琪上去把他的制服扒下来："知道了，赶紧滚吧。"

看到关崇竟然真的开车来接他，陈猎雪感动的同时心里不太是滋味儿，他不习惯麻烦人，人情是笔债，对方有付出，他就得有回报。可以他这样微妙的身份，要怎么还？关崇是为了江怡，江怡是为了陈竹雪的心脏，所以他们对他好；但心脏只会蹦跳，不会报恩，他要怎么去回馈这对残忍的夫妻呢？

生活的方方面面都被打乱了，他真的感到疲惫。

打开车门上车，他先向关崇道谢，然后再次表示不用这么麻烦，这里是夜市，半夜也车水马龙的，他打车回去很安全。

关崇没搭理他，从前排递过来个保温杯，温和地说："冷不冷？江阿姨给你煮的排骨汤，专门让我带给你。"

陈猎雪的话被堵回嗓子眼儿，他只能嘟囔："谢谢关叔叔。"

从便利店回关崇家有些距离，若是走近一些的路，就要经过陈庭森的医院。

关崇没有刻意避开，车行至此，他还有意放慢了速度，对陈猎雪道："要是白天，你还能顺便去看看你爸爸。怎么样，想他了吧？"

陈猎雪打工的日期完全跟着陈庭森的夜班走，明知道没什么可能，他还是贴着车窗仔细地看了好一会儿，期盼能正好看见陈庭森的身影。

"关叔叔，"车子开了过去，医院被甩在视线以外，陈猎雪用征询的语气问关崇，"过年的时候，我想回家跟我爸爸过，可以吗？"

"当然可以。"关崇笑笑，"如果你和你爸爸能来家里，我们一起过年就更好了。"

陈猎雪没关心他后面说了什么，他的脑子被"过年"挤满了，年三十成了他眼下最盼望的日子，他期待地盘算着：至少他回家过年，陈庭森不至于把他赶出去。

汽车在公路上疾行，寒风凛冽的冬夜，医院、拆迁楼、高档住宅区，每个人都在不同的角落计划着自己的生活。这一刻的他们都不知道，寒冷刺骨的暴风雪就将在大年三十那一天倏然而至。

纵康拎着一个沉甸甸的蛇皮袋进门，零下十度的天，哈口气就能看见白雾，他摘下厚厚的棉布手套，手掌心上勒出几道通红的痕迹，他对裹在被子里的宋琪妈说："厂里发了罐头，黄桃和白梨的，想吃吗？"

　　捆罐头用的是一指粗的麻绳，他麻利地解开，把罐头一瓶一瓶在橱柜里垒好，拧开一瓶准备去喂宋琪妈，想了想又放下，倒了半碗热水，把罐头瓶子放进去烫。

　　"太凉了，热热再吃。"

　　宋琪妈坐起来倚着床头。

　　"今年入冬早，冷得厉害，稍微喝点儿冷气儿在肚子里就得生病，前两天琪琪不就拉肚子了？大半夜跑了几趟厕所，一屁股凉风，多受罪。"他在灶台前弯着腰搅瓶子，一个人絮絮叨叨。宋琪妈不清醒的时间越来越长，很多时候都像跟他们处在两个世界，之前他还有些难过，但日子过着也就习惯了。

　　"快过年啦，年关生病了不好，得多注意……"

　　身后的宋琪妈发出声音："几号过年？"

　　纵康愣了愣，举着小勺回头，宋琪妈委顿地望着他，精神不是太好，眼神却是清明的。

　　"你醒了？"纵康问，开心地去翻日历，回答，"没几天了，今天是小年，下星期就年三十儿。"

　　宋琪妈点点头，看了看窗外灰蒙蒙的天，又问："几点了？琪琪呢？"

　　"快八点了，琪琪还没放学，再过一个多小时就该回来了。"

　　他拽了个小马扎坐在床头，用手托着罐头瓶子，让宋琪妈用勺子舀着吃，问她："饿不饿？想吃什么，我等会儿去做。"

　　罐头是用糖精兑水泡的，加热后甜得腻人。宋琪妈手颤颤地舀起一个黄桃慢吞吞地嚼了咽下去，就摆摆手把瓶子推给纵康："不饿。我不爱吃，你吃吧。"

　　纵康就着她用过的勺子接着吃，宋琪妈歪在床头看他，又冷又破的屋子里蓦地就有了温暖的氛围，好像他们是一对真正的母子一样。她轻声对纵康说："又一年了……小年得剪窗花，你买红纸了吗？"

　　现在哪儿还有人自己剪窗花？纵康想了想，哄她："忘买了，明天买回来给你剪。"

　　"嗯。"宋琪妈闭上眼，像是困了，冷不丁问，"你是几岁去的那儿？"

　　她说得不明不白，纵康却听懂了，他停下勺子看着宋琪妈，看着这张与自己像得过分的脸："我不记得了。从我记事起，就在救助站。"

　　宋琪妈睁开眼，眼圈泛红。

　　纵康把勺子里没吃完的黄桃吃下去，笑笑："都过去了。"

　　"你的名字是谁取的？"宋琪妈又问，嗓子哑哑的。

　　"院长说，我贴身的包被里有字条，写着我的名字。"

　　宋琪妈没接话，无声的风暴在她瞳孔里旋转，她突然扑簌簌地掉起了眼泪，悲戚到了极点，她一遍又一遍地端详纵康的脸，眉毛、眼睛、鼻子，还有紧抿的、颤抖的嘴唇，咬着牙不发一语。纵康不知道她在想什么，他被宋琪妈看着，同时也深深注视着宋琪妈，他想在她被泪水淹没的瞳孔里看到些什么，一些他渴望了太多年的东西。爱也好，恨也好，即便是怨恨和悔恨也好。从他见到宋琪妈的第一面，他就猜测了无数种故事的版本，他真的想听到有人对他说一句：妈妈对不起你。

　　好像没有什么能比眼前的颗颗泪水更有说服力了。

　　纵康像个牙牙学语的幼儿，试探着喊了一声"妈"，他的发声僵硬又古怪，毕竟这个词对他而言无比陌生。他的心脏在胸膛里急促跳动，一股股的热血涌向他的头脸，他殷切地盼望着女人的回应。宋琪妈在他的呼喊声中痛苦地抽了口气，猛地扯住自己的头发，发出纵康每天都能听见的嘶吼："宋显国，你还我的儿子！"

　　涌上脑袋的热血瞬间冷却，缓慢地回流到身体的血管里。

　　"又迷糊啦。"

　　纵康抹掉她脸上的泪水，苦笑着叹了口气。

　　陈庭森查房回来，护士站的小张热情地喊他："陈医生，有人在等你。"

　　"嗯？1046房的又来塞红包了？"陈庭森回了句玩笑话，大家哈哈地笑起来。小张摆摆手："不是，快去看看吧，真羡慕你陈

大夫，又有口福了。"

陈庭森隐隐猜到了来人是谁，到了科室推门一看，陈猎雪果然坐在屋里，桌上放着用锡纸袋包好的保温壶。

"爸爸！"

见他回来，陈猎雪眼睛一亮，立马从凳子上站起来，陈庭森面无表情地看他，他又局促地绞着手指，解释："今天小年，我煮了点儿元宵，想带来给你吃。"

这边并没有小年吃元宵的习惯，以前在家里，父子俩也不过这个节，医院越到年节越是忙得厉害，陈庭森一年到头就关注两个日子，陈竹雪的生忌日和年三十。陈猎雪只是想方设法地找个由头，过来看他一眼罢了。

走廊里人来人往，陈庭森没有关门，他踱步过去，先是挑开锡纸袋，看了看里头的保温壶。壶是全新的，不是之前在家里常用的那个。他侧首打量了两眼陈猎雪，半个月没见，似乎又长了点儿个子，不知是高个子显瘦，还是因为冬天穿得厚显瘦，本就清瘦的脸颊又凹了些，瘦得有些扎眼。

陈猎雪在陈庭森的注视下紧张不已，生怕又被撵出去，正要说点儿什么，陈庭森先开了口："吃饭了吗？"

听出这问话里的意思，陈猎雪睁眼说瞎话："还没有。"

陈庭森拎起保温壶，往食堂走去。

这还是陈猎雪第一次跟陈庭森在医院的食堂吃饭，他要了两份陈庭森爱吃的菜，又去打了米饭，陈庭森则用一只小碗舀出几个元宵，剩下的连壶带汤都推给了他。

"你过来，他们知道吗？"陈庭森问。

"知道。我跟关叔叔说了。"陈猎雪不爱吃元宵，有一口没一口地往嘴里送米粒，被赶出家门的委屈、难过全都抛到了脑后。他甚至觉得被赶出去住也不是全无好处，陈庭森对他的态度真是好多了，竟然愿意跟他一起吃饭。

陈庭森抬起头，他小心地移开视线，状似无意地加了一句："关叔叔人很好，元宵是他教我煮的。"说完，他不好意思地抿嘴笑了笑。

陈庭森没说话，他舀起一个元宵吃下去，勺子在碗里搅了搅，放下勺子挪开了碗。

饭没吃多久，陈猎雪说了一堆有的没的，临了，见陈庭森把筷子放下，他试探着问："爸爸，我能回来跟你一起过年吗？"

陈庭森皱起眉头看他，他立马补充："就过年那几天。"

"到时候再说。"

陈猎雪就把这句话理解成应允，笑得眉眼弯弯："谢谢爸爸。"

日子一旦有了盼头，过起来就不难熬了。

学校一直补课到腊月二十八才真正开始放假，关崇与江怡的工作都清闲下来，三人共处的时间多了，陈猎雪开始留意江怡的肚子。江怡的肚子依然平平的，陈猎雪把她的孕期当作计算时日的标尺，做足了与陈庭森分别十个月的心理准备，但搬过来一月有余了，仍不见肚子隆起，他忍不住好奇，问："江阿姨，宝宝会在什么时候开始长大？"他在自己肚子上比画了一下。

"你是想问几个月显怀？"

江怡的母爱日渐蓬勃，她对陈猎雪，跟最初比起来，几乎算得上和善。

她回忆着道："我当时，四个多月才逐渐看出来。"

"当时"是哪个当时，谁都不用专门说破，江怡下意识看向陈猎雪的胸膛，陈猎雪习以为常地笑笑："果然是这样，我看电视里也总是三个多月才发现。"

"聊什么呢？"关崇从厨房端两杯热牛奶出来，放在二人面前，"一人一杯。"

江怡有了身孕后就不爱闻奶味，嫌腥，端起来抿了一口就推给关崇："聊孩子。"

关崇看一眼陈猎雪，后者自然地换了个话题："关叔叔，江阿姨，我跟我爸爸说过了，后天回去跟他过年。"

"已经说过了？"关崇问，"真不打算跟你爸爸说，一起来家里过年？"

/113

江怡接过他的话："医院年底最忙，他有时间给你做饭吃吗？"

"没事，我在家等他。"

"挺好的，"关崇说，"你爸爸肯定也想你了，回家问他讨压岁钱。我们这边也给你备上，过完年回来领钱。"

陈猎雪笑着答应。

腊月二十九晚上，纵康打电话过来，问陈猎雪要不要过去吃饭。

"现在？"

纵康刚下班回家。宋琪妈就那天清醒了不到十分钟，这几天都活得稀里糊涂，给她买的红纸一刀也没剪，宋琪更是个不会过日子的，明天就过年了什么都不知道准备。他楼上楼下地操持，备些简单的年货，炸点儿丸子和芝麻叶子，让宋琪帮忙打下手。陈猎雪隔着听筒就听见宋琪在吱哇乱叫，一会儿喊"你快过来"，一会儿喊"要粘锅了"。

纵康无奈又好笑，对陈猎雪说："明天年三十儿，你得跟他们一起吃饭吧？"

"我明天回家。"陈猎雪答他，"跟他们说过了，不在这边过年。"

纵康很惊喜："陈先生让你回家了？"

"嗯，回家过年。"

陈猎雪没正面回答，他知道纵康是真的为他高兴，不忍扫他的兴。

纵康疼他。如果这世界上有谁是无所谓陈竹雪的心脏，只把他当成一个单独的人来看待，不论发生什么都掏心窝子为他考虑，这个人就是纵康。

"那你明天在那边吃完中午饭再来我这儿吧，现在也晚了，咱俩不差这一顿，明天来我给你带点儿焦叶子回去，给陈先生尝尝。"

"好。"

纵康喜欢过年，以前在救助站的时候就喜欢。他愿意干活儿，心细，手也巧，一到过年过节的时候就被救助站里的阿姨们叫去帮忙。忙前忙后的其实捞不着什么好儿，到了吃东西的时候还是大锅饭一起吃，还要帮着后厨端菜送碗，但他就是高兴。

年龄越大的小孩在救助站越不讨喜，纵康没有资助人，说难听点儿就是个"赔钱货"，一成年就得出去自己打工挣钱，在外面更是没人能陪他过个踏实年。

他实在太孤独了。

陈猎雪对过年本来没什么感觉，但只要能跟陈庭森在一起，那就什么日子都可以当年来过。

眼下他躺在床上看着天花板，窗帘没拉，落地窗外的积雪被打理成好看的样子，远处的烟花统一燃放区传来砰砰声，他思量着与陈庭森一起吃年夜饭的时间，好像也同纵康一样，对这个新年期待起来。

第二天，陈猎雪是被关崇薅起来的。

天还蒙蒙亮的时候外头就有礼花的炸响声，轰隆隆，也不知响了多久，他昨天兴奋到半夜才睡，被关崇拍着被子喊起来时一脸茫然。

关崇拉开窗帘，太阳光金灿灿地洒进来，他神清气爽地对陈猎雪说："来，跟我一起贴对联。"

与陈庭森过年时从没有这样的活动，陈猎雪洗漱出来，就见夫妻俩在客厅里拉开了阵仗，茶几上铺着许多副对联，江怡端着一只盛满糨糊的小碗，正在把糨糊往对联上抹。

"起来了？"她招呼一声，"把这张贴在你房门上吧。"

关崇过来跟他一起贴，闲聊道："我小时候，每到过年，就被我妈拽起来跟我爸贴对联。现在年味没有以前浓了，仪式感还是要有的。"

陈猎雪好奇："为什么用糨糊？胶水不行吗？"

关崇挤挤眼："也是跟我妈学的，就当传承了。"

这些普通家庭过年会做的小事，陈猎雪没体验过。他在心里盘算着下午回家也要去买对联，明天早上跟陈庭森一起贴。

午饭很丰盛，江怡与关崇一起下的厨，吃饭前还去院子里放了

一小串炮仗，怕陈猎雪的心脏禁不住吓，关崇让他和江怡躲在屋里，自己在外面点捻子。点燃后他把鞭炮往后一扔，在噼里啪啦的炮声中麻溜地跑进来，哈哈大笑："物业等会儿又该来跟我哭了。"

江怡拍掉他肩上落下的硝灰，很幸福地微笑着。

饭后，关崇开车将陈猎雪送到宋琪家门前的小巷口，这破破烂烂的地方在年关空旷了不少，满地的红纸屑。

陈猎雪下车，关崇对他比了个打电话的手势："有需要就及时联系我和你江阿姨。"

陈猎雪答应下来，江怡降下车窗，竟难得地对他讲了句玩笑话："大年初一是要讨压岁钱的，别放过你爸。"

她从包里掏了三个红包递给关崇，关崇不顾陈猎雪摆手拒绝，全都塞进他口袋里："一个你的，另外两个给那两个孩子。你江阿姨说得对，压岁钱该初一给，但是赶早不赶晚，跟你的朋友好好玩，过个好年。"

三个红包分量不小，揣在兜里沉甸甸的，陈猎雪推阻不过就没再坚持，礼貌地向二人道了谢，挥挥手往巷口走去。

纵康正在做油炸狮子头，宋琪给他捣乱，把团好的狮子头捏得七零八碎，等陈猎雪上楼，只看见一盘油炸碎丸子。

"你们怎么才吃饭？"

陈猎雪看着面前的菜，一半都是宋琪的手笔，乱七八糟码了一桌子。

"我看是你踩着饭点来的吧。"宋琪端着他的碎丸子招呼陈猎雪坐，还挺得意，"鼻子挺灵，来尝尝哥哥我的手艺。"

纵康追出来撒了点儿碎芝麻，气得瞪他："你别给我添乱了，赶紧把菜都端楼上去。喊你妈吃饭。"

他摘下围裙拾掇一堆瓶瓶罐罐，陈猎雪帮他端起两盘菜一块儿上楼，楼道里满地红纸，弥漫着炮仗燃放后特有的硝烟味。

陈猎雪问："怎么今天没直接在楼上做？"

"菜多，东西也多，怕忙起来看不住他妈妈。"他踢一脚红纸，"一早上炮声没停过，被吓着了。"

"今天没清醒？"

"没呢，"纵康无奈地说，"要迷糊到明年了。"

上楼推开门，宋琪妈披头散发地窝在床上，宋琪拿一块热毛巾给她擦手，两人跟斗法一样，宋琪被挠得满脸花，冲她吼："妈！过年了！我是你儿子！"

年三十的饭不能在床上吃，宋琪妈被架到饭桌前。陈猎雪也坐下跟着一起举了举杯："新年快乐。"

"快乐！"宋琪跟他碰杯，又叮地碰了下纵康的杯子，挠挠鼻子不太好意思，"这阵子你辛苦了，新年快乐。"

纵康拍拍他的头。

陈猎雪刚吃过饭，纵康和宋琪妈也吃不了几口，就宋琪吃得津津有味，最后把他留在桌上包圆儿，陈猎雪陪着纵康下楼包饺子。

"多包两个，你给陈先生也带点儿回去。他今天休班吗？都说医院年底最忙，那再忙也得让人过年吧。"

陈猎雪心情很好，接过纵康擀好的饺子皮道："不清楚，按日子算今天应该是白班，我傍晚再回去，把饭菜都备好，他就该回来了。"

纵康看他止不住上扬的嘴角，笑着刮了刮他的鼻头。

"小碰。"

"嗯？"

"这是我这几年来，过得最高兴的一个年。"

他告诉陈猎雪，那天宋琪妈清醒了十分钟，问了他小时候的事，又问了他的名字，他张嘴喊了一声"妈"，虽然宋琪妈又疯了，也不知有没有听见，但那声"妈"对于他而言，便是母子相认，便是从此有了根儿。

"我现在就想再使点儿劲儿，小安哥夸我今年干得不错，夜校我也跟得上，这楼说是明年开春就要扒，我想到时候租个好点儿的房子，把琪琪跟他妈都安顿过去一起住。"

"小碰，"他包饺子的手顿了顿，轻抽一口气压下喉间的哽咽，小声说，"我也有家了。"

这话陈猎雪听得心里酸楚，他看着纵康，太阳光扫过他的脸颊落在案板上，照出他脸上淡淡的绒毛。扑起的面粉飘浮在光里，浅褐色的瞳孔被低垂的眼睫遮住了，他神色平和，如同一尊慈悲的神佛。

这是纵康身上特有的气质，无论他已置身于什么样的泥泞中，当你看向他，他总是悲悯的。他从未获得过爱，却总想拥有去爱人的资格。

若是从私心上来说，陈猎雪还是不想让纵康拖上宋琪妈这么个累赘。纵康自己够苦了，拖着一个先天带病的身子，往后要年年月月地侍奉一个疯女人，也不知什么时候是个头，他想想就觉得心累。他想让他的纵康哥过得好，不用多么好，稍微正常一点儿，不要这么苦就好。他的纵康哥是这么好的一个人，这么温柔、和善的一个人，老天爷为什么就不能对他多加善待呢？

他像小时候撒娇那样，用脑门贴了贴纵康的肩头，由衷地说："你高兴就好。"

宋琪吃得肚子滚圆，从楼上跑下来冲屋里喊："我出门了啊！"

"干什么去？"

"啊，那什么，"宋琪看一眼陈猎雪，有点儿鬼祟，"我寒假作业忘学校了。"

这谎撒得跟闹着玩儿一样，陈猎雪好笑地看他，两人走到楼梯口窃窃私语："你要去便利店？"

"老板给我打电话，说都回家了，店里调不来人，我就去一下午，三倍工资呢。"

陈猎雪有点儿不赞同："你不在家陪陪阿姨和纵康哥？"

"有什么好陪的，晚上回来跟他们一块儿看春晚，不差这一下午。"宋琪眉飞色舞，"你去不？咱俩还对半分。"

"不去。"陈猎雪想起关崇塞给他的红包，掏出来递给他，"那夫妻俩给的压岁钱，拿着吧。"

宋琪"哎哟"一声，也没客气，直接打开信封往里看："还挺厚。得，以后那位也是我野爹了，替我跟我野爹拜年！"

陈猎雪笑着蹬了他一脚："滚吧，早点儿回来。"

"得嘞！"他麻溜地跑走了。

给纵康红包的时候他本来不愿意要，他与关江夫妇素未谋面，还偷偷去跟陈庭森告过那两人的状，拿人家红包算怎么回事？陈猎雪没管，把红包往橱柜上一放，道："你不要我还得拿回去退给他们，大过年的退红包算怎么回事？"纵康只能犹豫着先收下来。

下午五点半，他俩忙活完，又一起收拾了家，纵康装了满满当当两盒饺子拿给陈猎雪："行了，你赶紧回去吧。"

陈猎雪指指楼上："我去跟阿姨说一声？"

"算了，别去了，中午给她喝了两口酒，更不清醒了。"纵康把围巾给他戴好，自己也穿上棉袄，"我送你到巷口。"

巷子里有吃饭早的人家已经放起了炮，纵康走在他外侧，引他躲避那些飞溅的炮纸，满巷子都是硝烟的味道，二人捂着耳朵笑着快步跑过去，像两个孩子一样。陈猎雪想起了小时候在救助站里的日子，想起了纵康护着他的点点滴滴，又想起上次陈庭森过来找他，纵康也是这样牵着他，一路叮咛个没完，忧心忡忡地把他送到陈庭森身边。

"纵康哥。"到了巷口，陈猎雪认真地喊了他一声。纵康拍拍他身上的飞灰："嗯？"

陈猎雪张开胳膊抱了抱他，顶他的额头："新年快乐。"

纵康笑着抱回去，抚他的后背，说："都是个大人了，还这么爱撒娇。"

叫的车来了，陈猎雪松开手，与他告别："那我走了。"

"嗯，走吧，路上慢点儿，到家了跟我说一声。"

司机摁了两声喇叭。陈猎雪开门坐上车，隔着窗户又跟纵康挥了挥手。纵康站在巷口目送他远去，直到看不见车屁股才转身往回走。

刚刚还泛白的天已经有了擦黑的意思，纵康快步走到楼下，在噼里啪啦的鞭炮声中突然听见几声惊呼，他下意识停下脚步抬头看。宋琪妈头朝下，携着一股劲风，在他眼前坠落下来。

缠

第三幕

隔世

001

　　陈猎雪没直接回家，他让司机把车停在小区门口，去超市又买了些坚果零食，计划把家里布置得温温馨馨。他拎着大包小包从超市出来，在小区门口掏门禁卡时才看见手机上有几个未接来电，一个来自纵康，两个来自宋琪，都打来有一阵子了，最近的一次来电是五十分钟前。

　　他先给纵康打回去，没人接，又给宋琪打，嘟嘟声响了很久，快自动挂断那边才接起来。

　　"怎么了？我刚在超市没听见。"他左右倒着手上的袋子，把手机夹在肩膀上说话，伸手刷卡。

　　宋琪那头嘈杂又吵闹，乱糟糟的，不知在什么地方，陈猎雪听见他急促的呼吸声，像在跑，像喘不上来大口抽气，又像在憋着眼泪哭，他心里猛地生出不对劲的感觉，又问了一遍："你怎么了？说话。"

　　"……医院。"

　　"什么？"

　　宋琪嘶吼着咆哮出来："医院！医院！你赶紧来医院！你哥要不行了！"

　　陈猎雪手里的东西稀里哗啦掉了一地。

　　砰！

宋琪妈是怎么从楼顶摔下来的，谁也不知道。重物坠地的声音像是从地狱深处传来的，沉闷又压抑。她的脖子摔断了，以一种诡异的角度歪曲着，头顶被地上的碎砖磕出核桃大的血窟窿，血水汩汩地从她蓬乱的发间流淌出来，跟满地红纸粘在一起，那张与纵康过分相似的面孔上还带着酒后的醺然，眼睛半张着，从下往上看着纵康。

纵康怔在原地瞪着这颗破碎的头颅，半晌，或者只过了几秒，他剧烈地打起摆子，像被人敲了一闷棍，冰冷的麻意从脚往上升腾起来，化为一只无形的大手扼住他的喉咙，让他说不出话来，只能从嗓子眼儿里挤出嗬嗬的嘶声。

血水如同黏腻的红蛇，缓缓游移过来舔上他的鞋尖，纵康猛地抬腿后退，绵软的膝盖却使不上力，他跌坐在地上，惊恐地瞪大了眼。

如果这是一场梦，他只要抽搐着醒来，一切就会恢复如常。

然而他闭上眼再睁开，掌心已经粘满了被鲜血浸透的炮纸。

纵康脑子一嗡，天旋地转地呕吐起来。

宋琪揣着三倍工钱心满意足地回家，他从便利店捎了两瓶快过期的打折米酒，计划着用纵康囤了一柜子的罐头晚上熬点儿甜汤喝。踩着暮色走到巷口，他远远看见自家楼下聚着一圈圈的人，巷子里看热闹的人们交头接耳，在噼里啪啦的炮声中说着"死人了"。

他想到自家那个自杀过两次的倒霉妈，张嘴就问："谁死了？"

几个揣着手的老头儿、婆子看着他，目光怜悯，他们往旁边避了避，说："你赶紧看看吧。大过年的……"

宋琪扒开他们飞奔过去。

纵康跪在一汪血泊里，抱着宋琪妈渐渐冰凉的身子发抖。周围的人七嘴八舌，有让报警的，有让打"120"的，有人反驳说"120"不接死人，该直接打给派出所，又有人说已经打电话了，就是不知道派出所的人什么时候来，警察也得过年呢。

纵康一阵阵地发晕，他有点儿喘不上来气，太阳穴急促地跳动着。他打完电话就再也难以发出声音，眼泪止也止不住，怎么也看不清眼前的景象，他徒劳地堵着宋琪妈头上的血窟窿，像上回为她举着手腕一样不敢松手,另一只手一遍遍去盖宋琪妈大睁着的眼睛,怎么抚也闭不上。他张嘴喊"妈",发出的全是气音,哀求她:"你别这样……妈,我刚找到你……"

下一秒,他感到身后传来巨大的冲力,宋琪抓着他的肩膀把他推倒在地,捞过他妈妈的尸体。

少年人在喜庆的鞭炮声中哭得撕心裂肺。

"可怜哟。"围观的人们说。

纵康伸手去拉他,想跟他说话。宋琪抬手一挥,挂在手腕上的塑料袋打上纵康的胸口,米酒瓶子发出咚的声响,纵康捂着心口歪回地上,一条胳膊正捣进自己的呕吐物里,听见宋琪对他吼:"别碰我!"

警车呜咽着来了,现场一通混乱,宋琪被派出所的人吼了两嗓子,被迫冷静下来,突然听见身后有人说:"哎,那小伙子怎么半天没动了?"

宋琪一愣,这才回头看,纵康蜷缩着,仍保持刚才捂心的姿势。

"纵康?纵康!"

宋琪抖着手去推他,纵康露出脸来,一张脸憋得青紫,呼吸微弱。

陈猎雪跑到医院,全国的人好像都在今天生病,医院门口车水马龙,大厅更是水泄不通,他心急如焚,放眼看去,哪里都乱糟糟的,他无头苍蝇一样转了两圈才想到打电话。宋琪那边的状况丝毫没好转,他带着哭腔冲陈猎雪吼:"你到底在哪儿啊?!你哥出事了,你快来!"

陈猎雪勉强问清楚位置,着急忙慌地跑过去,路上撞掉了别人的手袋也来不及捡。匆匆赶过去,远远看到宋琪一身血,正焦急地等在急救室外。

陈猎雪向前跑去,一辆推车正好迎面而来,陈猎雪心慌没躲开,鞋面绊上车轮子,整个人向前扑去,车角不偏不倚,直直撞上他的心口,他便在护士的惊呼声中被重重顶开,与推车一并翻倒在地。

咚。

心脏坠落的窒息感瞬间就翻涌起来，陈猎雪感到胸膛深处迸发的疼痛，心想完了。

咚。

他撑着地想爬起来，一动胸口就像要裂开一样，疼得他喘不上气，再次跌了回去。

完了。

咚。

眼前开始发花，呼吸好像也开始困难，耳畔兵荒马乱的，他听见护士的呼喊："这不是陈医生的孩子吗？他换过心！赶紧来人！陈医生还在吗？！"

几个人七手八脚地把他抬起来，放上推车就推走。陈猎雪着急，他想说："我哥就在急救室里，我还要去看他。"

可他说不出话。

嘀。

麻醉面罩卡在脸上，陈猎雪心如刀绞地昏迷过去。

陈猎雪做了个梦，梦里他回到了救助站，以一个游客的身份，看到了小时候的纵康和自己。

梦境似乎是从他记忆的源头开始的，小时候的回忆没有时间轴，全是一帧帧的画面，阳光和大雨同时倾洒，光怪陆离。他先是看见自己冒着雨在泥地里跑，跌了一跤，本来已经拍拍膝盖要爬起来了，一见纵康朝自己跑过来，立马一个屁股蹲儿坐回去，揉着膝盖撇嘴要哭。

"这一屁股泥，"十岁冒头的纵康歪歪扭扭地把他抱起来，吓唬他，"张姨又得骂你！"

他就笑嘻嘻地往纵康怀里一拱，跟个擀面杖一样围着纵康擀了一圈，蹭得两人全都脏兮兮的，摇头晃脑地跑了："我不怕。"

纵康又气又笑，追上他牵住他的手："慢点儿！"

他们跑回宿舍，宿舍门前有长长的走廊，就像学校的教学楼，他攥着纵康的手晃，踢着脚走路，不合身的裤子太长，裤边都被踩烂了。纵康蹲下来给他卷裤脚，他便伸手在纵康头顶的发旋儿里描画。

纵康对他说："小碰，我不上学了。"

"我也不想上学前班。"他说。

纵康抬头看他，比刚才长大了一些，是中学生青涩的样貌，问他："为啥？"

"他们都不跟我玩。"

陈猎雪的意识站在两人身旁。小时候的他看不懂纵康脸上的心酸和难过，还在前言不搭后语地嘀嘀咕咕："我也不想跟他们玩，我不能上体育课，每次他们砸沙包，宋老师都让我上大树底下站着看，可是他们砸完沙包都干干净净的，我不砸沙包衣服也脏。他们说我身上有酸味儿。"

小陈猎雪抬起袖子使劲闻，冒冒失失地把胳膊往纵康鼻子底下一杵："纵康哥，我酸吗？"

纵康垂着头，把脸埋进他掌心里捂了一会儿。一旁的陈猎雪莫名觉得手心濡湿，他抬起来看，一片干燥，再去看小陈猎雪的手，就见那几根黑黢黢的小指头缝里沁出湿漉漉的水迹。

"不酸。"纵康瓮声瓮气地回答。

陈猎雪从口袋里掏纸巾，刚拿出来，纵康已经站起身，牵着小时候的他继续往前走。

他跟在他们身后看。小时候的他总觉得纵康可高了，自己怎么也长不到他的个头，现在这样看，纵康瘦削的肩膀根本没比他的头顶高出几厘米。

"你要上学，不能不上学。"纵康敲敲小陈猎雪的头顶，"不上学人就笨了，一笨，就没人愿意要你了。"

小陈猎雪扬手往栏杆外一指："他也不要我吗？"

纵康和陈猎雪一起扭头看，救助站的孩子们都在院子里站着，一个个瘦成了猴，正被前来做慈善的人们挑选着。年轻俊朗的陈庭森在小陈猎雪面前顿住脚，侧首同挽着他手臂的江怡悄声说话。

院长立马揽过小陈猎雪的肩，热情地向这对年轻有为的夫妻介

绍："这孩子漂亮，脑子也聪明，不淘，只要有条件，真的是块读书的材料。"她摸摸陈猎雪的脸，亲热地催促："快喊叔叔阿姨好。"

小小的陈猎雪咧咧嘴，甜丝丝地笑起来。

江怡也笑了，她摸着自己的小腹对陈庭森点头："就这孩子吧，笑得甜。给我的小竹雪多积积福。"

陈猎雪怔怔地看了一会儿，扭头去找纵康，热热闹闹的院子里，他孤身一人站在不远处的角落，局促地攥着短了一截的衣袖，偶尔有人走到他跟前，看他一眼，又谈笑着绕开。他的眼睛始终望着小陈猎雪。

陈猎雪朝他走过去，他想抱抱纵康，想问："纵康哥，你难受吗？"

可纵康看不见他，也听不见他说话，他的目光从陈猎雪的脸庞上穿透而过，落在小陈猎雪身上，眼里满是亮晶晶的祝福，为陈猎雪，也有掩饰不住的失落，为他自己。

"纵康哥，"他有点儿难过，酸涩地哽咽着，"你看看我。"

"小碰！"

纵康喊了一声，迈过他，向小陈猎雪走去。

陈猎雪睁开眼，心头苦涩。

他躺在病床上发呆，纵康突然推门进来，在他床头坐下，他惊喜地弹起身："纵康哥！"

"嗯。"纵康笑眯眯地，给他拉拉被子，"你先躺下。"

陈猎雪躺回去，一只手死死攥着纵康，问："你没事了？"

纵康回握住他，他的手特别温暖，带着满满的生命力。他看着陈猎雪的眼睛，仍是神佛一般的目光，温和又良善，他点点头："没事了。"

陈猎雪的眼泪不受控制地奔涌，纵康近乎慈爱地为他抹掉泪水，叹息着说："这么大了，怎么还总哭鼻子？"

陈猎雪也有点儿不好意思，把脸埋在被子里蹭，嘟囔："还不是被你吓的。"

"小碰。"

纵康的声音隔着被子听起来很缥缈，忽远忽近的，他说："我要走啦。"

陈猎雪愣了愣，拉下被子看他："你去哪儿？"

"去找我妈。"纵康很幸福地笑，"今天过年，不能让她一个人过。"

一股无法言说的悲痛突然翻涌起来，他问纵康："那你还回来看我吗？"

纵康揉揉他的头："你可以去找琪琪玩。"

"我不想找他。废物一个。"陈猎雪想起来就生气，他从床上坐了起来，告状，"平时看着也挺精的，怎么一有事儿就驴在那儿了？"

纵康长久地沉默，轻声说："琪琪有自己的顾虑。"

陈猎雪不想提他，他有很多话想跟纵康说，不知道为什么，就想现在说，好像现在不说，就再也没机会了似的。

"我……"

"小碰。"

纵康在他之前先开了口，他一根一根捏着陈猎雪的手指，跟他十指相扣。

"你要好好照顾自己。"

陈猎雪愣愣地看着纵康抽出手，又给他掖了掖被子，有点儿悲凉。

"我走啦。"

"纵康哥……"

"小碰。"纵康俯身抱住他，拍拍，"你要过得开心点儿。"

说完，他站起身向外走去。

陈猎雪心口疼得难受，他慌慌张张地朝纵康伸手："纵康哥，纵康哥！"

脚底一抽，陈猎雪这次才真正醒过来，他头顶是医院惨白的天花板，随着意识一点点复苏，他感受到插在自己鼻腔和胸口的管子，从喉咙到胸腔一片刀割火烤的痛。有人紧攥着他的右手，像梦里一

样温暖、有力，他努力转着眼珠去看，映入眼帘的却是陈庭森。一向周整、自律的他两颊凹陷，下颌冒出一片青青的胡茬，眼里充满血丝，红着眼盯着他。

陈猎雪第一次因为睁开眼看到的是陈庭森而痛苦不已。

他张张嘴，嗓子干得像是要裂掉，只能用口型问：纵康？

陈庭森的睫毛颤了颤，绷紧的咬肌从颊内凸起。

陈猎雪执拗地望着他，耳畔仪器滴滴答答地表示着时间在流逝，而他什么回答都没得到。

"纵康？"

他又问一遍。

"纵康？"

又问。

"纵康？"

"纵康？"

"纵康？"

问到最后一遍，他再也骗不了自己，巨大的、锥心的痛楚从他肺腑深处蔓延向每一根指尖。

"纵康哥走了。"

他想起他的梦，对陈庭森说。一滴眼泪从他眼角滚落下来。

"再也没有人喊我'小碰'了。"

他呜呜哭起来。

002

窗户外的树似乎要抽芽了。

陈猎雪靠着窗往外看，蠕动着嘴唇默数。

他的病房外有一棵很漂亮的树，夏天茂盛蓬勃，冬天掉光了叶子，只有枝杈也十分高大。

他住进这间病房的时候，伸展在窗边的那根树枝上还积着厚厚的雪，他就看着那些积雪结冰、化冻，直到完全消弭，枝头上鼓起小小的叶苞，春天毫无意义地到来了。

三十四、三十五、三十六、三十……

陈庭森的身影出现在楼下，他领着几个护士疾行，边签文件边听护士说话，走到楼下，他抬头往陈猎雪窗边看一眼，陈猎雪蠕动的嘴唇停下来。

三十七。

今天是纵康去世的第三十七天。

纵康死于救治无效。

这是陈庭森告诉他的。陈猎雪问他为什么会无效，陈庭森看着他没说话，然后让他休息。

陈猎雪又问："我现在的心脏还是之前那颗吗？"

陈庭森说："当然。"

他没问自己经历了什么。又一次开胸带来的感受只有麻木，哪怕他又换了一颗心，哪怕他要少活十年，纵康之死让这一切都毫无意义——他豁出半条命去，也换不来纵康从冰冷的地底归来，对他再说一次"我也有家了"。

"小碰，我也有家了。"

"这是我这几年来，过得最高兴的一个年。"

这些话都不能想，每一个字，纵康说这话时的每一个细节，都像一根根钢钉，从他的天灵盖直探进心脏里。

他醒来那天其实已经是两天后了，那天他哭得撕心裂肺。陈庭森给他打了安定，他在痛苦中昏沉，在绝望中醒来，之后就再没掉过一滴眼泪。

便利店老板的电话让那些钢钉裹上了丝丝缕缕的恨，老板在电话那头怒意冲天："你跟宋琪那小子怎么回事？电话不接，人也不来，还干不干了？"

那天是正月初七，陈猎雪从回忆纵康的痛苦中抽出些许心思，先同老板辞职，再联系宋琪，拨出去的电话与发出去的消息都如泥牛入海，得不到丁点儿回应，后来再拨宋琪的手机号码，对面索性"已停机"。

宋琪失踪了。

陈猎雪想不明白那天他跟纵康分离时明明一切都好好的，几个小时都不到的时间，事情怎么就能变成那样。纵康绝不可能主动跟宋琪发生冲突，究竟发生了什么，他的纵康哥才会浑身是血地躺在那里，又因为宋琪和自己的无用，活活被拖死。

今天是纵康去世的第三十七天，宋琪仍如同人间蒸发，没有任何消息。

陈猎雪把头靠在墙上，疲惫地闭了闭眼。

身后门一响，陈庭森带着人进来，陈猎雪慢腾腾地坐回床上，陈庭森照常问了问各项情况，做了检查，然后亲手把他的病号服拉好，说："再观察几天，没什么反应可以先出院，回家慢慢恢复。"

陈猎雪点点头，"嗯"了一声。

护士们悄悄退出去，把空间留给父子俩，病房里一下子变得极静。从前只要有机会，陈猎雪就会想方设法地说点儿什么，即便是废话也好，只要能让陈庭森多理理他。现在他没什么力气，也不想多说话，他与陈庭森之间便像被塞进了一整条银河，银河将所有的声音通通稀释，将两人间的距离无限拉长。

"有想吃的吗？"

过了一会儿，陈庭森主动问他。陈猎雪摇头，轻声说："叔叔，能麻烦你再帮我找找宋琪吗？"

纵康的后事是陈庭森去处理的。纵康无父无母，生前孑然一身，死后也只有一捧孤独的骨灰。救助站安排了简单的丧葬，这条生命便悄无声息地从世上抹去了，如同他毫无价值的降生。

陈庭森在他面前坐下，斟酌了片刻，事实上他已经斟酌了一个月，直到现在，陈猎雪的身体不那么脆弱，他才告诉他："宋琪妈妈去世了。"

陈猎雪整理衣服的手猛地一抖，抬头望着陈庭森："什么时候？"

"纵康出事那天。"

"怎么死的？"

"跳楼。"

所有的事都串起来了。

　　陈猎雪还记得宋琪妈第二次自杀，宋琪在医院不管不顾挥给纵康的那一拳。滔天的难过没过他的头顶，他急促地喘了两口，说："那天我走的时候一切都好好的，纵康哥还说他喊她'妈妈'了，说她在楼上……"

　　"陈猎雪，"陈庭森制止他的激动，深深地皱起眉，"人死不能复生。你自己现在是什么状况，心里没数吗？"

　　陈猎雪安静下来，他看了陈庭森一会儿，眼眶酸胀，眼里却干涩得流不出眼泪。"叔叔，"他用嘶哑的嗓子告诉陈庭森，"纵康哥不是别人。他是最疼我的人。他走的时候，该多痛苦啊！"

　　陈庭森冷硬地看着他，开合的嘴唇如同刀片："这些问题现在都跟你无关。"

　　陈猎雪与他对视，眼里慢慢浮现出失望之色，扭过了头。

　　这是他头一次对陈庭森露出这样的表情。

　　陈庭森不太舒服，正要继续说点儿什么，有人敲门。他起身回头看，关崇拎着大包小包的营养品，与江怡一同走进来。

　　"猎雪睡了吗？"关崇压着嗓子问陈庭森。

　　陈猎雪听出来人的声音，从床上坐起来，冲他们笑了笑。他还没调整好情绪，看起来很虚弱，喊："关叔叔，江阿姨。"

　　"快躺下。"关崇道，他把东西放下。

　　江怡直接越过两个男人坐在陈猎雪床头，隔着病号服看他单薄的胸膛："难受吗？"

　　一个冬天过去，江怡的肚子似乎鼓起来了一些，陈猎雪一一回答了她和关崇的问题，关崇看了看他胸口新添的伤疤，唏嘘不已。

　　"上次我们过来你没醒，事情我和你江阿姨都听你爸爸说了。好孩子，你受苦了。"他安抚着陈猎雪。转身对陈庭森说："有用得上的地方就说，我和江怡都能帮衬着。"

　　陈庭森还没说话，陈猎雪先开了口："关叔叔，你能帮我找找宋琪吗？我联系不上他，也不能出院去找他。"

　　"宋琪？你那个朋友？"关崇点点头，"他家是不是在上次送

你过去的那条巷子里？我下午就去看看。"

陈庭森的唇角有些发紧，他盯着陈猎雪，听见江怡问："什么时候能出院？"

他正要回答，江怡又道："出院后还是去我那儿吧。你太忙了。"

如果没有出这场意外，按照他们原先说好的，陈猎雪现在确实还该在关崇家住着。陈庭森本该毫无异议地点头，可也许是因为刚才陈猎雪失望的眼神，也许是因为陈猎雪越过自己，径直向关崇寻求帮助，他蓦地有些失落。

他没出声，每个人就都当他默许了，关崇已经关心起陈猎雪在学校的课程该怎么处理，需不需要停课一年好好养养身子，陈庭森却突然开口，问陈猎雪："你觉得呢？"

陈猎雪看他："什么？"

"回家，还是去关叔叔家？"

陈庭森强调了"家"。关崇的目光在二人之间不动声色地逡巡，江怡想说话，被他按了按肩膀，示意她尊重陈猎雪的想法。

三个大人的目光都汇聚在陈猎雪身上，在空气中微妙地拉锯着。陈猎雪怔怔地，说不上来现在是什么心情。他该是心心念念想要回家的，回自己的家，回到陈庭森身边。但他现在对这些都没了想法，他满脑子都是纵康、宋琪和跳楼的宋琪妈。

现在的他好像没什么多余的力气思考其他问题。

"我……"他垂下眼皮，避开陈庭森的视线，"去关叔叔家吧。"

陈猎雪出院那天是周六，关崇来接他，陈猎雪站在窗户边往外看，树杈上的叶子已经长起来了，油亮亮的，显得生机勃勃。

他回头看陈庭森，欲言又止。

陈庭森正盯着他的后脑勺，两人眼神撞了个正着，他下意识板起脸，用眼神问：怎么了？

"我想去看看纵康哥。"陈猎雪说。

这不是他第一次提这个要求，从他能下地开始就总想出去，想去看看纵康的墓，再去找找仍不见踪影的宋琪。陈庭森一直没同意，陈猎雪的身子现在实在太脆弱，承受不起任何一点儿意外。

见他阴着脸不说话，陈猎雪失望地去看关崇，陈庭森却开口道："可以去看，不能哭，也不能激动。"

这是两条有些无情的要求，陈猎雪忙不迭点头答应。

关崇刚接了个电话，接完后回身问："现在去？还是先把东西放回家，等吃了中午饭，下午我陪猎雪过去？"

"不用。"陈庭森拎起装行李的小箱子，"我先带他回家取东西，事情处理完直接送他去你那儿。"

两人口中各说了一个家，倒是谁都没弄混。关崇点头同意，三人一同下楼，陈庭森让陈猎雪先上车，他与关崇在外面说话。

陈猎雪隔着车窗看他们，想起那次从纵康家出来也是如此，他在车里等，纵康与陈庭森在外面说话，纵康告诉陈庭森，那天是他的生日。

以后再也不会有人记得他的生日了。

片刻后，关崇过来敲敲玻璃。陈猎雪把车窗降下来，关崇拍拍他的头，笑道："下午见。"

"好。"陈猎雪也对他笑笑，"关叔叔再见。"

关崇带着他的生活用品先行离开。陈庭森坐进驾驶座，通过后视镜看陈猎雪，见他仍望着关崇的车尾发愣，便用食指在方向盘上敲了敲。

陈猎雪回过神，听见陈庭森命令自己："坐前面。"

陈猎雪这才发现自己竟主动坐进了后排。

他又想起那次纵康把他送上陈庭森的车。那天他是故意的，要了个小心眼，坐在后排对陈庭森说，他要提前适应坐在后排的感觉。

那天陈庭森并没让他坐到前面去。

陈猎雪觉得自己像一个伤了元气的老年人，思考和动作都变得迟缓。他看着后视镜里陈庭森的眼睛，那双眼睛，他曾想方设法地想让它们在自己身上多停驻一秒，就算得不到全部的注视，能多看他一眼，也能够让他心满意足。

现在陈庭森似乎愿意多看他一眼了，甚至不止一眼，比之前更

加谨慎，更严厉，更关心……他却只觉得更加心凉。

"我就坐后面吧，挪来挪去太累了。"他歪歪身子靠在椅背上，拉过安全带给自己扣好，小声说，"后面也有安全带，我不会让心脏出问题的。"

陈庭森蹙起眉头，没有多说什么，驱车前行。

车开到小区门口，等门卫升栏杆的时间里，陈猎雪回忆起大年三十那天。那天他就在这儿刷门禁，如果没出事的话，那时他应该已经回到家准备晚饭，等陈庭森回家，当时他甚至都计划好了要如何利用心脏在家里多过几天。

再次回到这里，一切都天翻地覆了。

停车，进电梯，上楼，三四个月没回来，再次推开家门，陈猎雪心里仍不可避免地涌起思念。

他抽着鼻子缓缓蹀到客厅。空气中有灰尘的味道，显然久未做过清洁，茶几上有用过没洗的杯子，沙发上有盖过没叠的毯子，阳台还有洗过没收的衣服，还是冬天的厚衣服，看来已经在晾台上挂了个把月。他习惯性伸手要收，陈庭森在他身后喝道："别动。"

陈猎雪举着晾衣竿回头，陈庭森过来，拿走他手中的竿子，说："去你房间看看有什么要带走。"

陈庭森有轻微的洁癖，平时最看不得家里不整洁，陈猎雪在家的时候这些状况从来不会出现。他没立刻挪脚，盯着陈庭森眨眨眼，坐到沙发上慢吞吞地叠起了毯子。

"叔叔，"他垂着头，闷闷地说，"你一个人在家，也要好好照顾自己。"

陈庭森应了一声。他这阵子确实没有心思给家里做扫除，从陈猎雪出事以来，他的心思就都放在了医院，家成了旅馆般的存在，每次回家的意义似乎只剩下换洗衣服、睡个囫囵觉，睡醒后脸一抹，再往医院奔去，在手术台与陈猎雪的病房间往返。

他打开纱窗给屋里通风，看着陈猎雪安安稳稳坐在沙发上的样子，如同经历了一个虚假的梦。

陈猎雪这次出事，对他而言绝不比上一次陈竹雪出事轻松。

他还记得自己看到陈猎雪躺在手术台上时手脚冰凉，那时候他只想把陈猎雪救活；陈猎雪躺在ICU里久久不醒，他又想只要陈猎雪这次没事，以前犯下的错他全都既往不咎，没什么比人还在、心脏还能跳更重要，只要陈猎雪听话，不再做蠢事，他愿意把陈猎雪当做亲生儿子那样呵护；问陈猎雪想回家还是去关崇家时，他本觉得毫无悬念，笃定陈猎雪会因为他的问话露出欣喜的神色，结果当时的陈猎雪就如现在这样，与他面对面，却垂着头躲避他的眼神。

陈庭森把这些变化，全部归结于纵康去世对陈猎雪带来的打击。他失去过至亲的人，理解陈猎雪的难过，成年人能够强迫自己迅速调整情绪，可陈猎雪说到底也还是个孩子，孩子面对痛苦似乎只会逃避。

他这样想着，便打算再问一次陈猎雪。只要他说想留下，他会立刻给关崇打电话，告诉对方不用麻烦了，陈猎雪还是想住在家里。

"叔叔。"

就在这时，陈猎雪喊了他一声。

陈庭森以为他要主动提出不走了，上前两步在他对面坐下，从容地"嗯"了一声，等他后面的话。

"我……"陈猎雪张张嘴，"我去关叔叔家住，你工作忙，该找个人好好照顾你，我……"

陈庭森看着陈猎雪，说出这话的男孩就坐在他对面，苍白、羸弱，周身萦绕着大病初愈的虚弱，没有丁点儿生气。

他叹了口气，对陈猎雪说："你好好养身体，就不用操心这些了。"

陈猎雪抿抿嘴，回房收拾东西。在关崇家住了一阵子，加上数月未归，现在的他再看自己的房间竟感到有些陌生。比起关崇、江怡为他布置的房间，这里的摆设简单到了乏味的地步，书桌上除了书什么都没有，衣柜里也只有最简单的衣物。

他把衣服抱出来往床上放。床上仍是他离开前的床单被罩，积了灰，压一下就扬起飞尘，他把门窗通通打开，又走去陈庭森房间想顺便帮他通通风，手搭在门把手上又缩了回去，转回自己房间。他在衣柜里翻出了一个大纸袋，上面印着彰显奢侈昂贵的标识，里

头是年前江怡买给他的冬装。陈猎雪攥着纸袋发愣，这里头本来还有一副手套的，也不知道纵康舍没舍得戴。

陈庭森进来嘱咐陈猎雪："还有那条围巾，一起带走。"

陈猎雪扭头看他，心里还是觉得空落落的。以前他不舒服，可以去找纵康；以后他不舒服，就不知道自己该去哪儿了。

去纵康的墓地车要开一段不短的路程，陈猎雪仍坐在后排，到了以后却没待多久，之后，便是直奔关崇家而去，陈庭森把车开得慢而稳，不时观察陈猎雪的神情。出乎他所料，陈猎雪并没有过分哀戚。他不知道，陈猎雪的力气全都在医院耗光了，真正见到纵康的墓，那块单薄的石碑反而给了陈猎雪小小的安慰——纵康终于有了稳定的居所，他对纵康无处安放的思念也终于有了寄托，不用终日在心头压得他喘不上气来。

但最让他难过与心疼的是纵康墓碑上的照片，用的竟是他还在救助站时拍合照留下的，那时候的纵康也不过刚成年，跟现在的自己差不多大，虽然身体不好，但是看上去青春洋溢，眼中还隐藏着星星点点对未来的期盼。

纵康自从离开救助站自己讨生活，就没再拍过一张照。

他从未曾拥有新生。

关崇不在家，学校有事，迎接他们的是江怡。

陈庭森把陈猎雪收拾出来的行李安置到他房间里，还是之前一楼的那间，床铺仍同先前一样铺得软软的，落地窗拉开，阳光通透，通风也好，是个让人身心舒适的好环境。

江怡没留陈庭森多坐，陈庭森也没有久留的意思，离开前他看一眼陈猎雪，陈猎雪正坐在阳台上，晒着太阳发怔，背影单薄。

感应到他的目光，陈猎雪扭头看过来。

"你……"陈庭森走到他面前，犹豫了一下，他想再问一遍你到底想不想回家，话到了嘴边又咽回去，只交代一句，"有事给我打电话。"

陈猎雪定定地看了他一会儿。阳光很强烈，他逆着光什么都看不清，只能眯起眼微笑一下："好。"

他目送陈庭森的车离开，直到连车屁股也看不见才转身回屋。江怡不知何时站在他身后，端着杯还在冒热气的牛奶，递给他："喝吧。"

"谢谢江阿姨。"

陈猎雪接过来端着，小口小口地啜。江怡上下打量他，道："瘦了。"

她没有等陈猎雪接话的意思，她与陈猎雪的交流向来依着她的节奏，冷不丁就转了个弯，问："陈庭森对你好吗？"

陈猎雪喝奶的动作停下来，点头："好。"

江怡笑笑："对你好为什么不想回家？"

她只是随口一句话，听在陈猎雪耳朵里却像是扎了针、裹了刺。他心里一乱，想不到合适的回答，正好关崇在这时候回来了。

"猎雪来了吗？"

他进门就问，见到江怡正与陈猎雪说话，还给陈猎雪热了牛奶，表情有些欣慰，上前揽过江怡吻了吻脸颊，问陈猎雪："去看过纵康了？"

"嗯。"陈猎雪点头。

关崇叹了口气，道："纵康是个好孩子。我之前去你学校问了问宋琪，他退学了，自己去退的。好好一个家这样散了，他肯定也是难过，想躲一阵子，你别老惦记他了，等他想回来的时候会回来的。"

说着，他把话题转回陈猎雪身上："之前我和你爸爸也在说，要不要让你休学一年，把身体养结实了再回去上课。高三冲刺压力大，你缺课缺得多，现在去上学应该也有点儿吃力。"

这是完全合情理的想法，陈猎雪也想过这个问题，区别在于以前他想让高中过得慢一些，再慢一些，让他有理由在陈庭森身边尽量待得久一点儿，但这次变故让他不得不正视诸多问题。

"不用了，我想回去上课。"他说，"我起步本来就比同学晚，再拖一年，我都要二十了。"

这是玩笑话。真正的原因在陈猎雪心里深藏着——他想考大学。

什么大学都好，什么地方都好，只要能让他顺理成章地离开这个城市，哪里都好。

晚饭是关崇做的，炖乳鸽。

江怡端着一碟瓜子坐在客厅看电影，陈猎雪跟她一起。他抱着一小篮纸皮核桃剥壳，剥了大半碗，关崇端着菜从厨房出来了，招呼二人吃饭。

"你江阿姨怀孕后反正是什么都不干，我感觉我做菜的水平长了不止一点儿。你看我把她养胖一点儿没有？"

陈猎雪过来帮着摆碗碟，笑笑没说话。江怡把他剥出来的坚果也端来往桌子上放，接道："那你真是辛苦了，补补吧。"

关崇用筷子拨了拨，见真是实实在在满满一碗，笑着问："你剥的？"

"小孩儿剥的。"

陈猎雪解释："我坐在那儿顺手就剥了，一没注意剥多了。"

"那我得谢谢你，"关崇把小碗摆在餐桌中央，"我平时在家可没这待遇。"

夫妻俩笑着斗嘴，关崇感慨道："有个贴心的孩子多好，猎雪啊，你也别回家了，以后就在咱们家住，我和你江阿姨疼你。"

这话若是由普通家庭的亲戚来说，就是句再平常不过的玩笑话，陈猎雪听这话却感觉哪里都不合适，一时间生出自己无家可归的凄凉感，捧着碗不知该接句什么。江怡不太愉悦地看了眼关崇，关崇自知失言，抬手给陈猎雪夹了块肉，顺着话头又补上一句："不过就算你愿意，你爸爸肯定也不愿意，他宝贝你，舍不得。"

陈猎雪道了谢。这个话题本来这样也就过去了，但他犹豫了一会儿，还是没忍住问："是我爸爸说的吗？"

"他说？"江怡笑笑，"你爸跟你说过这样的话？"

在座的三人确实只有江怡最具发言权。陈猎雪有心看向关崇，发现关崇并不介意这个话题——他很大度。这是自信，也出于对他与江怡之间感情的信心，他听得津津有味。陈猎雪这才摇了摇头。确实没有。

"你是这碗鸽子汤，"江怡指了指餐桌，"咱们都是，想得多，心事也多，东西一多，总是会从面儿上露出来。"她顿了顿："你爸是中药。"

关崇插嘴："不是咖啡吗？"

"都是。"江怡无所谓地皱皱鼻子，继续说，"是糖是药，是甜是苦，都不露在面儿上，你不知道他在想什么。"

她面向陈猎雪，总结道："跟这样的人待久了很累，所以你不想回家，我一点儿也不奇怪。"

也许吧。

陈猎雪没否认江怡的话，他垂下眼皮回想陈庭森的种种，再抬起眼，关崇正在观察他的表情，对他露出和蔼、包容的笑，陈猎雪回以微笑。江怡夸赞了今晚的鸽子汤，这个话题便没再继续下去。

饭后略微收拾收拾，闲聊几句，陈猎雪有些累了，与关江夫妇道了晚安，回房洗漱。

时间在发呆中飞逝，他混混沌沌地放空大脑，将睡欲睡之际，关崇到他房间里来，跟他道歉。

"吃饭的时候是我考虑不周，说错了话，是不是心情有点儿不好？"

陈猎雪撑着床倚坐起来，关崇帮他垫了个枕头，在床边坐下。

"没有。"陈猎雪温温润润地解释，"叔叔阿姨对我都很好，我就是今天有点儿累了，不太提得起精神。"

也许是职业的原因，关崇看人的眼光很多时候更像一台仪器，他观察你、分析你，他不急不缓，目光和善。这种和善与纵康的悯然又不一样，他身上总有种置身事外的气质，就像一个影评人，从他口中说出的话，似乎总是很客观。

他对陈猎雪说："你爸爸真的很疼你。"

陈猎雪缓缓地眨眼。

"那天你走以后，晚上我给你打电话你没接，我就给你爸爸打，想问问你是不是安全到家了，也没人接。后来他从手术台上下来我们才知道你出事了。"关崇给他拉拉被子，"第二天我们去看你，

你还没醒，知道你爸爸在干什么吗？"

"他攥着你的手，一直在你身边坐着。"

陈猎雪想起梦中与自己相扣的大手，想起纵康那句"我走了"，没作声。

"当爸爸的人，都很难去表达自己的感情，就像我家的老爷子。但是他绝对在乎你。"关崇说着，自己笑了起来，"我也不知道怎么突然想到跟你说这些，你现在应该是最难过的阶段，不想回家住肯定有你自己的原因。身为大人，我们都想尽量让你过得开心，你也要好好调整自己，毕竟，纵康肯定也不希望看到你每天闷闷不乐。"

"小碰，你要过得开心点儿。"纵康确实是这样说的。

关崇拍拍他的肩："坚强点儿，小伙子。"

陈猎雪点头："嗯。谢谢关叔叔。"

关崇为他关灯，而后离开。陈猎雪顺着枕头躺回被窝里，手掌轻轻搭上自己的心窝，感受里面心脏安稳的跳动。

他们都以为爸爸是在担心我。

只有我知道，他害怕的是你再也不会跳了。

没了纵康又脱离了陈庭森的生活很简单，陈猎雪不用再去打工，也不用时不时去纵康家放松心情。那块住宅区已经开始拆迁，关崇开车带他远远地看了一眼，巷子已经扒了，挖土机在一片断壁残垣上轰隆隆地作业，将所有曾发生在那块土地上的故事掩埋。

陈猎雪每天在关崇家与学校之间两点一线，早上搭关崇的顺风车去学校，晚上关崇会去接他。四月份万物生长，关崇工作繁忙，江怡的肚子也一天天挺了起来，偶尔有事情抽不开身，陈猎雪就自己打车回去，他本来想像以前一样坐公交，但被夫妇俩一致否决。

班里的老师和同学都知道他又受了一茬罪，对他更加照顾。宋琪仍不见踪影，陈猎雪偶尔经过宋琪以前的班级，会听到门内飘出宋琪的名字。他的同学们不了解这段故事中还隐藏了另一条逝去了的年轻的生命。有相熟的人会来问陈猎雪，陈猎雪只摇摇头，不愿多提，他们便只知道宋琪那个有名的疯子妈去世了，宋琪是因为这件事退的学。无所谓，宋琪在他们眼中本就不是读书的材料，属于这个名字的八卦，也渐渐被铺天的试卷所掩盖。

不再将陈庭森当作熬日子的奔头，陈猎雪的身体在学校也不再会出现"意外"。以前他是医务室的常客，只要进了医务室，老师就会连忙给陈庭森打电话，如今他将"考大学"作为目标，整个人都沉稳不少。

陈猎雪脑子好，落下的课程虽补起来吃力，但也没有拖班级后腿。那天他如往常一样，利用晚自习的时间去办公室问问题，出来后正好放学铃响起，他想了想，不想回教学楼挨挤，便把练习册卷了卷，直接往校门口走去。

校门前早已候着许多来接孩子的家长，他在平时关崇停车的路边站定。关崇不在，他掏手机给关崇打电话，想告诉他自己今天出来得早，可以自己回去，不用来接。摁亮屏幕的时候他看见手机上的日期，突然意识到，不知不觉间，他已经整整一个月没有联系陈庭森了。

这在以前可真是无法想象的事。

他愣了愣神，一辆出租车被人捷足先登，正思考是不是直接叫辆车更方便，马路斜对面有人摁喇叭。他抬头往那边望，鱼贯而出的学生不时挡住他的视线，透过人群的缝隙，他看见一辆熟悉的车，亮着两盏车前灯，他再熟悉不过却没道理出现于此的人从驾驶座走出来。

陈猎雪眯了眯眼，不敢置信地叫道："爸爸？"

003

那天从江怡家离开时，江怡问陈庭森："当个称职的爸爸对你来说是不是真的很难？"

陈庭森在看陈猎雪，背对着她没说话。

返程的路上，他脑中反复回荡着这个问题，江怡的语气轻描淡写，却绵里藏针。

那天他没直接回家，在路口拐了个弯，去了一趟陈竹雪的墓园。

这两年他来看陈竹雪的次数少了很多。陈竹雪刚走，也是他刚接陈猎雪回家的时候，那阵子他隔几天就要来陪陪陈竹雪。

不知道是不是少了一颗心的缘故，陈竹雪的骨灰很轻，碑却很沉，因为上面承载着他太多太多的愧疚。

每次来看陈竹雪，他都没法直面碑上的照片。照片就是陈竹雪生日当天照的，笑得很乖、很灿烂，一双眼睛黑葡萄似的，泛着生机勃勃的光。一与那双眼睛对视，痛苦就如同无形的大手，扼得陈庭森喘不上气。人们称赞他医者仁心，褒扬他救助孤儿的爱心与大义，实则身为医生的他看过太多太多的生老病死，对那些有先天疾病的儿童远没有人们认为的那样有同情心，选择去资助陈猎雪只是缘于他与江怡一次闲聊。

那次他们刚看完一部寻找孩子的电影，唏嘘的同时他们脑子一热，决定去资助一名孤儿，就当给小陈竹雪积攒福报。现在想来，那个想法真是可笑到了极点。

之所以选择陈猎雪而不是其他儿童，其实没有什么特别的原因，只是碰巧在他与陈猎雪对视的时候，年幼的小陈猎雪对他笑了笑。

没人会想资助一个没有生气的孩子。

多年以后，一切发生，不可逆转之时，陈猎雪坐在病床上，带着陈竹雪的心脏向他咧嘴一笑，陈庭森却再也无法接受这个笑容。

做完那场换心手术后，陈庭森很长一段时间内无法入眠，只要他闭上眼，就会看见被开膛破肚的陈竹雪向他走来，牵着一脸懵懂的陈猎雪。小陈竹雪稚嫩的指尖戳在陈猎雪胸口的刀疤里，边往外抠挖边哭着问："爸爸你为什么要把我的心摘给别人？爸爸我的心口好疼啊。"他则在梦里拼命用手去堵小陈竹雪破漏的胸口，黏稠、冰冷的血水沾了满身。他安慰陈竹雪："爸爸只是想让你的心脏继续跳下去。"但这时，一直没有出声的陈猎雪便会哀戚地看向他，委屈又胆怯地问："那我呢？"

陈庭森从梦中惊醒，耳畔传来的只有江怡更为痛苦的抽泣声。

人们总是愿意幻想自己拥有高尚的灵魂，承认自己的冷漠与自私是很难的一件事，尤其他正处于伟岸的光环之下。那时的陈庭森一度近乎自我催眠似的来安抚自己：他没有将陈猎雪当作陈竹雪心脏的容器，他对这一切没有恨。

在那段日子，所有的负面情绪除了宣泄给陈猎雪，唯一能做的只有来到陈竹雪的墓前陪一陪他。但他不敢看陈竹雪的眼睛，不敢问出埋藏在心里的那些话：陈竹雪你恨爸爸吗？带着一副残破的身躯离开人世，来生你还愿意再来到我身边，做我的孩子吗？

他白天行走在救死扶伤的第一线，是人人称赞的好医生、好爸爸，夜幕降临，脱下身上的白大褂，他就只是一个失败的父亲，一个失职的丈夫。撕扯的痛苦伴随了他许久，多年以后的现在，以陈竹雪心脏续命的陈猎雪发生了意外，江怡近乎残忍的质问——"当个称职的爸爸对你来说是不是真的很难？"，如同一把巨锤击打在陈庭森的天灵盖上。

那天他去陈竹雪墓前待了很久，他看着陈竹雪的照片，照片褪色得厉害，那双眼睛依然同当初一样清澈明亮，照片上的他朝他乖巧地笑。他蹲下来触碰陈竹雪的脸颊，在心里向他道歉，向他诉说无法放下的思念与爱。然后，他像是告知陈竹雪，也像在告知自己：消除对陈猎雪的偏见吧，从此像爱你一样爱他。

可改变对一个人的态度远没有想象中那样简单，尤其在与陈猎雪的相处模式中，陈庭森一直是被动的那一方。他深知陈猎雪对他的依赖，他想等下一次陈猎雪联系他，也许又是某一个即将下班的傍晚，推开诊室的门就能看见陈猎雪拘谨地坐在里面。他想好了到时一定要改变态度，温和地与陈猎雪对话，再问他一遍愿不愿意回家来住。他把一切都计划得很好，唯独没有想到陈猎雪竟然再没主动给他打电话，更别说突然出现在眼前，甚至连个短信也没有。

倒是关崇，时不时就给他发个消息，告诉他陈猎雪在自己家里生活得有多好。

今天，他一下班就开车去陈猎雪的学校，将车停在了学校门口。

胖了。

这是看见陈猎雪时浮现在陈庭森脑海里的第一个想法。

关崇和江怡大概真的把他照顾得很好，陈猎雪刚出院时几乎瘦脱了相，再一次开胸让他遭了大罪，整个人都黯淡无光。时隔一个月再看他，清秀的脸上又有了肉，夹着书思考的模样十分沉静，抬眼垂眸间温温润润的，有着十足的少年感。

陈庭森坐在车里看他。明明还是同一个人，明明之前也清爽干净，眼前缓缓走过来的男孩子却好像有什么说不上来的变化。

等陈猎雪停在路边掏手机，他才反应过来对方根本不是向自己走来，于是摁了摁喇叭。

陈猎雪抬起头，看见陈庭森的瞬间他很意外。陈猎雪的优点之一是"清醒"，他每天清醒地告诉自己要离开，不再给陈庭森添堵，同时也从未低估陈庭森在他心中的影响力，不论在什么时候，陈庭森向他走来的样子总是带着奇异的光。

还没消化掉眼前的事实，攥在掌心的手机嗡嗡地震动起来，来电人是关崇。陈猎雪有些呆愣地望着陈庭森，抬手接电话。关崇正在车里，隔着听筒都能听见那端此起彼伏的喇叭声，他并不知道陈庭森来了，如往常一样问道："出来了吗猎雪？我被堵在拐角这儿了，你往我这边来吧。"

陈庭森走到他面前，问："谁的电话？"

陈猎雪一时不知该先答哪边，关崇在那边听到声音，也问："猎雪？"他只能指指手机，示意陈庭森稍等，回关崇道："关叔叔，是我爸爸。"

"你爸爸来了？那你们先聊，我这就过去。"

关崇的语气里有点儿惊讶，其实陈猎雪的惊讶一点儿也不比他少。心境的转变真的很神奇，以前他不论多久没见到陈庭森，只要陈庭森给他一个眼神，他就有一肚子的话能说，现在陈庭森不再是他生活的重心，只是月余未见，冷不丁见面竟让他生出了些许陌生感，手脚不知该怎么放似的，挂了电话就看着陈庭森不知说什么才好，讷讷地又喊了一声"爸爸"。

陈庭森看看他拿着手机的那只手，问他："你关叔叔？"

"是。"陈猎雪乖巧地点头，"关叔叔来接我放学。"

陈庭森没说话。这场见面的开头跟他预想的很不一样，他所熟悉的陈猎雪的那些小表情一概没有出现，眼前的男孩对他的出现并没有表现得多激动，甚至有些拘谨，既没有笑，眼睛也没有亮起来，仍像一个月前离开时那样，望着他的目光都带着距离感。

"你关叔叔对你好吗？"

"很好。"陈猎雪点点头，迟疑着问，"爸爸，你怎么来了？"

"下班过来看看你。"陈庭森说。

陈猎雪"哦"了一声。

周遭人来人往，陈猎雪的疏远让陈庭森不是很舒服。他将缘由归结于他对待纵康之死的态度上。陈庭森经历过亲人的离开，经历的过程比寻常人都更加惨烈，深知伤痛除了留给时间别无他法，陈猎雪尚在心情的恢复期，没有对方的配合，他在来路上计划好的问话全都被堵在了喉头——改变态度永远没有想象中简单，尤其对家长与成年人而言。

"学习跟得上吗？"

"还好，不是特别吃力。"

"身体呢？"

"也挺好的。"

"体育课不要剧烈运动，你现在的体质没有之前好，尽量不要跑步。"

"我已经不上体育课了，爸爸。"

陈庭森默然，想了想，又问："饿不饿，吃饭了吗？"

陈猎雪刚想说傍晚吃过了，他饭量小，一般不需要吃夜宵，关崇的声音在身后响起来："猎雪！"

陈猎雪应了一声，陈庭森与他一同望过去。关崇是走过来的，他把车停在路边，手里拎了件薄外套，过来递给陈猎雪。

"想儿子了？"关崇跟陈庭森打招呼，乐呵呵地道。陈庭森与他闲话几句，看着陈猎雪把外套穿上，那句"想回家吗？"怎么也说不出口。

"正好，江怡在家炖了鱼汤，一块儿回去喝。"关崇对陈庭森说。

他抬手把陈猎雪穿的外套帽子整理好，冲他挤挤眼："你江阿姨开年以来头一回下厨，你可得多喝一点儿。"

陈猎雪笑起来，配合着点头。

陈庭森完全没觉出这话哪里好笑，他看着二人亲昵地互动，好像他们俩才是真正的一家人，那种"只有当事人明白"的气氛分外强烈，他站在一旁，倒成了个碍手碍脚的"外人"。

"不了。"陈庭森道，"我还有事，就是经过他的学校，顺便来看一眼。"

关崇再三邀请，陈庭森不冷不热地拒绝，问了问陈猎雪最近吃喝恢复的情况，交代一句："他从小就不能吃辣，尽量注意。"

关崇愣了愣，虽说现在家里做菜全都以清淡为主，但他脑中浮现去年带陈猎雪去吃火锅，男孩在红锅里大快朵颐的画面，讶然地笑起来，说："这我还真不知道。"

陈猎雪面不改色，乖巧地点头："我知道。"

见陈庭森真的打算离开，关崇拍拍陈猎雪，道："猎雪肯定也想爸爸了，要不然回家住两天？"

陈庭森顿下脚步，望着陈猎雪。陈猎雪垂着眼皮想了想，说："快考试了，我暂时还是不回家了。"

关崇几不可察地扬了扬眉。他之前就猜测过陈猎雪对陈庭森的态度，如果刚出院时的不想回家还可以当成陈猎雪的小别扭，这一次的拒绝，疏远的意思就太明显了。他打圆场："也是，学习重要。"

陈庭森什么也没说，"嗯"了一声，转身回到车上。

他离开后，关崇也带着陈猎雪往路口停车处走。陈庭森没有立刻驱车驶离，他坐在车里点了根烟，隔着马路看那二人的身影。他们相处得真的很好，关崇揽着陈猎雪的肩，不知在跟他说什么笑话，陈猎雪笑得眉眼弯弯。他突然扭头往这边看，陈庭森弹烟灰的手指下意识顿住，对方的目光却只是在他车上掠了掠，一扫而过。

陈庭森眯起眼，感受口中辛辣的烟草气息，与烟气一起翻涌的是胸中无法描述的情绪——好像养了很多年的小狗，一直亲他、黏他，突然被半道杀出的狗贩子拐走了。

关崇从后视镜里看陈猎雪。

陈猎雪自上了车整个人就松懈下来，不言不语，倚着车窗往外看。关崇没有打扰他，车行半路才用轻松的语气问："累了？"

"有一点儿。"陈猎雪说。

"复习不用那么拼，咱们脑子好，大不了明年再来一年。"

"嗯。"

"你跟关叔叔说实话，"关崇在红灯前停下，扭头正儿八经地望着陈猎雪，问，"你是不是跟你爸闹矛盾了？"

陈猎雪没有立刻回话，他仍出神一样望着窗外，隔了一会儿突然喊："关叔叔。"

"嗯？"

陈猎雪问他："我这样是不是特别不孝顺？"

"得分什么事儿。"绿灯亮了，关崇正回身子踩油门，平和地道，"你不是那种任性的小孩儿，做什么决定肯定有你的道理。到了你们这个年纪，心里都爱藏事儿，我像你这么大的时候也是，高兴了、难受了不爱跟家里说，都喜欢跟自己兄弟哥们儿说。"关崇把车开得很稳，声音也平稳，很温暖。"以前你有心事应该都是去找纵康和宋琪，他们都是好孩子，这很好。所以现在这个阶段对你来说很辛苦，很难，我们都明白。"

"我不知道你们是不是吵架了，但我大概能猜出来。你爸爸呢，是医生，身份特殊，很多事我们从普通人的角度去考虑就够了，但他需要从医生的角度考虑，可能说出的话有些冷漠，不过那是因为他太在乎你了，他怕你出事。"

陈猎雪安静地听，关崇也不需要他回答，继续道："你很乖，很懂事，就是因为太懂事了，什么事都在心里憋着。我也不是一定要你告诉我什么，我是怕你憋坏了，走不出来。"

汽车的速度慢下来，驶进别墅区，耳畔没了路上嘈杂的声音，关崇的声音也低下来，愈发温和："以前我每次挨我家老爷子的揍，我就想，以后我自己有儿子了，一定不能这样干，我得跟他当哥们儿。猎雪啊，咱们虽然不是爷俩儿，年龄差摆在这儿也当不了朋友，但

如果可以的话，我希望你能把我当成一个倾诉的对象，这样在你遇到下一个小伙伴以前，至少在你想找人说说话、帮你拿主意的时候，身边不会空荡荡的。"

他停下车，扭头冲陈猎雪笑笑："你觉得呢？"

陈猎雪的胸口涌起一股暖意，他想起纵康温暖的眼睛，想起他总是带着羞赧的笑。他向关崇真挚地道谢："谢谢你，关叔叔。"

有些人和事就是这样，一旦出现在眼前，先前下定的决心就难以不受到影响和冲击。陈猎雪后来反复回味江怡对陈庭森那个"中药"的比喻，越想越觉得无比妥帖。

陈庭森就是中药，苦，却是良药。

关崇那晚对他说的话让他很动容，陈猎雪之前唯一的温暖来源就是纵康，头一次体会到来自成年人的温暖，原来这么包容与博大，好像把心事交给这样一个存在，真的可以轻松很多。他也险些就把纷杂的心事和盘托出，思虑了一宿还是放弃了。有些事真的只能埋在心里自己默默消化，谁也帮不了忙。以前他没对纵康说过，以后也不会有更合适的人让他可以随意地倾诉心情。况且他心里清明，关崇对他的好是暂时的，他与关崇、江怡的关系与其说是漂泊客和避风港，不如说更像远行客与摆渡船。他们注定要有自己的孩子，他们才是完整的一个家庭，自己只不过是一个暂时被接纳的外人。等江怡的宝宝生下来，这个房子里就不会再有他的位置，他也不应当留在这里打扰。

高考、上大学，是目前唯一适合他的路。

教室里的高考倒计时每天都在更新，昨天是三十七，今天是三十六。高三学生的假期金贵，陈猎雪用一个没有晚自习的傍晚又独自去了一趟宋琪家，上次来还只扒到巷子，现在整个区域都成了废墟，几盏昏黄的施工灯亮着，左边是计划开发的半旧楼宇，右边是杂乱堆积的破砖烂瓦，灯光像一层混沌的结界，把他与里头残破的世界彻底隔绝。

陈猎雪顺着小路慢慢走，幻想着纵康在这条路上往返的样子。

夜校不知搬去了哪里。他不急不缓地走到了纵康上班的汽修店。门面依然破旧，客人依旧寥寥，小安哥一如既往地光着膀子满脸凶相。见到陈猎雪，他拧了拧眉，不悦地道："你哥不在。"

"小安哥，我哥已经没了。"陈猎雪平静地告诉他。

小安哥愣了愣，眼前模糊地浮现出纵康不健康的样子，他长长地"哦"了一声，语气和善了些："我说呢，一直也不来。"他扬手往后指了指："仓库要清了，去看看还有没有他的东西，有你就都带走吧。"说完，他回身继续训斥偷懒的学徒："麻利点儿！没吃饭啊？！"

陈猎雪道了谢，推开仓库的铁门走进去。这里的环境丝毫没有改善，比以前纵康住在这儿时更乱，那张窄窄的行军床上已经堆满了杂物，已经完全没有住过人的迹象。他在床沿静静地坐了一会儿。纵康是个很节俭的人，当初搬家，他连一双筷子都没忘记带走，现在他带走的东西已经全被掩埋在废墟下。

下一个住进这里的不知会是谁，也许隔不了多久，这里也会被拆掉。

纵康哥，我替你跟这里道别了。你在夜校没念完的书，以后我在大学替你念回来。

陈猎雪再次环顾四周，在心里跟纵康说话，说完，他起身离开。

时间还早，他不想现在就回关崇家，打算回教室复习。坐车来到市区，看着街边热闹的商铺，陈猎雪突然想起自己还没吃晚饭，就让司机在路边停下，打算随便找家店吃点儿东西。

下车看了一圈，巧得很，拐过一个街角就是陈庭森的医院。他本能地推算出陈庭森今天上什么班，在路口站了会儿，他踢踢脚，转身往相反的方向走。

他想吃小笼包了。

那家好吃的小笼包店一直生意红火，陈猎雪进店的时候只有一张空桌，就挨在门口，他背对街道坐下，点了屉包子，又要了碗菠菜瘦肉粥，安静地吃。

正用勺子搅着粥放凉，身后响起熟悉的声音："两笼包子、一

屉蒸饺，带走，要醋包。你还要粥吗？"

陈猎雪回头，看见陈庭森正从钱夹里抽纸钞，他身旁的杨医生伸着脖子往店里张望："没位子了？"

陈猎雪喉结动了动，喊了声"爸爸"，又喊"杨叔叔"。

陈庭森抽钱的动作停下来。杨医生比他反应快多了，"哟"了一声就迈步过来，自然地在陈猎雪对面坐下。他总是喜气洋洋的，笑着说："这不是小猎雪吗，怎么一个人在这儿吃饭？过来啊老陈！"他边往里挪边冲陈庭森招手，还要交代老板："不带走了，就在这儿吃。"

陈庭森过来坐下，他本来不想来吃什么包子，这种店他嫌不干净，本来见没位子坐正好，没想到却见到了陈猎雪。

他往外边看了看，没见到关崇的车，问："你一个人？"

"我去纵康哥那里看了看，准备吃个饭回学校。"他答。

陈庭森重复："一个人？"

他好像不太高兴，眉间蹙起微小的沟壑，盯着陈猎雪。

"干什么呀，凶巴巴的。"杨医生热情地帮老板端包子，往桌子中间摆，"你上班，我们猎雪可不得一个人嘛，问问问。"他不知道陈家这对父子间的故事，毕竟陈庭森在他们面前一直呈现完美好爸爸的形象，他向陈猎雪挤眉弄眼地解释："别搭理你爸，今天来了几个医闹的，他烦着呢。"

陈猎雪放下勺子，眼睛迅速地在陈庭森身上乱扫，心口有点儿发紧："医闹？"

陈庭森的面色缓和了些，他与陈猎雪对上眼，淡淡道："没事，已经解决了。"

杨医生吃得悠然自在，一点儿也没觉出身旁的父子二人有什么不对劲，边吃边关心陈猎雪的学业，问他是不是要高考了，告诉他高考用脑厉害，补充营养很重要。陈庭森没胃口，盯着陈猎雪吃饭。陈猎雪被他盯得紧张，眼睛不知该往哪儿放，也不觉得饿了。杨医生瞪着眼看他俩："吃啊，怎么就我一人动筷子？猎雪你跟吃猫食儿似的，这半碗粥都没喝下去。"

"我饱了，杨叔叔。"陈猎雪笑笑。

陈庭森好像就在等这句似的，一听他说饱了，拿起桌上的车钥匙就站起身，对杨医生说："你吃吧，我送他回学校。"

"就走啊？你自己不吃，你不让孩子多吃点儿？要我给你打包一份带回去吗？"

陈猎雪想说不用送了，杨医生喋喋不休，他插不进话。陈庭森已经去结账，他只好与杨医生道别，跟着陈庭森往外走。

时间刚过晚上八点，街上遛弯的人很多，陈猎雪无声地跟在陈庭森后面，看他不断抬起、落下的脚后跟，脑子里漫无边际地想些有的没的。

正想着，陈庭森的脚步停下了，陈猎雪也停下脚步，听见汽车解锁的嘀嘀声，陈庭森拉开副驾驶那侧的车门，对他说："上车。"

他看着敞开的车门想了想，上前轻轻将它合上，转身钻进后排："我还是坐后面吧。"

陈庭森站在副驾驶位旁，有些无奈地看着后排车窗，陈猎雪乖顺地在车里垂着头，他也没道理硬把人揪到前面，只能先回到驾驶座发动汽车。

"去纵康家了？"路上，陈庭森问。

陈猎雪点头："嗯。"

"没上课？"

"今天晚上休息。"

"怎么不直接回你关叔叔那儿？"

"不想回去太早。"陈猎雪老实回答，"想在学校多复习一会儿。"

陈庭森驶上快速路，车里安静下来，一盏盏路灯被甩在车后，拉出变形的光影。他目视前方，突然问："想回家吗？"

陈猎雪猛地抬起头，通过后视镜去看陈庭森的眼睛，陈庭森没有与他对视，连个余光也不分给他。

回家吗？

嘟——！

一辆小轿车按着喇叭从他们身侧超过，打断了陈猎雪的思绪，

他说道："先不了，我想好好准备复习，尽量考个好点儿的大学。"

陈庭森的目光终于转到后视镜上。出于身体原因，陈猎雪的学业一直没有被他放在心上，即便自纵康死后，陈庭森从陈猎雪口中听到好几次"高考"，他也没怎么在意。到了这一刻他才意识到，陈猎雪好像真的把高考当作了目标。

陈庭森打了一把方向盘，将车停在路边。

"你想考哪儿？"他问陈猎雪。

陈猎雪沉默了片刻，报出一个离家十万八千里的校名。

陈庭森微侧过头，黄澄澄的灯光从车窗外打进来，他回头盯着陈猎雪，说道："不行。你的身体情况特殊，去外地出事了怎么办？"

陈猎雪没说话。二人僵持了一会儿，陈庭森踩一脚油门继续前行，也不知开了多久，车窗外的声音又嘈杂起来，陈猎雪才在后排轻声说："我想去外面看看，我没出去过，以后……机会只会越来越少。纵康哥也没出去过，我想在还有机会的时候，出去看看，连带着他的份一起，替他多走一走。"

陈猎雪的声音很平静，像在说别人的故事。

陈庭森却不知道该说些什么，直到将车停在关崇家门口，他都没再说一句话。

高考前最后一个月几乎没有休假，陈猎雪把所有心思都放到复习上。

班主任把学生挨个儿叫到办公室做考前动员，陈猎雪进去的时候，办公桌上铺着这几轮模拟考的成绩单，他亲切地让陈猎雪坐。

"怎么样，身体吃得消吗？"

每个人关心他成绩的前提都是这一句，陈猎雪习惯性地点头，看班主任拿着铅笔在纸上圈圈画画，边画边叹气："你是被生病耽误了，不然考个重点也不是不可能。但是看这几次考试，你的进步还是蛮大的，如果发挥稳定，现在的成绩考个咱们本地的'一本'问题不大，或者好'二本'里学科排名不比'一本'差的专业。我看这几所学校都不错。"

陈猎雪跟着班主任的笔尖一个个看，以他现在的能力而言，这几所学校确实算得上理想的选择。班主任见他不说话，问："你呢，自己有什么想法？"

　　"老师，"陈猎雪的回答同当时跟陈庭森说的一样，"我想考出去。"

　　班主任还在纸上画圈的笔停了停，一下下敲着桌子："你知道每年有多少学生想考到咱们市吗？"

　　"知道。"

　　"你想去哪儿？"

　　"哪儿都行，尽量远一些。"

　　"你知道以你现在的条件，往其他一线城市考，只能上个二本，甚至三本吗？"

　　"我知道，但是……"

　　"没什么但是，我知道你想说什么。"班主任放下笔，打断他的话，"身体是客观因素，你自己得乐观一点儿，别小小年纪就什么冲劲、干劲都没了。你爸一次两次地推你进手术室，不是为了让你随便去个鸟不拉屎、万一出点儿什么状况他都来不及往你身边赶的地方。"

　　陈猎雪抬起眼睛看他。

　　"现在医疗技术越来越发达，未来长着呢，你不能现在就泄劲，是不是？"

　　"老师。"

　　"嗯？"

　　"我爸爸是不是给你打电话了？"

　　班主任与他对视，又叹了口气："你先别管这个。身为老师，我肯定也愿意你们往外考，去更优秀的地方看看，长长眼界和见识，但绝不是你这样无所谓地往外考。"他语重心长："咱们身体特殊，要考虑的东西必须得比其他孩子多。而且就算你往外考，你也不能辜负自己，随便报个学校就把自己交代了。你的条件摆在那儿，既然想出去，就得去最好的地方。今年落了进度，大不了明年咱们再

来一年，至少得考个对得起自己的学校吧？"

陈猎雪重新看向桌上杂乱的一张张纸，听班主任对他说："我还是那句话，你不能小小年纪就没劲儿了。人能走到哪一步，全靠心里攒着劲儿啊，孩子。"

这是句双关。陈猎雪的眼睛突然有些发涩，他向班主任点头："谢谢老师。"

班主任拍拍他："回去复习吧。把你同桌给我叫进来，考得稀巴烂……"

那天放学，关崇与江怡一起来接他，陈猎雪看见江怡有些惊讶："江阿姨，你怎么来了？"

江怡的肚子近七个月了，看着圆滚滚的。她自从肚子大起来就腰酸背痛，对气味反应很大，关崇嘴上笑她娇气，同时什么活儿也不让她干，让她休足了孕假在家养身子。

"出来运动运动，"江怡搭着关崇的手坐回副驾驶座上，对陈猎雪说，"老歇着也不行，越歇越乏。"

陈猎雪帮她关上车门，去后排坐好。关崇心情很好，打着方向盘问："猎雪饿不饿，去吃点儿夜宵？"

"我不饿，江阿姨想吃什么？"

"她今天晚上想吃烤羊肉串，外卖还不行，非要吃桥头夜市那家，刚才来接你之前从那儿过，又闻不了烟味，车都没下就催我赶紧走。"关崇冲陈猎雪挑眉毛，"把她送回去，咱爷俩儿去吃。"

江怡跟他拌嘴，陈猎雪笑着答应下来。

六月份的夜风还没有暑气，夜市摊子上三五人一桌，烤肉味、烟酒味混杂着，是初夏最生活的味道。关崇顾虑陈猎雪的身体，要了个小包厢，隔着落地的玻璃窗看外头热闹的食客们，慨叹："再等半个月，你们高考完，这里全都是你们的天下。"

陈猎雪想想那个画面，眼前出现的却是宋琪的影子，他一定很适合这样的狂欢。

"有想考的学校吗？"关崇问他。

陈猎雪摇摇头："还没有。"

"别考太远，"关崇道，"你爸爸放心不下。"

老板送烤串进来，关崇给陈猎雪要了瓶果汁，又帮江怡挑好想吃的东西。等老板拿着菜单出去，陈猎雪迟疑着问："关叔叔，我爸爸也跟你说了？"

"也？"关崇奇怪地看他，"这种事只要知道你身体状况的人都能想到，他跟谁说？"

"哦。"陈猎雪垂下眼皮拆餐具，"好像跟我们班主任说了。"

关崇用茶水帮他烫筷子，开始聊其他话题，从江怡的肚子聊到孩子的名字，从科学复习聊到高考别紧张。话题兜了一圈，最后又回到陈庭森身上，关崇很自然地问："高考完是不是就要回家了？"

陈猎雪点点头："嗯。"

也该回去了。陈猎雪想，他拿高考做理由躲了陈庭森几个月，高考完没道理不回去。况且，江怡的身子眼见着一天比一天重，再过两个月估计就要生了，他在关崇家帮不上什么忙，不好继续碍手碍脚。

"回去吧，三个月的假期呢，好好陪陪你爸爸，等你上了大学，就得半年见一次了。"

半年？

会有几个半年呢。陈猎雪在心里默默地算，也许半年都不一定能见上一次。他走了以后，陈庭森一定会组建自己的家庭，到时他会慢慢从失去陈竹雪的伤痛里走出来，像现在的江怡一样幸福，拥有新的爱人、健康的孩子，到那时，他这个心脏容器自然也没必要留在身边了。

挺好的。

离校以前有很多零碎的事，比如在蝉鸣声中排队拍毕业照，再比如班主任在讲台上发准考证，絮絮叨叨地把注意事项交代了一遍又一遍。他说最后一天就别看书了，反正就想着会的已经会了，不会的大家都不会，要轻松上阵，还说祝大家高考顺利，都考出理想的成绩，去理想的大学。

班里一片欢呼，开始撕书。

陈猎雪在纸片纷飞的教学楼间走过，来到宋琪的教室，宋琪的班级比其他班闹得都欢，他在群魔乱舞中拉住一名同学，问："宋琪的书还在吗？"

"宋琪？"那学生挠挠头，"早就没了，桌子都撤了。"

陈猎雪道谢，往办公室走。宋琪的班主任正被学生们拉着合影瞎闹，他在一旁等了会儿，抓着机会问："老师，你们班的毕业照能多印一张卖给我吗？"

宋琪班主任认出他，道："陈猎雪啊，给宋琪拿的吧？"她拉开抽屉，从里面拿出一张毕业照："买什么买，拿给他吧，我也给他留了一张。那孩子，倔头倔脑地跑来说退学就退学了，唉，也是挺可怜的。他现在在干吗呢？以后真不上学了？"

陈猎雪接过来，弯弯身子鞠了个躬，摇头："不知道，他没再联系我。"

宋琪班主任摆摆手："走吧，走吧。好好考试。"

高考前一天，关崇带陈猎雪去看考场，他被分在离关崇家不远的考点，很方便，走着去就可以。

关崇在操场跟一名带着孩子的家长说话，见陈猎雪出来就道了别，揽着陈猎雪往回走，问："感觉怎么样？"

陈猎雪想了想，坦白道："没什么感觉。"

"没感觉是好事，不紧张。"他拍拍陈猎雪的肩头，"咱们这么优秀，不用有压力。"

陈猎雪笑笑，没说什么。

晚上吃饭的时候，江怡给他剥了两枚鸡蛋，说考前吃俩鸡蛋考得好。关崇笑话她不讲科学，江怡反击说："你懂什么，这叫双百分，我高考的时候我妈就给我这么吃。"

饭后，他回房间背了会儿书，完完整整地做了一套卷子，订正过后，盯着满桌纸笔发呆，他的手机在一旁安静地躺着，他打开滑了滑，不知不觉就戳进通讯录里，手指在陈庭森的号码上摩挲两下，锁上屏倒扣着放进抽屉里。

关崇敲门进来，给他送牛奶和水果，拿起他改完的试卷坐在床边看了看，表扬道："挺好的，明天就这么发挥就行。"

顿了顿，他问："你爸爸打电话了没？"

"嗯？"陈猎雪扭头看他，没反应过来，"什么电话？"

关崇了然，他话头一转，换了种问法："要不要给你爸爸打个电话？"他笑道："寻求一点儿考前鼓励。"

陈猎雪正要拒绝，江怡敲了敲房门，举着嗡嗡作响的手机探身进来："电话。"

"谁的？"

关崇出去了，陈猎雪收拢心思继续做题，过了一会儿，关崇重新进来，叮嘱他早点儿休息，别熬太晚，明早在家吃饭，然后送他去考场。

夜里十点半，陈猎雪放下笔，靠着椅背伸了个懒腰，然后拿起手机准备洗漱上床，摁亮屏幕时发现有一条未读短信。他心神一动，点开来看，发件人是陈庭森，发送时间是一个半小时前，内容极其简短，统共只有十一个字加三个标点符号：早点儿睡，别紧张。考完回家。

陈猎雪站在卫生间门口看这条短信，看看内容，返回去看发件人，再点开看一遍，一个字一个字地读。读到第七遍，他的眼睛慢慢弯起来，露出了些笑意。他锁上手机进卫生间洗漱，出来后又打开了那个界面，咔一声截了图。

"嗯。"他回。

第二天，陈猎雪早早起来，吃了江怡亲手煮给他的蛋，又被关崇盯着一项项检查了要带的东西，前往考场。

考点附近的路已经封起来了，路上全是家长带着孩子。他们到的时候考场还没开门，关崇去给陈猎雪买了水，又看了一遍他的准考证。大门开了，他拍拍陈猎雪的肩："去吧，好孩子。"

高考没有想象中那样特殊，陈猎雪总觉得坐在位置上还没来得及紧张，考试就开始了。时间进入答题阶段后，一切就与学校里的

模拟考没了差别。试卷没有很难，作文的题目很大，给了一段花与蝴蝶的材料，自选立意。陈猎雪以"生与寄托"为主旨，写了他与心脏的故事。交卷的时候他心想似乎有些跑题，又想不知道这样算不算暴露身份，会不会被当成作弊处理。

从考场出来，关崇已经在校门口等他了，身边嗡嗡嗡的全是关于考试的交流。关崇怕他被人群挤着，护着他往前走，问他考得怎么样。陈猎雪心情很放松，笑着说除了作文没把握，其他问题不大。

两天，四场考试，许多学生与家长准备了三年的战斗，其实也就那么回事。

最后一场考试的结束铃打响，陈猎雪放下笔走出考场。

此刻身边的喧闹全都是热闹放松的，每个人都商量着去哪里狂欢。陈猎雪没有这个心思，他正盘算着是现在直接回家，还是在关崇家再住一晚。陈庭森在那条短信以后没再联系过他，他不知道是不是该打个电话过去，问问陈庭森的安排。

走出教学楼，夕阳洒落着黄黄红红的余晖，陈猎雪浅浅吸了口气吐出去。走出考点，他才发现陈庭森竟然来了。

陈庭森与关崇都是即便在人群中都十分耀眼的存在，他俩在陈庭森的车旁闲聊，关崇靠着车身，姿态很放松，陈庭森则相反，他应该是直接从医院过来的，脸上还带着工作时的严肃，抱着臂，在缓缓走出的考生们中寻觅一张熟悉的脸。

陈猎雪走到他面前，喊："爸爸。"

陈庭森看着他，眉梢动了动，问："考完了？"

"嗯。"

连一句"怎么样？"都没有，陈庭森点点头，转身对关崇道："那我就先带他回去，这段时间辛苦你和江怡了。"

"哪里的话。"关崇起身过来，摸摸陈猎雪的头发，笑道，"猎雪特别乖，我还怪舍不得的。考完啦，父子俩赶紧去吃顿好的，我就不留你们了，有空就来家里玩儿。"

陈猎雪看这二人一本正经地道别，眨眨眼，说："我东西还没收拾呢。"

陈庭森给车解锁，屈指敲敲后车窗，示意陈猎雪看里头的大包小包。"都在后面。"他拉开副驾驶位的车门，说道，"过来。"

陈猎雪这次没有拒绝，乖乖坐上了副驾驶座。

004

再坐上陈庭森身旁的位置，陈猎雪有些拘谨。他希望自己从现在起能做个完美的儿子，能与陈庭森做到父慈子孝。

想着，他拿起手机开始看外卖，问陈庭森："爸爸，你晚饭想吃什么？我现在叫，等回到家正好送来。"

陈庭森手上的方向盘打了个转，他道："不用。现在去医院。"

陈猎雪愣了愣："医院？"

陈庭森带他去医院做复查，顺便做了个全面的体检。

检查心脏时要先对刀口进行触诊，陈猎雪穿着一件 T 恤，把衣摆往上一捞，刀疤狰狞地露了出来，看得护士心疼又咋舌。陈庭森让他"放下去"，带他去小帘子里做心脏彩超。

一套流程走下来，确认陈猎雪的身体恢复得不错，再出医院时天已经黑了。

陈庭森发动汽车，问他："今天在外面吃，想吃什么？"

高考这几天，江怡怕他在考场上拉肚子，吃得格外清淡，陈猎雪想来想去，也没什么特别想吃的，倒是回忆起陈庭森做的饭菜滋味，便道："想吃番茄炒蛋。"又试探着加了一句："想回家吃。"

陈庭森看他一眼，把车开上回家的路，扬起眉毛道："冰箱里没菜，回家做饭得先去超市买菜。肚子不饿？"

陈猎雪眯起眼笑，摇头："不饿。"

夏季的晚上，闲逛购物的人永远不少，超市冷气开得足，陈庭森下车前从后排捡了件薄外套出来，让陈猎雪披上。二人一道从停车场上去，陈猎雪从超市门口捡了辆小推车，陈庭森将小车拉过来，径直往零食区走，陈猎雪停下来，指着引路牌对他说："爸爸，菜场往左走。"

陈庭森脚下不停，不自在地道："我知道。"

他像个初为人父的奶爸，往小推车里放了一堆零食，放进去的每一样都要看配料表，挑挑选选，等一排货架走下去，小车里竟然堆了个半满。陈猎雪不明所以地看着他检查雪饼的配料表，想说"我不吃雪饼"，话到嘴边猛地反应过来，陈庭森这是想真真正正重新捡起一个合格父亲该做的事。

陈猎雪闭上嘴，陈庭森认真挑选零食的样子真的很温柔。他想着，转身去了隔壁的生活用品区。没一会儿，陈庭森皱着眉毛找过来，见他正抱着两卷卫生纸比较，眉头稍微舒展开，斥他："你乱跑什么！"

陈猎雪把挑好的卫生纸和洗衣液往那一堆零食上放："爸爸，我不是小孩子了。"他又回身拿起一瓶洗洁精，嘀咕："家里肯定也没有洗洁精了。"

等再从菜场扫购一圈，小推车直接堆出了一个尖儿，陈猎雪一样样拿到收银台上结账，在他们身后也排了一对父子，儿子七八岁的模样，晃着他爸爸的手愤愤叫嚷："爸爸！你看看别人的爸爸！"

陈猎雪笑笑，拿过结了账的雪饼递过去："给你吧。"

小男孩立马羞赧起来，哼哼唧唧地抬头看着大人，做爸爸的连忙摆手推却，抬手把儿子的小脑瓜揽进怀里，低声训他："丢不丢人？大哥哥都笑话你了，你没爸爸咋的？"

回到家，果然同陈猎雪想的一样，厨房干干净净，别说洗洁精，连块抹布也没有。他简单地清理了冰箱，把买回来的瓜果蔬菜一一放进去摆好，陈庭森拎过来另一个袋子，里面是罐头、糖果等零食，让他也塞进去。

陈猎雪拆了袋巧克力，自己吃一颗，又拿出一颗给陈庭森。

"吃糖吗爸爸？"

陈庭森正挽着袖子准备下厨做饭，陈猎雪蹲在地上仰头看，他垂着眼睛俯视陈猎雪，伸手推推他的头让他往旁边让："不吃。这种甜度高的东西不要吃太多。"

陈猎雪看着脚边一大袋高甜度的零食，无奈又想笑。

东西码得七七八八，陈庭森把陈猎雪赶出去开始做菜。陈猎雪去开了电视，随便找了个不知所云的节目听着，着手收拾客厅。厨房里是锅碗瓢盆的碰撞声，香味渐渐飘了出来，他从沙发收拾到餐桌，不由得愣在原地往厨房里看。严格说起来，这算是陈庭森第一次为他下厨房，他的动作利索好看，切菜颠勺，烟火气将他包裹，陈猎雪一时竟想不起他高高在上的模样了。

去卫生间洗手时，他望着镜子里的自己，又摸摸胸口，感受里头平稳的心跳，心间泛起对陈竹雪小小的嫉妒：你如果没走那么早，有陈庭森这样的爸爸，肯定特别幸福。

番茄炒蛋、醋熘土豆丝、鲫鱼汤、红烧排骨，当晚的三菜一汤真正上桌时已经晚上八九点了。在关崇家，吃饭是最热闹的时候，关崇会说大学校园里好玩的小事给陈猎雪听，还会时不时说两句笑话逗江怡开心，蓦地回到家，面对陈庭森"食不言寝不语"的习惯，陈猎雪也不觉得沉闷。电视不知什么时候跳到了电影频道，他就着电影的背景音慢条斯理地吃饭，剧情渐入佳境时，他听见陈庭森对他说："晚上把你东西收拾收拾，明天带你出门。"

陈猎雪停下筷子："出门？"

陈庭森报出一所知名学府的名字，简单解释："他们学校邀请，去做指导。"

"怎么指导？"

"讲座，座谈会。"陈猎雪不知该先赞叹陈庭森的本事大，还是先惊奇这次出行，不确定地问："我也能去吗？"

"嗯。一个星期，自己准备好换洗衣服。"

陈猎雪同之前一样，吃完饭主动洗碗，然后冲了个澡，回房间铺床单。铺完他往床上一躺，瞪着天花板发呆。

陈庭森让他收拾东西，其实没什么好收拾的，从关崇家拎回的行李箱就现成在那儿，拖起来就能走。客厅里的电影还在放，听着是个不错的结局，他也没心情出去看，满脑子都是刚才陈庭森今晚的表现。他能觉察出陈庭森的意图，那是一种很生疏的亲近，从让他坐以前一直坐的副驾驶座，到买零食，陈庭森在以笨拙的方式表

达父爱。只是他所做的一切都像在对待一个幼童，对待一个死在九岁那年的孩子。这或许不能怪陈庭森，"父爱"的表达对于他而言断了整整六年，他所熟知的温柔与爱都倾注在了陈竹雪身上，他还没有机会学会去做一个少年人的爸爸。

可是，这样莽撞的亲近，还是让陈猎雪有些难以接受。

莽撞的父亲在这时候推门进来，给他端了杯热牛奶。陈庭森说："你关叔叔说了，现在你每天睡前都要喝一杯。"

陈猎雪从床上起来，盘腿坐着。他还是有点儿憋屈，不太想主动跟陈庭森说话，也不想解释他其实不爱喝热牛奶，只接过来有一口没一口地啜。本以为陈庭森递了奶就该出去，没想到他双臂一环倚上了门框，大有等他喝完的架势。陈猎雪摇摇杯子对陈庭森说："你去休息吧爸爸，喝完我会去刷掉。"

陈庭森没理他，也没离开，陈猎雪也就不坚持，加快了喝奶的速度，最后一口咽进喉咙，陈庭森伸手拿过空杯子，随手往书桌上一放，对他说："我看看伤口。"

听到这话的第一反应，陈猎雪以为他要听心跳。他没说什么，心里生出"果然"的念头。这次陈庭森却在陈猎雪身前半蹲下，并起两指探上他的伤疤，把控着力道按压，问他："痛吗？"

陈猎雪有些怔愣，陈庭森此时的表情完全不是一个怀念孩子的父亲，他就是那个在手术台上操持手术刀的医生，神色严谨，目光认真，只专注于病人的反应。

"不痛……"陈猎雪答，垂下头，随着他专业的问话逐一反馈，"也不痛……这里有一点儿……不痛……不痛。"

陈庭森收回手站起来，给他拢了拢衣襟，说："恢复得不错。"

"哦……"陈猎雪垂下头，慢吞吞地扣扣子，轻声说，"我以为，要听心跳呢。"

陈庭森准备离开的身影一顿，转过头来看他一眼，说："睡吧。"带上门出去了。

第二天早上陈猎雪是被香醒的，他本想早起准备早饭，顺着香味来到厨房，在晨光里看见了陈庭森的身影。陈庭森一手松松地撑在胯骨上，另一只手夹着双长筷，在给平底锅里的鸡蛋饼翻面儿。

最后一张鸡蛋饼出锅，陈庭森利索地盛盘放凉，回身去冰箱拿牛奶的时候看见了陈猎雪。他手上动作没停，拆开纸盒把奶倒进奶锅加热，然后端起盘子往外走，问他："醒了？"

"嗯。香醒了。"

陈庭森把饼夹到盘子里，越过陈猎雪往餐桌走："来吃饭。"

吃过早饭没多久就到了出发时间，他们要去的大学就在隔壁市，不是很远，三个小时的车程。陈庭森带陈猎雪一起去医院门口集合，负责接送的大巴车已经原地待命，车上坐了其他几名医生，有一位阿姨也带了自己的女儿。小女孩大概是初中年纪，戴着厚厚的眼镜，在大巴车上苦着脸写暑假作业。

陈猎雪在陈庭森的指引下一一打了招呼，陈庭森给他找了个靠前背阴的位置，坐下后，带女儿的阿姨扭身问陈庭森："老陈，你家孩子晕不晕车？"

陈庭森还真不知道这个问题，去看陈猎雪。陈猎雪没坐过长途大巴，摇摇头，说："不清楚。"

"这孩子，晕不晕车还不清楚。"阿姨拍拍女儿，说，"宁宁，把你的晕车糖给哥哥两片。"

被叫宁宁的小女孩咬着笔头不情不愿，陈猎雪对她礼貌地笑笑，她不太好意思地放下笔去掏口袋。她的晕车糖没有单独包装，一板六颗，抠出来就得吃，不然只能在手心攥着。陈庭森见了就摆摆手，笑着道："宁宁收回去吧，别抠了，我给他带了点儿柠檬糖。"

陈庭森给宁宁拿了几颗，又顺手撕开一颗给陈猎雪："吃吧。"

阿姨让宁宁道了谢，又问陈猎雪："猎雪刚高考完吧？"

"是，阿姨。"

"怎么样，卷子难不难？打算考哪儿？还是留在咱们市？"

她一连问了好几个问题，语速又快，陈猎雪忍不住笑起来，不紧不慢地一一回答："感觉还行，具体学校还没考虑，等成绩出来再看吧。"

"你看看哥哥多优秀。"阿姨点点宁宁的脑袋，"这下好了，

现成的大学生哥哥在你后面坐着，赶紧趁没发车再写几题，有不会的就问大哥哥。"她说着，又对陈猎雪道："我看咱们这次去的学校就不错，学校好，位置也好，离家近。你正好借着这个机会逛逛他们校园，感受感受。"

陈庭森对这个话题毫无兴趣，陈猎雪看他一眼，他也没有什么表情，便点点头道："谢谢阿姨。"

大巴上路了，车厢里的小电视放着周星驰的电影，起初汽车走走停停，陈猎雪看得津津有味，等上了高速，车速平稳了，太阳转到车厢的另一边，他渐渐泛起了困。

他忘了自己是什么时候睡过去的了，最后的印象是洒在脸上的阳光，暖融融的、金灿灿的。周星驰夸张的笑声在耳畔忽远忽近地渐渐抽离。

陈猎雪结结实实地睡了三个钟头，被推醒时还有点儿不清醒，待他回过神，发现自己枕在靠椅与车窗的夹角上，他侧首去看陈庭森，对方正与旁人交流讲座的事，神情专注。

大巴车缓缓停下，主办方在酒店门口迎接他们，热情洋溢。陈猎雪不知道自己和宁宁这样的家属跟过来合不合规矩，负责人看过来时他还有些不好意思，宁宁倒是一脸习以为常，对大人们的寒暄还有些不耐烦。

房间已经提前安排好了，交流团全都安排在三楼，负责人一个个念名字递房卡，陈猎雪没住过酒店，他对"旅行""酒店"的概念全都源于电视和网络，只知道酒店有单人间和双人间的区分。分发到陈庭森的时候，负责人面含歉意地跟他说了什么，陈猎雪也没听见。

领到房卡后拖行李进电梯，出电梯后众人分别去往自己的房间。陈猎雪看着陈庭森刷门卡进屋，又把门卡插进卡槽，好奇地拨了拨，问："没有这个进不了门吗？"

陈庭森看他这副没出过门的样子，走回来教他："对。进门前先刷一下，放进卡槽才会供电。"

陈猎雪点点头。陈庭森把卡抽出来给他："你试试。"

他在门内站着，陈猎雪关上门出去再把门刷开，在门框外冲他弯着眼睛笑："记住了。"

陈庭森把卡拿回来重新插进卡槽里，好笑地勾了勾嘴角："嗯。"

房间是套房，进门是个小客厅，陈庭森去把空调和窗子都打开通风，陈猎雪拖着自己的箱子进了卧室，转了一圈后又走出来。

陈庭森正在解衬衫领口的纽扣，指挥他道："把我箱子打开，里面有袋装的一次性床单，拿出来。"

短暂的休憩后，主办方在酒店安排了午宴。陈庭森带着陈猎雪下楼去餐厅，校方相关的领导和教授已到场，大圆桌坐得七七八八，大家正聊得热火朝天。

陈庭森一露面就被热烈地迎接过去，陈猎雪在他身旁坐下，他跟周围的人一一打了招呼。在座的众人对陈庭森当年的事迹都有所耳闻，见到陈猎雪却是实打实的第一次，一时间各种问题与关怀的话此起彼伏，他对这种场面十分熟悉，应对得落落大方。

酒过三巡、菜过五味，大人们开始聊正事。陈猎雪安静地吃菜，支着耳朵旁听，没懂几句，倒是听见身旁的宁宁不耐烦地叹息。

他转头看，宁宁已经撂了筷子，正冲她那女强人的妈妈皱眉头。正好果盘转过来，陈猎雪夹了片西瓜放在她碗里，问她："吃饱了？"

"不想吃，心烦。"

宁宁跟个小大人似的，推推她的眼镜框，拿起西瓜嚼，跟陈猎雪咬耳朵："我最讨厌这样的饭局了，也讨厌跟我妈出来参加这种活动，但她每次都要带我。"

"跟妈妈一起出来不好吗？"陈猎雪左右也没人说话，索性跟她聊起来，"你还没放暑假吧？出来不用上课难道不开心？"

"一点儿也不，可无聊了。"宁宁撇撇嘴，"我爸出差去了，我妈知道我一个人在家肯定不学习。她哪是带我来玩儿，根本就是把我锁在她身边写作业……一点儿人权都没有。"

最后一句她是嘟囔着说出来的，陈猎雪看她说话实在有趣，笑了起来。

她悠悠道："真羡慕你啊，猎雪哥哥。"

"羡慕我什么？"

"羡慕你高考完了，再也没人逼你写作业了。"

陈猎雪配合她，点头道："这倒是。"

宁宁瞪着眼睛看他，表情夸张："还羡慕你现在还能笑出来。等在这儿待两天，你就跟我一样笑不出来了。"

陈猎雪做出不相信的表情。

"真的，你别不信，大人就是很讨厌。"宁宁看一眼她妈，贴到陈猎雪耳边小声说，"我妈可可恶了！"

陈猎雪正要伸手夹菜，闻言笑了笑，面前的碟子里突然多了一尾虾，来自陈庭森的筷子。陈庭森问："刚才是不是想夹这个？"

"嗯？"陈猎雪抿嘴笑笑，道，"谢谢爸爸。"

第一天没什么安排，除了晚上正式的接待宴，整个下午便用来调整、休息。

从餐厅回房间需要经过酒店大厅，陈猎雪中午的饭吃了半截儿，听宁宁说了那些话以后，他就再没有食欲，心里反复思索着什么，却什么也想不明白。

陈庭森在他前面与几名教授边说边走，到了大厅暂时分别，负责人殷切地表示招待不周，有什么需要一定及时办到。为了表现出他的细心，他还专门看向陈猎雪，说道："孩子有什么要求，也可以告诉我们。"

陈庭森微笑着点头，表达了谢意。

回到房间，陈猎雪拿出陈庭森箱子里的床单在床上铺好，看着雪白松软的床铺心里痒痒，偷偷爬上去滚了好几圈。

大中午吃完饭，身上都出了汗，陈庭森拿着换洗衣服进浴室洗澡，陈猎雪就去客厅开了电视，把能研究的都研究一遍。酒店就那些设施，也没什么真新奇的，他就是觉得有趣，头一次出市有趣，头一次在外面住也有趣。

他趴在阳台上往外看，酒店距离邀请陈庭森前来的学校不远，举目一望就能看到学校里的高大钟楼，还有一块绿茵茵的人工操场，几名不惧暑热的年轻人在上面追逐一个足球，夏日午后的太阳照耀着他们，散发出勃勃生机。

浴室门一响，陈猎雪指着那块操场的方向回头问："爸爸，那就是你要去开讲座的大学吗？"

"哪儿？"他过来顺着陈猎雪的手往外看了一眼，"对。"

陈猎雪小声道："挺大的。"

陈庭森回答完就转身走开，回浴室里吹头发

陈猎雪坐回沙发上找了个电影。陈庭森吹好头发，加了件上衣出来，又接了个医院的电话。一切都解决完，他在陈猎雪身边坐下，准备与他一起看电视。

陈猎雪偏头去看陈庭森。对方的姿态比他自在多了，笔挺的脊背陷在柔软的沙发靠背里，洗去了发胶，蓬松的头发与湿润的脸颊让他看起来年轻了些许，阳光透过窗子照在他身上，整个人都露出舒适的劲头。陈庭森蓦地回望陈猎雪："看什么？"

陈猎雪抬了抬嘴角，摇头："没什么。"

陈庭森没继续追问他，他的目光挪回电视上，开口道："想去看看那所学校吗？"

"大学吗？"陈猎雪很有兴趣，问，"我可以去吗？"

"明天跟我一起，我去开讲座，你可以在学校里转转，不要往外跑。"陈庭森说。他叠起腿，左右转了转脖子，枕在沙发靠背上闭目养神。

陈猎雪看看空调出风口，把电视的音量调低，劝他："爸爸，你去床上睡一会儿吧，下午不是没安排吗？"

"嗯。"陈庭森答应着，一动不动，反问陈猎雪，"你下午干什么？"

"我……"陈猎雪在房间里扫视一圈。他其实也可以午睡，但他来路上已经睡了几个钟头，没那么困。他在沙发上盘起腿，道："看电影吧。"

陈庭森睁眼看看他，没多说，关上卧室门回房睡了。

他这一睡就睡到傍晚五点半，窗外的天色已是昏黄，另一张床上没有睡过的痕迹，客厅里的电视声音也没了，整套房间里静悄悄的。陈庭森坐起来捏捏鼻根，喊了声"陈猎雪"，没有回应，下床时他看见床头柜上放了杯水，是陈猎雪接来的。他喝了两口，拿着杯子出卧室，客厅没人，再看卫生间也没有，他蹙起眉头给陈猎雪打电话，那边很快就接了，背景音有些嘈杂，似乎在某个人多的地方。

"爸爸？"陈猎雪喊。

"你人呢？"

"我在外面，宁宁有不会的题，林阿姨带我们出来，让我给宁宁讲讲数学。"

林阿姨就是宁宁的妈妈，她听见是陈庭森的电话，把陈猎雪的手机拿过来，喊他："老陈啊，中午也没喝，怎么还睡过去了？"

陈庭森知道陈猎雪没乱跑，放下心来，坐在沙发上又喝了口水，问他："林姐，你把小孩带哪儿去了？"

"出来找家店吃点儿零食，就这条街上。"林阿姨道，看一眼时间，对他说，"你醒得真巧，收拾收拾出来吧，老郑他们已经被叫去饭店了，我这边直接带着俩孩子过去。"

"嗯，行。"

陈猎雪把手机拿过来，再喊一声"爸爸"，那边已经挂了。

陈庭森会抽烟，一般不抽；会喝酒，喝得有节制，一般只在困乏时喝一杯助眠。

陈猎雪跟着宁宁母女到饭店，见了摆桌的架势心里有点儿发忧，他不想让陈庭森喝酒，酒精不是个好东西。

陈庭森也确实没喝，他对劝酒的人说影响明天开讲座的状态，这酒就没人能劝得动。

饭后，大部队回酒店，陈猎雪跟陈庭森说要去一趟超市，宁宁听见了，她不想这么早回酒店，也拉着她妈妈要去。林阿姨有些犹豫，因为没什么需要买的，早早地回酒店又确实没什么事做。陈庭森想了想，说一起去吧。下午林阿姨带着陈猎雪吃了东西，他就想买点儿零食给宁宁，不欠这个小小的人情。

饭店与酒店距离不远，途中正好有个大润发，这个点有微风，太阳已经下了山也不多热，他们权当饭后消食，闲适地晃过去。

陈庭森跟林阿姨在后头交流讲座的事，宁宁跟陈猎雪走在前面咬耳朵，她一门心思地想在外面玩，对陈猎雪说："猎雪哥哥，你想不想去看电影？"

"回酒店看吗？"陈猎雪问。

宁宁奇怪地看他一眼："当然是去电影院啦。还是说……难道你们的房间有家庭影院？"

陈猎雪摇摇头。"没有。"他解释道，"我没去过电影院。"

"什么？"宁宁喊得很夸张，她这个年龄的小女孩还不会掩饰吃惊的反应，也乐于表现得浮夸些，来显示自己的个性。两个大人被她喊叫得望过来，陈猎雪有点儿赧然，说："没去过很奇怪吗？"

"当然啦！"宁宁转头继续对她妈妈喊，"妈妈，猎雪哥哥没去过电影院，咱们去看电影吧！"

林阿姨看一眼陈庭森，忙打断她："你当你猎雪哥哥跟你一样，天天满脑子吃喝玩乐？！"

陈猎雪微垂着头，没去看陈庭森的反应，而陈庭森正巧站在一盏路灯下面，刺目的光从他上方打下来，在眼窝投下深深的阴影，也让人看不清他的情绪。

看电影的提议被否决了，宁宁噘着嘴没有继续挣扎，倒是对陈猎雪与外表不相称的"土气"产生了极大的好奇。她问陈猎雪："那你去过酒吧吗？"陈猎雪说："没有。""去过网咖吗？"陈猎雪说："没有。"问到儿童乐园时，陈猎雪点了点头。宁宁终于找到一个共同话题，松了口气，又问："陈叔叔带你去的吗？"陈猎雪摇摇头，告诉他："一个哥哥。很小的时候去的了，但也没进去，在门口站了一会儿就走了。"

宁宁偶尔会听她妈妈说医院里的事，对陈猎雪的身世也知道一些，听陈猎雪这么说，目光有些怜悯："那你好可怜啊，一定每天都很无聊。"

可怜吗?

陈猎雪倒是第一次认真思考这个问题。在世人眼中大概是的,可对于他自己,对于更多跟他同病不同命的人来说,能活着,就已经是最大的幸运了。

宁宁收获了一大包零食,陈猎雪收获了几条一次性床单,林阿姨又给他和宁宁一人买了一杯奶茶,算是结束了这一天的活动。

在酒店电梯里分别的时候,林阿姨似乎愧疚于宁宁那句大呼小叫,对陈猎雪道:"明天我和你爸都有事,今天就这样了,等忙完,正好让你爸带你在这儿玩几天。怎么说也是个旅游城市,还是有挺多不错的地方。"

陈猎雪笑笑,说:"谢谢阿姨。"

宁宁皱着脸,目露向往:"那我呢?"

陈庭森只好补一句:"你回去考完试,让你爸带你去玩。"

她们在三楼下了,电梯门再次合上。陈庭森瞄一眼陈猎雪手里还剩半杯的奶茶,说:"别喝太多。"

"嗯。"

出了电梯后,陈猎雪把奶茶放在了转角的垃圾桶上。走廊铺了地毯,很安静,偶尔经过某扇电视声音开得过大的房门,能听见隐约的动静。陈庭森脊背笔直,突然问:"你没去过电影院?"

陈猎雪抬起眼,本想摇摇头,意识到摇头他看不见,只好闷闷地应一声:"嗯。"

"没跟你同学一起去过?"

陈庭森停下脚步,掏门卡刷门,陈猎雪回想了一下自己初高中的朋友,自被领养以后,他一半心思放在陈庭森身上,一半放在纵康身上,能一起"玩"的朋友,也就处下了宋琪。

也不知道宋琪到底在什么地方。

005

讲座安排在早上十点,陈猎雪九点十分睁开眼,听见沉闷的嗡嗡声，他顺着声音去看，陈庭森似有感应地从卫生间探出身来。他已经基本穿戴好了，发梢还有些湿，正用剃须刀刮胡子。

"起来，洗漱穿衣服。"他微抬着下颌，对陈猎雪说。

窗帘被拉开了，阳光灿灿地洒进来，陈猎雪在被窝里舒服地抻了抻腿，坐起来套衣服。

他洗漱很快，来到客厅发现有早餐，陈庭森告诉他是酒店送上来的。吃了一根油条喝了半杯豆浆，有人敲门，林阿姨领着宁宁来催，宁宁拉着张不开心的脸向他们打招呼。

"宁宁怎么了，又不高兴？"陈庭森问，让陈猎雪拿好房卡出门。

林阿姨摁下电梯，瞥一眼宁宁："谁知道。一天嘟噜个脸。"

"我一点儿也不想去听他们的讲座。"

来接人的是一辆商务车，宁宁挤在后排跟陈猎雪小声抱怨，还让他掂掂自己的斜挎包，里头沉甸甸的全是题本。

"我宁愿在酒店里写作业，不用出来晒太阳，累了还有电视看。他们这种活动都又臭又长，我只能坐在下面写作业，烦都烦死了。"

不想去的地方被硬逼着去，确实是受罪。陈猎雪同情地看着她，提议："你跟林阿姨好好说说？"

"没用。"宁宁丧气地摇摇头，"我妈从来都不在意我的感受，她要我干什么我就必须干什么。"她越说越委屈，甚至口无遮拦起来，嘴皮子一磕碰道："还是你好啊，猎雪哥哥，想要人管都没人管。"

陈猎雪抿了抿嘴唇。宁宁说出这话的瞬间就后悔了，瞪着眼睛慌忙补救："我的意思是，你高考完了，陈叔叔肯定不会盯着你复习了……"

"嗯。我知道你的意思。"陈猎雪冲她笑笑，扭头看向窗外。

下车时，陈庭森对陈猎雪说了今天的安排，讲座有一个半小时，他可以选择坐在台下听，也可以自己在学校里逛逛，结束后来礼堂跟大家一起去吃饭。

陈猎雪对大学充满了兴趣，他很想到处走走看看，然而已经有医学院的学生陆陆续续往礼堂来了。这场讲座似乎办得很大，还有专人摄影与地方媒体，他看着礼堂门口伫立的海报牌，陈庭森的名

字前面缀着一串长长的头衔，不知是这头衔的衬托，还是大学校园在他心中的学术氛围使然，他总觉得今天不能错过陈庭森的讲座。

"我听讲座。"他对陈庭森说。

这所校园的礼堂大且明亮，他与宁宁一起坐在后排靠窗的角落，陈庭森他们坐在最靠前的一二排，之间攒动着无数人头。陈猎雪观察着这些大学生的反应，他们基本都来自医学院，每个人眼中都含着对未来的光与从医者独有的冷静。这两种气质在他们身上毫不矛盾地融合为一体，为他们浇铸出一层名为"自信"的外壳。

陈猎雪望着台上，在脑中想象着陈庭森求学时，坐在名医、教授们的讲座台下或疑惑或受教，目光坚毅、野心勃勃的模样。

讲座真正开始后，陈猎雪发现自己其实听不太懂，陈庭森在说很专业的东西，许多名词他都不知是哪些字。陈庭森跟他在一起时寡言，实际上口才很好，说话时不急不缓，逻辑完美，以几个医学故事串联始终，时不时还会抖出几句很高级的笑话。时间在他的讲述中飞速流淌，现场节奏尽在把控，加之形象好、气质佳，在台上落落大方，高挑俊朗，即便只单纯来欣赏他的外在也值得。

"陈叔叔不愧是陈叔叔。"宁宁小声嘟囔。

陈猎雪看看她自坐下后就没翻过页的习题本，无奈地笑了起来，用气声问："你怎么没写啊？"

"我真的不想写！"宁宁愤愤地说着。陈猎雪没工夫劝她，因为陈庭森的讲座进入问答阶段了。他听着陈庭森解答那些医学生们提出的问题，看陈庭森与他们互动，举手投足间满是成熟稳重。在家的时候他几乎看不到这样的陈庭森。

"猎雪哥哥。"

"嗯？"

"等会儿他们还要搞座谈，咱们出去玩吧？"

陈猎雪吊起眼角看她："你要去哪儿偷懒？"

"就看看他们学校，不出去！"

又一名学生举手站起来，陈猎雪竖起食指示意宁宁安静："等我听完这一段。"

"好！"

这个学生提了一个跟主题没有关联的问题。他先问陈庭森是否介意咨询一个跟主题无关的问题，等陈庭森做出请问的手势后，他目光炯炯地道："老师，您当年那场换心手术轰动一时，我们都很敬佩。我想问的是，被您换心后领养的那个孩子，现在状态如何？与您之间是一种什么样的相处状态？您看待他真的能做到毫无芥蒂吗？"

"以及，"他歪歪头，很张扬，"您后悔吗？"

礼堂里嗡嗡地窃窃私语，随着他的问题一个个问出，陈猎雪一点点坐直了身子。

"你这'一个'问题倒是问得很够本啊。"陈庭森笑了笑，人们也笑起来。他摆摆手让那学生坐下，自己也垂下眼睑思考了片刻，举起话筒道："先回答最后一个，我不后悔。"

他的声音犹如金石，掷地有声。提问的学生率先抬手鼓了鼓掌，引起厅内一片掌声，陈庭森在掌声中泰然自若，他沉着且坦然，于高台之上一字一句道："他是个非常棒的孩子。实不相瞒，就在春节期间，他出了一点儿事故，是意外。他为了去看一个重病的朋友，焦急间不小心撞上了护士的推车，经受了年轻生命中的第二次开胸。"

"他很坚强，两次进入ICU，两次都安然无恙地出来。现在他的健康状态已基本恢复到二次开胸之前。"

"若说毫无芥蒂，最开始确实有些难，以后你们会明白这样一句话：以医生的身份去爱人很艰难。起初以父亲的身份去爱他，也很难，因为我难免会想到我死去的儿子，他发生意外的时候很小，只有九岁。"陈庭森说到这里顿了顿，台下已经变得寂静。陈猎雪在寂静中攥紧手指，听陈庭森继续说："但我必须爱他。至少要学着去爱他。"

"你们质疑过的我也曾经质疑。医生这个职业很多时候都需要绝对理性，要理性到近乎冷漠才能让你清醒，让你审时度势，做出最有效的判断，抓住最恰当的时机，下定决心，去救人。那时候的

你必须是正确的。可当你脱下手术服，重新做回一个'人'，你会忍不住质疑，你真的做出最好的、最正确的决定了吗？

"我曾一万次质问自己：这样做真的是对的吗？真的对这个孩子公平吗？

"身为赋予他更大存活概率的人与养父，他爱着我，我感受得到。可我难以回复他同等纯粹的爱，这导致我们之间，就像任何普通的家庭，就像你们与你们的父母一样，会有一些小矛盾、小误会，甚至是一些伤害。

"在他第二次开胸时，我告诫自己，这个孩子已经吃了太多太多的苦，我不能让他在我手里再受到伤害。以医生的身份，也以真正的父亲的身份。"

掌声长时间地响起。

陈猎雪怔怔地望着台上仿佛在发光的人。

他的目光越过人潮，似不经意地看向自己，又蜻蜓点水般快速掠过。他说："我为他感到骄傲。"

宁宁不能理解这样复杂的情感与经历，她只觉得这些话明明每句都那么正常，却莫名听得有些难过。

"猎雪哥哥……"她拽拽陈猎雪的胳膊肘，勾着脑袋看他的表情。

陈猎雪怔了好一会儿才看向她，清亮的眼眸里，不知是什么情绪。他"唉"了一声，冲宁宁咧咧嘴："走吧，我们出去吧。"

讲座结束，工作人员抬着几张沙发椅上台，准备接下来的座谈会。

台上台下短暂休息，陈庭森看向陈猎雪所坐的角落，男孩正起身向外走，肩膀微微塌着，像在躲避什么，像在逃离什么。

领导与他握手，学生来找他签名、讨教，还有两名女学生为他送上了一捧百合，媒体咔咔地拍着照。陈庭森被簇拥着，身处喧闹的赞美之中，面对着如同当年那场手术成功时的盛况。等他大致应对完，再抬头去看，陈猎雪已经没了踪影。

"老陈，想什么呢？"有人招呼他，"来坐下歇歇，喝口水。"

"没什么。"陈庭森坐下，接过矿泉水点头道谢，脑子里却全是陈猎雪最后离开的背影，单薄瘦削，没有回头。

那个学生的提问确实不在他的准备范畴内，但他自认刚才在台上那些话确实是他心中所想，即便稍有修饰性的句子，于公于私都是理所应当的。陈猎雪应该也能明白他的意思。

陈猎雪与宁宁行走在偌大的校园里，许是即将到吃午饭的时间，校园里人来人往，十分热闹。女孩子们娇俏地撑着阳伞，男生们三五成群，有的手里卷着书，有的怀里抱着篮球，独行的步履匆匆，结伴的亲亲热热，说笑着，往自己该去的地方去。偶尔有人看到他们，目光也是事不关己地掠过，无人质疑他们从哪儿来，来这里做什么。

宁宁望着他们，歆羡不已，既羡慕他们身处名校的校园，也羡慕他们的自信与自由。

"真好啊。"她说，"我也想考这么好的学校，考上我妈就管不着我了。"

好像不管出于什么原因，每个人都有远离家庭的心愿。陈猎雪看着宁宁想。然而区别在于，宁宁现在的渴望，会在多年后，她真正有能力远走高飞时，逐渐转化为对家的依恋；她现在对妈妈的抱怨与抗拒终将由成长和时间化解。无论她如何远去，她的家始终是她的家，她的父母也始终是她的父母，她的一声"妈妈"自出生喊起，一生都不会改变，不论她何时回头，身后永远都是家。

可他只要离开，就真的难以再回头了。

宁宁走到操场边缘，看那些大男生踢球，她雀跃着，回头催促陈猎雪："猎雪哥哥，你快走啊！怎么越走越慢？"

陈猎雪想对她笑一笑，唇角与脚步一样重得抬不起来，他缓缓地按着心口蹲下，把头埋进了膝盖里。

陈庭森在座谈会上心神不宁。

陈猎雪离开他的视线，他就开始担心，那孩子身体还没有完全恢复。

话筒由前一个人递到他手上，他按捺着心绪完成一段发言，之

后就无法继续稳坐下去，他向主持人示意，以最小的动静从台上离开。顺着后台走出礼堂，他随便挑了个人多的方向就抬脚往前走，边疾行边掏出手机给陈猎雪打电话。

他总觉得要出事。

电话接通时他安心了些许，问陈猎雪在哪儿，说话的却是宁宁，她在那端大呼小叫："陈叔叔！你快来操场，猎雪哥哥被球砸了！"

陈庭森听见自己的心脏咚一声沉了下去。

这所校园大得要命，他也顾不上什么风度与形象，抓过一个学生问了路便拔足狂奔，赶到操场附近。情况比他预想的要好，他没看到一堆学生围在晕倒的陈猎雪身前的画面，宁宁在一栋建筑的檐下冲他招手："陈叔叔！"陈猎雪倚靠着墙角，攥着一瓶矿泉水捂在左脸上，闻声抬头。

几个闯祸的学生见了大人，讷讷地想说点儿什么。陈庭森来不及听，他三两步跨上阶梯，捧住陈猎雪的脑袋检查。宁宁在一旁叽叽喳喳地描述着情况："猎雪哥哥走累了蹲了一会儿，站起来的时候正好一个足球飞过来，咣地就给他砸倒了，还正好砸中了眼睛。"

肇事学生紧张地站在一旁。

陈猎雪虚弱地喊了声"爸爸"，转着脸不太想跟他对视，被陈庭森坚定地掰开了手。矿泉水瓶下压着的半边脸果然肿了，原本清亮的眼球严重充血，半眯着睁不开，不断地往外渗眼泪。

"我没事。"他小声说。

"叔叔……"那学生想解释，陈庭森没空搭理他，他紧急判断了下陈猎雪的状态，二话不说将他打横捞起来，转身下了阶梯，向校门外走。

"爸……"陈猎雪吃了一惊，他觉得自己除了头有点儿晕，不受控地淌眼泪外没什么大问题，挣扎着想下来，陈庭森却命令他："别动。"

陈猎雪的动作停下来，然后一点点松懈，最后不再动弹。

"那我去哪儿啊？"宁宁在台阶上叉着腰。她本来怕得要死，陈庭森一出现，她立马就不怕了，悠闲地目送他们离开。

几个大学生也大眼瞪小眼，不知道这是怎么个意思，走也不是跟也不是，问宁宁："我们呢？"

"你们？"宁宁学陈猎雪看她的表情，吊着眼角看这几个大学生，人精似的摇头叹气，"你们跑吧。他爸可凶了，一言不合就挖你的心。"

大学生们："……"

陈猎雪的眼睛没有大碍，陈庭森压着他从头到脚都检查了一遍，排除了轻微脑震荡。眼睛虽受到了伤害，所幸只是眼睑的皮下出血，角膜轻微损伤，晶体与玻璃体都无碍。

校领导专门带了那几个学生来道歉，陈庭森的脸色自出事后就不太好看，还是陈猎雪自己先表示感谢，然后安抚那踢球的大学生："没关系，是我自己不小心，谢谢学长关心。"那学生知道被自己砸中的人就是当年新闻上换心的小孩，愈加愧疚的同时也松了一口大气——这么金贵的身子，要真被他一球踢出什么好歹来，那真是把家底儿掏空了也还不清。

众人轮番慰问后，那天中午的饭局也不了了之。陈庭森让陈猎雪在医院观察了一下午，确定没有其他不良反应，充血渐渐退下去，肿也一点点开始消，才将他带回酒店休息。

临走前，医生叮嘱，说他这两天可能会有视物不清的症状，是暂时性的，问题不大，但也要多加注意，千万别用眼疲劳。

回房间的路上，二人沉默着都没有说话，陈庭森把脚步放得很慢，陈猎雪知道他害怕自己摔倒，就跟在他屁股后头一步一挪。出电梯时，陈庭森不甚自在地抬了抬眼，牵过陈猎雪提醒他："地毯。"

"嗯。"陈猎雪答应着，没敢挣脱，任陈庭森带着他走过长廊，刷卡进门，将他安置在沙发上。

陈庭森里里外外忙活了一会儿，把他的药膏和冰块都放好，又回了几个电话，之后便没了动作，气氛也压抑下来。

陈猎雪清清嗓子，转过脑袋去安抚陈庭森："其实真没什么事，爸爸，已经不疼了。"他强调："心脏也没事。"

不疼了是骗人的，只是在能忍受的范围内而已。他的眼球还发着胀，看东西也模模糊糊带着重影，陈庭森现在在他眼中一半清晰一半模糊，表情也一半严肃一半愠怒。

完了。

陈猎雪吞吞口水。

这样子是又要生气了。

陈庭森真的很生气，气陈猎雪出事，也气他毫不在乎的态度。这气里还夹杂着难以诉说的担心——在稍微大点儿的校园里转一圈都能被球砸，还想一个人出门去外地上学？

他几乎是不能理解地瞪着陈猎雪，生气地问："这是心脏的事吗？你到底在想什么？"

想什么？

陈猎雪隔了许久才说出话来："我想出去上学。"

陈庭森倏地从沙发上站起来，陈猎雪没抬头，感觉约莫是被盯了一会儿，陈庭森摔门出去了。

陈猎雪独自坐在酒店的沙发上愣神，看窗外的太阳一点点西沉，最后没进灰暗的云层里。

陈庭森再回来是晚上八点，陈猎雪上厕所时没看清脚边的脏衣篓，被绊了一下，膝盖磕在又滑又硬的马桶盖上，热水一激，红通通的有点儿像肿起来的样子。

很疼。

他单腿蹦出来，就近在床上坐下，支起那条腿给自己揉膝盖，心情止不住低落，觉得自己狼狈又没用。他有心想鼓舞自己乐观点儿，今天一整天发生的事又实在让他乐不起来。

陈庭森进门看到的就是这个画面，陈猎雪抽着鼻子坐在床上搓腿，眼眶还泛着红，抬头沙哑地说："爸爸，你回来了。"

他将手上拎的粥和小菜放在电视柜上，硬邦邦地问："腿又怎么了？"

"没事，刚才磕了一下。"陈猎雪站起来。

陈庭森走过来，不容分说地把他重新按坐下去，自己则在陈猎雪身前半蹲下，把他的腿放在自己支起的膝盖上，用掌心有力地揉。

陈猎雪不敢说话，过了一会儿，他听到陈庭森对他说："别去外地上学了，报个家这边的大学吧。"

"爸爸，我活不了多少年。"他听见自己不管不顾地说。

陈庭森的手腕僵住。

陈猎雪明明觉得自己的内心没有波动，一滴眼泪却从眼里落下来，啪地砸在地上。

"爸爸，我……我知道我活不了多少年，我一直都知道，可是纵康哥死的时候，我还是被吓着了，活着对我们而言太难了。我不知道我哪天就会出意外，就会像纵康哥那样，连句话都来不及说就没了。这样胆战心惊的日子太煎熬了，我不想折磨你，也不想折磨我自己了。

"你会重新有自己的家，有个健康的孩子，只要我不在你身边折磨你，你很快就可以开始新生活。"

陈庭森没说话，他也没奢望能得到回答，自顾自地继续说道："我很爱惜这颗心脏，你总觉得我不爱惜，其实我特别爱惜。我知道我是靠它才能活着，我感激它，感激陈竹雪，也感激你。但我也想……哪怕只有一天也好，我也想能做自己，在死之前去看看更大的世界，去过一下正常人的生活。"

006

那次的讲座之行不是陈庭森说的那样为期七天。

坐上回程的大巴陈猎雪才知道，主办方这边全程只安排了三天，陈庭森之前跟他说要待一个星期，大概是真想着等公事结束，带他多玩几天。

他扭头看看闭目养神的陈庭森。

那晚他情绪上头，没头没脑地把心里话都说了出来，他已经不记得自己具体都说了什么，活着、死了、纵康、陈竹雪、心脏、离开，他想到什么就说什么，说到后来，他无话可说，浑身有种发泄了以

后的松懈与乏力。

　　陈庭森始终没有回应他，只是缓缓地从地上站起来，看了他许久。那时候，一直伴随在这个高大男人身上的自我与傲气，好像全都消失了，整个人像老了几岁似的，沙哑地对他说："睡吧。"一直到今天提着行李离开，他也没有再对陈猎雪说什么。

　　他们回到了家里，继续先前的生活，好像这趟出行并没有发生过。

　　陈猎雪的高考成绩下来了，没有特别好，也没有特别差，正好在预期以内。

　　他的作文果然没能拿到高分，不知是不是因为跑题。

　　陈庭森对他的成绩和志愿都没有兴趣，也不想提。班主任与他仔细地参考了往年的分数线，挑选了好几所学校，列出一张详细的志愿意向表。第一志愿是外省一所普通的"一本"，第二志愿是相邻城市一所口碑不错的"二本"。

　　班主任说："你再好好想想，以你的条件，完全可以复读一年考更好的学校。如果'一本'滑档了，'二本'也不一定能稳妥录取。"

　　陈猎雪去问了关崇，关崇很随性，对陈猎雪的要求也是健康就好。他拍拍陈猎雪的肩，说："你大胆地报，不论去哪儿，都会是优秀的学生。"

　　填志愿那天，陈猎雪是一个人去的，他对照着那张班主任亲手为他写的预填表一个字一个字敲上电脑，点击"确认"之前，他给陈庭森发短信：爸爸，我要报志愿了。

　　六分钟后，陈庭森回复他：嗯。

　　他摁下了鼠标。

　　漫长的假期与等待开始了。

　　陈猎雪开始提前习惯一个人的生活。陈庭森每天都要去上班，他则不用上学，有大把大把的时间独处。起初他不知该做些什么，家里已经收拾得足够整洁，变着花样地做菜也不过一天两顿。于是给陈庭森整理书房的时候，他开始试着阅读他书架上的书。

书架上很大一部分都是些专业的大部头，晦涩难啃，也看不懂。他想找一些散文、小说来看，又发现了很多英文书籍。

陈庭森是真的很优秀。他翻着那些被翻阅过数次的书页想。

将某一本厚实的诗歌集抽出来扫尘时，从里面掉出了一张相片。

那是一张年轻男人和年幼男童的合影，是陈庭森和陈竹雪。

照片已经有几年了，边角有轻微的褶皱，陈猎雪想象着无数个只留下书房灯光的黑夜里，陈庭森坐在这张椅子上，摩挲着照片怀念逝去的人。他的目光一定很温柔，夜色会将他映衬得很孤寂，一定不是照片里那笑得松快自在的模样。

照片里的陈竹雪也是活生生的，攀着陈庭森宽厚的肩膀，偎在他怀里弯着眼笑。如果他还在，应该跟宁宁差不多大，估计也会跟江怡闹别扭，去跟陈庭森抱怨妈妈的管教严厉，而陈庭森一定不会苛责他。他会是一个什么样的父亲呢？应该会拍拍儿子的脑瓜，带他去看一场精彩的电影吧。

陈猎雪把照片夹回去，突然想到，他从未去看过陈竹雪的墓。

陈庭森从未跟他聊过陈竹雪，他与江怡分开后，应该都是独自去看望陈竹雪的。

那滋味一定很不好受。

他抱着那本书贴着书柜坐在地上，有一页没一页地翻，脑中思绪万千，由陈竹雪的墓，想到了纵康的墓，又由纵康的墓想到了他们被扒掉的"家"。那里如今已打起地基，准备建新楼房了。还有不见踪影的宋琪，反正在家也没事做，他觉得自己可以再去找找他，也许无意间路过某家便利店，就会看见他的身影。他们一起打过工的便利店不知道还招不招学生，如果能趁假期去做个兼职……

他的思绪在这里卡壳。

做兼职干什么呢？以前他是为了纵康而兼职，如今兼职，该为了谁？

他愣了几分钟，眉心一跳，眼中亮起了星星点点的光彩。

世上虽只有一个纵康，却有无数个跟他与纵康一样的孩子。纵康生前那么善良，时不时便会回到救助站见那些年幼的孩子，把他

们当作自己的弟弟来照顾。这个可怜的人，他一定也想尽自己的能力，稍微让那些孩子们的童年增添一点儿光彩。

既然纵康能做到，他为什么不可以？

把这当成纵康的"遗志"也好，只要能再为纵康做点儿什么，无论什么他都愿意。

那天傍晚，陈庭森查完最后一圈房回来，林姐把刚泡好的花茶顺手分他一杯，说："你最近连轴转啊，心情不好？"

陈庭森喝了一口茶，冰糖放多了，有些腻。他把杯子放下，道："还行。"

"猎雪学校报得怎么样了？什么时候出结果？"

"月初。"

"那也快了，就下周的事儿。"

杨大夫推门进来，扇着风嚷嚷口渴，见陈庭森桌上那杯花茶，也没讲究，仰脖儿灌了个干净，这才顾得上说话："您可别问他这个了，用现在年轻人的话怎么说来着，猫奴狗奴的，他就是他家宝贝儿子奴，一想到他那儿子要去外地上学了，你看一天天那脸拉得……得得得，你也别瞪我，我闭嘴。"

杨大夫做了个投降的手势，摘了白大褂退下。林姐笑起来，也准备下班，出门前她想起什么，"哎"了陈庭森一声，嘱咐他："抽个空带孩子去看个电影，吃点儿好吃的。你那儿子乖得疼人。"

陈庭森哗啦啦地翻着病例，也不知听没听见，头也不抬地摆摆手："赶紧回去吧你俩。"

办公室终于安静下来，他也松懈下来，向后仰靠在椅背上。他抬手推开窗子，望着窗外一点儿余晖，点了根烟，蹙着眉心徐徐喷吐。

看电影。

他想起那天宁宁喊叫着"猎雪哥哥没去过电影院"时，陈猎雪站在一旁，微微窘迫的样子。

看电影很容易，他现在愿意带陈猎雪去看电影，也愿意带他去买东西，去玩儿。能带亲生儿子做的事，他都可以带陈猎雪去。这是他亏欠他的。

可这么多年的漠视下来，想要弥补是这么简单的事情吗？

借着最后一缕光，他将烟头捻灭在烟灰缸里。

陈庭森回到家，久违地面对了黑漆漆的客厅。陈猎雪没在家，房子里一点儿人气也没有，空调该是一天也没开，闷沉沉的，热得人心里烦乱。

他第一反应是小孩又跑了，随之脑海里便出现关崇那张不讨人喜欢的脸。他有些颓丧地在沙发上坐下，揉了揉额头，思索是应该现在就打电话，还是等过了晚饭的时间再打。

门外传来窸窸窣窣的开门声，陈庭森坐直了身子回头。门被推开，陈猎雪抱着一只大纸袋，汗津津地进来，沙发上黑黢黢的人形吓了他一跳，啪地拍亮了玄关的灯，见是陈庭森，他放松地笑起来，喊他："爸爸，你回来了。"

陈庭森走向陈猎雪，接过他怀里的纸袋，问道："你去哪儿了？"

"我去救助站了。"陈猎雪心情很好，他的眼睛已经很久没这样亮了，也很久没露出这样真切的笑，"去跟站长阿姨说了会儿话，给那的弟弟妹妹买了零食和玩具，小浩还……爸爸你知道小浩吗？当时跟我差不多大，他还记得我呢，他今年也高考了，说应该能考上'三本'，真棒。"

他边换鞋边说话，神采奕奕。陈庭森看着他，点点头："嗯，不错。"

"他也成年了，不好继续在救助站生活，跟我说要好好上学，自己找工作挣钱。不过他的救助人很好，愿意继续资助他大学的学费，他只要挣生活费就好，没有那么累。"他说着，从陈庭森手上把纸袋拿回来，往客厅走，放在餐桌上一样样往外掏，里面是些蔬菜水果，还有洗手液等家庭生活用品。

他兴高采烈，喋喋不休："我还去找了个兼职，就在咱们小区外的超市，他们正好愿意收暑假工，每天下午四点到晚上八点，帮他们推销打折的东西。今天推销的是火腿肠，组长还给了我一捆呢。"他掏出一捆散装火腿肠，扭过头开心地冲陈庭森晃了晃。

那天把话都说开以后，打工这种事他对陈庭森就没了顾忌，不再害怕陈庭森对他的驳斥与冷淡。陈庭森也确实没有斥责他，他本想说这样的兼职又累又没意义，看着陈猎雪又有了生气的眼睛，他心软下来，只问："累吗？"

"没事，不累。我想给自己找点儿事做。"陈猎雪说。

陈庭森缓缓地点了点头。

七月十号，录取结果出来了。

班级群里有的报喜、有的报忧，一团热闹，班主任和关崇都打电话来问，陈猎雪坐在陈庭森书房的电脑前手心出汗。先前他一心想跑远，结果真的就在眼前了，他也不知道自己究竟想去哪所学校。"一本"当然好，但是离陈庭森也真的有距离，如果他没被录取，就要再等"二本"的补录结果。"二本"的学校近，动车不要一个小时就能到，但毕竟只是"二本"。

这是他人生第一次，也有可能是唯一一次，纯粹属于他自己的"博弈"，他还是希望得到最好的结果。

陈庭森倚在书房门口看他，表情淡淡的，看不出情绪，问他："考上了吗？"

"我还没查。"陈猎雪打开网址，心脏怦怦跳着，指头僵在鼠标上不动。他口腔中分泌出紧张的口水，咽了咽，还是没忍住问陈庭森："爸爸，你觉得呢？"

陈庭森说："查吧。"

他输入学号和姓名，眼睛张得圆圆的，点击查询。

一片花里胡哨的界面中，他的目光飞快地掠过学校、专业、代码、政策……定格在一行红通通的大字上：

祝贺你已被录取！

"爸爸，"他盯着录取界面看了两三遍，心跳让他的呼吸加剧，他抬头定定地望着陈庭森，"我考上了。"

足有半分钟那么久，陈庭森终于勾了勾嘴角，轻声道："恭喜。"

陈猎雪开始觉得自己是个真正的、属于自己的"人"了。

去学校拿录取通知书时，班主任开心地连连拍他肩膀，直喊他"好小子"。他腼腆地微笑，向班主任鞠躬道谢。

他没有立刻回家，而是带着通知书去了纵康的墓前。他蹲在地上给纵康展示那份文件袋里的一页页纸，一字一句读给他听："'祝贺你！陈猎雪同学，你被我校外国语学院德语专业录取。请于规定日期，持此通知报到注册。'"

"纵康哥，我考上大学了。"他看着照片里青涩的纵康，轻轻抽了口气，"以后我用德语读信给你听。"

回家的路上，他接到陈庭森的电话，问他现在在哪儿，他说在回家的路上。陈庭森给了他一个地址，让他去那里吃晚饭。

他到了地方才发现关崇和江怡也在。江怡挺着八个月的孕肚，行动很不便捷，但是气色很好，见到陈猎雪就接过他的录取通知书反复翻看，眉开眼笑的，对关崇说这孩子可真争气。

关崇也是打心底里为他高兴，问了他许多问题，比如填志愿的时候紧张吗？查结果的时候手有没有抖？去这学校的官网了解过没？什么时候去报到？宿舍是几人间？陈猎雪有的答得上来，有的答不上来。关崇还把自己当年查录取结果时的趣事说给他听，热闹了好一会儿。陈庭森一如既往没有表情，周身散发出来的气场倒也不让人感到压抑。陈猎雪拿通知书给他看，他也认真看了，微笑了一下。

应该还是为他高兴的，他想。

席间，关崇问陈猎雪能不能喝口庆功酒，陈猎雪摆手说不行，关崇用筷子尖蘸了一下啤酒的泡沫，逗小孩子一样举给他，说："舌头尖儿点一下，算是沾个吉利。"

陈猎雪去看陈庭森，陈庭森没说话，是默许，他就用嘴唇碰了碰筷子尖，刚尝到一丝味道，陈庭森就往他碗里舀了一勺鸡蛋羹，说："吃饭吧。"

陈庭森不喝酒，江怡吃不了多少，这场庆功宴结束得很快。临分别时关崇问陈猎雪要不要再去他们家住一阵子，陈猎雪看看江怡的肚子，笑着说不去了，让他好好照顾江阿姨。

母爱在江怡眼眸中凝聚成一汪湖水，她轻抚着隆起的肚皮，对陈猎雪说："也不知道你走之前能不能看见妹妹。"

陈庭森挑挑眉："做鉴定了？"

关崇温柔地搂过江怡的肩膀，幸福道："我希望是女儿。贴心。"

陈猎雪也替他们开心，又害怕陈庭森想到陈竹雪难过，往他身边偎了偎，说："希望能赶上，我会给妹妹买尿布的。"

陈庭森的手在身侧动了动，最终抬起来揉揉他的头。

陈庭森没开车，陈猎雪与他在路上走着，到商场门口时，陈庭森顿住脚步，回头问陈猎雪："想看电影吗？"

陈庭森已经很久没出门看过电影了，上一次还是和江怡与陈竹雪一起，看一个一群毛毛怪的动画片。

他领着陈猎雪来到影院前台，让他从大屏幕的放映单上挑一个，陈猎雪选了十分钟后的悬疑片，陈庭森付了钱，想了想，又要了一大桶爆米花和一杯不加冰的可乐。

"别吃太多。"他递给陈猎雪，说。

暑假看电影的人很多，要么是学生、情侣们结伴，要么是家长带着小孩子，像他这种年纪还跟着爸爸过来的真的很少。他跟着陈庭森检票、进影厅，里面已经熄灯了，他小心地抱着爆米花上台阶。

电影不算特别精彩，但是第一次在电影院看电影的感觉很新奇。他看得很认真，注意力全放在眼前的大荧幕上，陈庭森的注意力却在陈猎雪身上。

他看着倒映在陈猎雪眼中的光，心想，这个小孩真的很容易满足。接着他就想到在酒店时，陈猎雪对他说的那些话，"容易满足"这四个字默默落回了心底。

类似的回忆再往前还有一处。陈庭森记起去年秋天，也是这个商场，他答应了王姐的相亲，让陈猎雪来看看"未来的妈妈"，他对那女人信誓旦旦地说孩子很乖，一向乖巧的陈猎雪却狠狠扫了他的面子，头也没回，转身就走。

回想起当时的事，心中更多的情绪竟然是无奈，还有些想笑。

他以前从没仔细分析过陈猎雪的性格，现在想来，他其实很倔，不哭，不闹，想要的会争取，想方设法地争取，为了争取不择手段，被扔下多少次也不放弃，身心俱疲也要坚持，像一条藤蔓，不依不饶地缠着你，除非他自己想放弃，否则枯萎也不能阻止他。

"爸爸？"

"嗯？"

听见陈猎雪真的在喊他，陈庭森猛地回过神，才发现电影竟然结束了，荧幕上滚动着演职员名单，大灯亮起来，人们纷纷起身往外走。陈猎雪勾着头看他，可惜地说："爸爸你走神了，看到结局了吗？那个秃子才是坏人。"

陈庭森盯着他没说话，过了会儿，他闭闭眼，像是有些疲累，说："回家吧。"

拿到录取通知书后，时间一下子过得飞快。

陈猎雪觉得现在的自己每天都过得很充实。他不久后就会去一个新的地方上学，接触没接触过的人和风俗习惯；他有一份兼职，有了一点点自己的积蓄，赚到的钱每天都可以省出一些存起来，捐给救助站，尽绵薄之力帮助其他人；他重新成了一个有方向的人，他喜欢这样的自己，他觉得现在的他是真正作为"自己"而活着，而不是一个替代品。

与他相反的是陈庭森。陈庭森在家里对他说的话比先前还要少，从酒店回来后，到他报考大学，到如今，每一个节点都能明显感到他的沉闷愈发沉重，却不是因为刻意在冷淡。陈猎雪也不知道为什么自己能分辨出其中微妙的差别，但他就是能隐隐感受得到，陈庭森的沉默是因为落寞。

能想到"落寞"这两个字让他觉得很奇妙。在他的眼中，陈庭森跟这两个字绝搭不上边。他让人想到的词一直都该是"卓越""冷静"。有人曾这样评价他："在最痛苦的时候，他也是英雄，他始终都是主心骨，是顶梁柱。""落寞"这个词，好像无论如何也跟他搭不上边。

陈猎雪看着陈庭森书房紧闭的房门，心里泛起苦涩。

他心里知道，只要自己离开，就会有人继续帮陈庭森物色新的相亲对象，距离会让执念与思念都变淡，时间的大掌会将一切抚平。陈庭森这么优秀，又少了自己这个"拖油瓶"，事业也在上升期，以后会过得更好。可他也没法彻底忽略眼下——眼下他有了新的生活，江怡有了关崇，并且即将拥有自己的宝宝。他们每天谈笑风生。每个人都在往前走，对未来充满期待。从陈庭森的角度来说，选择远走高飞的他也许真的过于自私。毕竟现在的陈庭森，真的只有他胸膛里这颗陈竹雪的心脏了。

他劝解自己，又不停地推翻自己。他幻想他走了以后的画面，至少在初期，陈庭森每天下班回到家，面对空无一人的空房子，连个说话的人都没有，想听心跳也再听不到。纵康哥刚走那阵子是他最难过的时候，但那时的他至少还有关崇和江怡陪伴，陈庭森这样骄傲的人，该如何纾解心中的孤寂和苦闷？

距离开学只有一周的时候，陈庭森的话多了起来。他开始成为送游子远行的老父，每天都有操不完的心。他又抓着陈猎雪去医院做了次检查，检测他的心功能是否能承受坐飞机的压力；带他做过敏原测试，将陈猎雪不能吃的东西与他认为陈猎雪不该吃的东西，在饭桌上一个个说出来，反复强调；他还亲自把陈猎雪的衣柜掏空，乱七八糟地铺了一床，根据学校那边的气候，选定该带走的衣服。其实虽说是跨省，两座城市的距离也没有远到那个份上，坐飞机不过一个小时，动车也只需要四个半钟头。

陈猎雪无奈地由着陈庭森折腾他的衣柜，心里却不禁感到熨帖。

半小时后，陈庭森将他床上的衣服弄得一团乱，抱着胳膊皱起了眉。

"不行。"他说，"去买衣服吧。"

两人开车出门。

陈猎雪跟他从车上下来，看着那些昂贵的专卖店不太想进："没必要爸爸，我的衣服都能穿，去那边后需要的话直接去买新的也行。"

陈庭森不理他，阔步迈进那些服装店，雷厉风行地挑选。

陈猎雪提着大袋小袋出来，听陈庭森问他："学费打过去了吗？"

"打了。"

"学校还有没有别的要求？"

"没了。"

"机票买了吗？"

陈猎雪没说话，陈庭森扭头看他，他说："爸爸，你当时让我先别买，说你来买。"

陈庭森沉思了片刻，回到车上时才道："别坐飞机了，还是坐动车去。"

陈猎雪有些失望，"啊"了一声。

他很少这样孩子气，陈庭森嘴角泛起一点儿笑意，边倒车出库边用余光看他。"安全。"他说，"我送你去。"

陈猎雪挑高了眉毛。他不是没想过这种可能，电视里那些学生考上大学，家长都会去送。但也只是想想，毕竟陈庭森太忙了，真的太忙了，根本抽不开身。

"会耽误上班吧？"他小心翼翼地问。

"送你报完到就走。"

今天陈庭森上夜班，他看了一眼手表，还有时间，便问陈猎雪："想吃什么？"

陈猎雪不是很饿，想了想，摇了摇头。

这附近有家餐厅不错，陈庭森打算带他过去。经过红绿灯还没调头，陈猎雪的手机响起来，关崇给他打电话，说他江阿姨生了。

陈猎雪张张嘴，好一会儿才反应过来："怎么这么突然？"

陈庭森看他一眼，陈猎雪跟他解释："江阿姨生了。"

陈庭森也吃惊，问："到日子了？"

关崇听见陈庭森的声音，在电话那端轻轻笑起来，笑声中有疲惫，有心疼，也有自豪，还有初为人父的兴奋和紧张，答："九个月零两天。昨天夜里突然开始反应，折腾了半夜加一上午，脐带绕颈半周，但是很健康，六斤九两。"

陈猎雪问："江阿姨也好？"

"好。"关崇温柔道，"母女平安。"

"太好了。"陈猎雪发自内心地感到高兴。对陈庭森转述："是妹妹。"

"问他在哪家医院。"陈庭森说。得到答案，他方向盘一打，向医院驶去。

他们到的时候，病房里外已经有许多人，关、江两家的父母都来了。陈庭森礼貌地问候了长辈，从关崇怀里接过宝宝。小东西还不能睁眼，一张小脸皱巴巴的，看不出个美丑来。陈猎雪凑在他肩头一起看，他第一次见到这么小的婴儿，呼吸都不敢放重，用气声说："她真小。"

陈庭森把孩子放回关崇臂弯里，问："名字取了吗？"

关崇笨拙又小心地抱着他的宝贝女儿，笑眯眯说："九个月出娘胎，又是九月开头出生的，就叫九月了。"他又腻歪歪地喊了一遍刚定好的小名："小名叫甜甜。"

大家都笑起来。陈庭森说："挺好的。祝贺你们。"

江怡还很虚弱，经历生产的种种疼痛让她回忆起许多往事，此时她再看向陈庭森，眼中的痛苦与怨怼都消散了许多。她把陈猎雪招到身边，隔着衣服抚了抚他的胸膛，也只是抚了抚，再没有其他动作。她依偎着关崇，苍白的面颊上是淡淡的释怀，道："早点儿成个家吧。"这话是对陈庭森说的。

离开医院的路上，陈猎雪看着陈庭森的背影，又觉出落寞来了，心口酸酸胀胀的。

他咬咬牙，上前一步跟陈庭森并行，让自己笑得灿烂，对陈庭森说："爸爸，你要多笑笑。"

陈庭森奇怪地看他。

"你笑起来的时候最好看，但你总是板着脸。"陈猎雪跟自己发烫的脸皮做对抗，坚持说，"一直这样下去，以后等你老了，不帅了，还板着脸，你孙子一定不喜欢你。你去幼儿园接他，全幼儿园的小孩儿都不喜欢你。"

陈庭森眼前竟出现了他口中所说的画面，绷着的脸笑起来，脱口道："学还没上成，就想着成家给我生孙子了？"

出发去学校当天，他们起了个大早，这一天都将很忙碌。

　　陈庭森带着陈猎雪去火车站，教他认售票厅、候车厅，教他刷身份证进站，教他如何在动车上找到自己的位置，再教他如何在车上买饭。

　　车上有许多去外地上学的大学生，他们在不同的经停站上下，带着他们的父母，在路上说说笑笑。陈猎雪这回没有睡，他欣喜于动车的高速，盯着窗外飞速掠过的景色看个不停。动车走走停停，在不知不觉中就到达了目的地。

　　从车站出来时是下午两点半，正是最热的时候。注册日有两天，陈庭森对着火辣辣的太阳犹豫了一下，想先找个酒店让陈猎雪休息，明天再去报到。可一来他今天就要返程，二来明天的人会更多，左右都不是个轻松活儿。

　　陈猎雪看出他在想什么，主动说："爸爸我不累，走吧。"

　　陈庭森将衬衫袖子挽起来，拖过他的箱子，拦下一辆出租车："先去你宿舍把床铺了。"

　　这学校有两个校区，陈猎雪所在的校区很大，是新校区，相应地，位置也较偏。陈庭森一路都皱着眉头，陈猎雪一路都期待又好奇。

　　出租车在路口就进不去了，车太多，都是来送孩子的，人也多，满地都是箱子的轮子在滚动。除了医院，陈庭森对所有人员密集、汗味交杂的地方都十分抗拒，他把陈猎雪护在身前走路，又让他把背包挡在胸前，好像谁的箱子都会长了眼似的地朝陈猎雪撞过来。

　　等终于在宿管区领到房号和钥匙，去到他那间寝室，陈庭森沉了一路的脸彻底垮下来。

　　四人间，上床下桌，没有独立卫浴，也没有阳台。

　　寝室已经有人来过了，某张床上放置了一个大大的铺盖卷，地上是横七竖八的箱子、袋子，地板上满是粉尘，踩满了脚印。

　　陈猎雪兴致勃勃地找到写着自己名字的那张床，试探着爬了爬，说："我只在电视里见过这样的床。"

　　陈庭森看着那张上下布满棱棱角角、处处都是安全隐患的床，黑着脸把陈猎雪拎下来。

"退宿。"他说。

陈猎雪瞪起眼睛。

陈庭森毫不退让："你没法住这种地方。"

陈猎雪苦着脸拉着床头把手，哀求他："就住一天，爸爸，至少让我体验一下。"

回答是没得商量。

开门要离开时，外头正好进来一个学生，高个子，长得很周正，见到寝室里来了人，他迅速打量两眼，大大方方地打招呼："叔叔好。"又对陈猎雪说："你也住这个寝？"

但陈猎雪只来得及对他报以微笑，就被陈庭森脚下生风地带走了。

那学生在宿舍门口丈二和尚摸不着头脑。

陈庭森的效率快得惊人，退宿与注册都一并办了，他还用手机订好了两千米外的酒店——一千米内的都被订光了。陈猎雪被他安排在一棵大榕树下纳凉，看着陈庭森从人群中回来，把注册好的收据与教材交到他手里，觉得自己像个废物。

他不太高兴，跟着陈庭森坐车往酒店去，一路上都很沉闷。

陈庭森挤了一身的汗，又热又烦，不想费口舌跟他讲道理，也没道理可讲。换过心、开过两次胸的小孩独自跑去几百公里外上学，就因为想离他远点儿，已经没道理可讲了。

到了酒店，开了空调，冲了个澡，陈庭森的心情才平缓下来。

"陈猎雪，你得学着为自己负责。"他没带换洗衣服，裹着酒店的浴袍，给热水器壶沸消毒，背对着陈猎雪说，"那间宿舍有多少安全隐患你看不出来？"

陈猎雪理智上明白陈庭森是对的，却实在开心不起来。他坐在床上往窗户外面看，轻声说："可我也不能一直这样。"

"一直怎么样？住酒店？"陈庭森偏偏头，"我只订了三天，学校附近有很多房子出租，我看过了，有两间不错，已经让房东预留下来，晚上过去看。"

热水壶呜呜地吹起哨子，陈猎雪望着窗外的视线收回来，落在陈庭森背上，问："今晚不是要回去吗？"

陈庭森道："调班了，把你这边解决好再回去。"

陈猎雪没有说话，过了一会儿，他突然道："你知道我不是问酒店的事，爸爸。"他的语气难得强硬了起来，有因为不悦而赌气和偏强的意味："我不能一直这样让你护着我生活，你今天不走，明天也要走，以后我就是一个人了，你能护我多久？"

"所以你为什么要跑这么远？！"

陈庭森将搭在手腕上的毛巾摔在桌子上，啪一声，发出爆裂般的声响。这句喝问他该是忍很久了，转身过来的同时，质问一气呵成："你明知道自己是个什么身子，非要跑这么远做什么？你什么时候能学会从现实出发，根据你自己的状况来考虑问题？"

"你的身体和别人不一样。"顿了顿，陈庭森又开了口，这次的语气中稍微带上了安抚，"生活就是这样，鱼与熊掌不可兼得。你要在外地上学，就不要想集体生活。你出不起意外。"

陈猎雪久久没有说话。

水煮沸了，电水壶自动跳闸，屋内除了空调的运行声，只余下寂静。

007

陈庭森还是在那天晚上回去了，夜里十一点儿半的飞机，一个人。

他给陈猎雪租好了房子，把他的行李都安置好，买了锅碗瓢盆、扫把、衣架等所有可能用得上的东西，带他在学校外面吃了一顿简单的晚饭，留给他一张新的银行卡，直接赶去了机场。

酒店已经退了，陈猎雪坐在空荡荡的出租房里发呆。

他用被子蒙住头，逃避似的将一切情绪都抛到睡梦里。第二天太阳升起，他独居的大学生活就这样开始了。

最开始的一个月他很孤单。

新生们来自五湖四海，也不像初高中那样每天都坐在一个教室

里上课，同学之间第一波熟起来的人都是各自的室友，无论开学后的体检，还是新生欢迎仪式，身边的人们都以宿舍为单位活动，只有他孤零零一个，独来独往。

所有必要的流程都走完，为期二十天的军训又开始了。

这所大学不在本校军训，新生全都要被拉去郊区一个专门的军训基地，陈庭森提前给陈猎雪报备了身体问题，免除了他的军训要求，二十四辆大巴将闹哄哄的新生们带走，校园一下子变得很空旷、宁静。

陈猎雪用了三天的时间把校园和周边的角角落落都转了一遍，在图书馆里借了几本感兴趣的书，摸清了最近的商场和便利店。剩下的十六天，他走过这座城市每个叫得上名字的景点和建筑，办了这里的地铁卡，将校门口的公交从起点坐到终点，再从终点坐回来。最后一天，他买了去隔壁城市的火车票，用一个小时慢悠悠坐过去，在陌生的街道上漫无目的地行走，渴了就买瓶水，饿了就找家店进去吃东西，累了就回火车站买张返程票，回到他的出租屋里。

那晚陈庭森给他打了个电话，是与他分开后的第一个电话。陈庭森还是不习惯在电话里表达自己的关心，他生硬地问："在做什么？"

没有人说话的二十天里，陈猎雪真的没觉得有多不舒服。多年来的生活与经历让他磨炼出了极强的自我调节能力，可听到陈庭森声音的刹那，他还是不由自主地红了眼眶。

最近怎么这么爱哭！他在心里责怪自己，笑着答陈庭森道："我刚从外面玩儿回来。你吃饭了吗，爸爸？"

陈庭森"嗯"了一声，又问："去哪儿玩？跟谁？"

"跟同学，去看电影了。"

他睁着眼说瞎话，因为知道陈庭森一定不想听他说他一个人跑去了邻市，也一定不想知道他只有一个人。

可陈庭森直接反问他："他们现在不该在军训？"

"有一个男生也没去，"陈猎雪继续编，"他申请延期到明年，跟下一届的学生一起军训。"

电话里无言了片刻，陈庭森说："'十一'假期，想回来吗？"

"不回去了。"他打个哈哈，"才刚开学一个月不到，来回浪费车票。"这通电话便没再继续下去。

挂断前，陈庭森又说了句话，陈猎雪忙举起来听，是陈庭森给他下了个命令："以后每天晚上打个电话给我，告诉我你在做什么。"

嘟——

他正要说"好"，通话就结束了。

晚上睡觉，陈猎雪做了个梦，梦见冬天学校放假了，他踩着雪花拖着行李箱回家，推开门，陈庭森与一个看不清长相的女人坐在餐桌上吃饭，女人怀里抱着一个婴儿，电视里放着热热闹闹的春节联欢晚会，他们一家三口和和美美，家里温暖如春。

第二天他是被吵醒的，送军训生回来的大巴车队占了校门口一整条街。陈猎雪从阳台上往下看，楼下已经是一片军绿色的海洋，叽叽喳喳的，带着喇叭声沸反盈天。他们每个人都比走之前黑了好几个色号，穿着脏兮兮的军训服，逃命一样拖着箱子往宿舍跑。

学校里的生机又恢复了。

到了要吃午饭的时间，他去楼下的小超市买食材，想给自己下碗面条吃。超市里的人流跟前半个月截然不同，收银台前甚至排起了小长队。黑不溜秋的学生们重新穿上光鲜亮丽的衣服，在货架间游走挑选。陈猎雪本来肤色就是苍白的，往队尾一扎，像个雪人扎进了煤堆。排在他前面的三个男生应该是一个宿舍的，正在嘻嘻哈哈地说笑，不知是谁手重推了一把，陈猎雪前面的高个子趔趄两步，胳膊肘撞上他的肩膀，他手里的挂面和小青菜掉了一地。

"哎，不好意思啊！"那男生忙回身弯腰捡东西，再起身看清陈猎雪的脸，他一边眉毛滑稽地动了动，道，"是你啊。"

陈猎雪还在心疼那捆摔碎的面条，闻言跟他对上眼，但对方晒得黑黢黢的，脸熟不熟他看不出来，再说这里也没有他认识的人，他谨慎道："你是？"

"咱俩在宿舍见过，你忘啦？"男生说。

陈猎雪想起来了，这是当时那个只有一面之缘的室友。

男生依然大方又热情，他问陈猎雪："后来没见过你，去别的宿舍了？你怎么……还这么白啊，没去军训？"他又转身跟自己另两个室友介绍："这就我跟你俩说的那个，只见了一眼就再没出现过的室友。"

其中一个记得贴在床上的名字，问："是叫'陈猎雪'那个？"

陈猎雪被他们这一连串问题搞得接不上话，只能礼貌地笑笑，说："对，我是。"

"咱们是一个专业的吧？你也是德语系的？"高个男生善于连环发问，陈猎雪一点儿头，他再自来熟地接话，"我叫杨乐，咱们班班长。军训时候选的，你肯定不在，不然咱们早见面了。"

说话间，就排到了收银台前，杨乐把陈猎雪的面条和小青菜跟自己的一兜子澡巾、香皂搁在一起，往台上一推，笑呵呵地扬扬钱包："对不起啊，面条都摔碎了，我来付。"

陈猎雪忙拒绝："真的没关……"

"客气什么啊，都一个班的，以后同学四年呢，下回你再给我付别的。"

那两个男生也笑起来，冲陈猎雪扬下巴："没事儿，应该的，班长就得发扬风格。哎，杨哥，我们这堆也给结了呗？"

"去你的。"杨乐笑着蹬他们一脚，结完账把东西全都用一个兜装起来，拎在手里，对陈猎雪说，"你不住寝吧？寝室没条件给你煮面条。正好，走，跟我们一块儿吃饭去。"

陈猎雪弯起眼睛，没再忸怩，接受了他的邀请。

三个鬼祟的身影从阶梯教室后门溜进来。

"这儿！"

趁老师低头看PPT，陈猎雪冲他们招手，三人你推我挡地拱过来，在他左边的三个空位上落座，摊开手脚大喘气。

"马哲课你们也敢迟到。"他掏出矿泉水递给他们，不赞同地道，"老头儿点名最严了。"

杨乐咕嘟咕嘟地灌了半瓶才缓过来一口气，喘着说："别提了，这俩孙子昨天联机半宿，被对面虐得直喊爹，硬拖着我给他们报仇。"

那俩"孙子"把他的水瓶抢过去，他又问："点过了？"

"点了。"

"啧。""孙子一"说。

"白跑了。""孙子二"说。

陈猎雪好笑地看他们一眼，低头继续画重点。

在超市与杨乐他们认识以后，他就渐渐跟这三人玩到了一起，反正本来也该是一个寝室，互相之间都额外滋生出一点儿亲近来。他们人都不错，杨乐又格外热心肠，健谈、善良，知道陈猎雪不住宿的原因后，对他总是多加照顾。三人出去聚餐会叫上陈猎雪，上课快迟到了会让陈猎雪给他们占座，系里组织什么活动，他们也要拴着陈猎雪一起行动。偶尔，他们跑出去打游戏晚归，被锁在寝室外面，也会跑去陈猎雪的出租屋里铺张席，四仰八叉地睡一夜。

"十一"假期期间，陈猎雪在校门口的快递站找了个兼职，每天安排得满满当当，时间不知不觉就过去两个月，加上有这三个人，他对现在的生活越来越适应，身心状态都不错。除了时不时会想念陈庭森，会猜想他有没有遇到合适的人，是不是离组建新家庭又近了一步，一切都挺好的。

中午下课，几人一道去食堂吃饭，杨乐搡着陈猎雪的胳膊问他："晚上欢乐谷，去不去？"

"嗯？"陈猎雪拨着米饭抬头，"去干吗？"

"今天不那什么，万圣节嘛，欢乐谷有活动，挺热闹的。"

陈猎雪想了想今天的安排，问："你们都去？"

"嗯哪。""孙子一"在桌子底下踢"孙子二"的脚。他是东北人，说话很有意思："老三逼着要一块儿去，不然卖我们游戏号。"

他们在宿舍排了个一二三，排号的根据很可笑——游戏实力。杨乐是老大，对这威胁嗤之以鼻："就你俩那破号，天天被小学生捶得哭爹喊娘，谁买了都赔本。"他又转向陈猎雪，说道："去热闹热闹挺好的，不然成天净跟他们猫网吧打游戏，发霉了都要。"

老二、老三严肃抗议，表示他们虽然菜，但怎么说他们也是尊

贵的氪金玩家，菜也菜得花里胡哨。

陈猎雪和杨乐没搭理他俩，陈猎雪问："几点？"

杨乐说："七点到十一点儿。"

陈猎雪其实有点儿想去体验，算了算时间，晚上他要兼职到八点，一来时间错不开，二来他也不想去太拥挤嘈杂的地方，笑着摇摇头："算了，今天兼职，下回吧。"

老三从昨晚饿到现在，吃得头也不抬，说话时一张嘴饭粒四溅："瞧瞧小雪子，再瞧瞧咱们仨，真没觉悟。"

老二满脸嫌弃，捅了一筷子肉过去："堵你的嘴！"

八点零七分，帮取件人扫了最后一个快递，陈猎雪摘下袖套，跟老板说："张叔，那我就先回去了。"

"唉唉，赶紧回去吧。"老板还在弄要送走的寄件大包，头也没抬地嚷嚷，"这两天要降温啊！多穿点儿。"

"唉，走了张叔。"

从快递站回租房有十分钟的脚程，途中经过"7-11"，他进去买了两个紫菜包饭、一瓶酸奶，算是晚饭。

平时差不多这个点他就会给陈庭森打电话，随便说些什么，汇报一下今天的动向。陈庭森的态度始终不冷不热，陈猎雪觉得他对自己做了什么其实没多少兴趣，每天一个电话的意义估计在于确认他没有横死在外面。

今天陈庭森上夜班，这个点正开始忙，一般在十点以后打过去比较合适。

他冲了个澡，温习了下今天的专业课，就着那些念起来嗡嗡隆隆的德语例句把紫菜包饭吃下去，然后从他们老师推荐的德语影单里挑了一个，抱着笔记本上床看。

手机响起来的时候他睡着了，被吓了个激灵，心脏怦怦乱跳，见是陈庭森的电话，才发现竟然快十一点儿了。

"喂？爸爸。"

陈庭森听见他声音里的睡意，放下心来，问："睡了？"

"嗯，看着电影不知道怎么眯过去了。"

陈猎雪坐起来，电影早就放完了，电脑显示着电量不足，他摁下扩音，吧嗒吧嗒下床去给电脑接充电线。

"那个兼职还在做？"陈庭森的声音本就低沉，这样被外放出来，扩散到出租房的每个角落，又被墙壁弹回来，听在陈猎雪耳朵里有些立体环绕的效果，好像他就在身边。

"做呢，不累。老板人挺好的。"他想起老板的叮嘱，便顺口关心陈庭森，"爸爸，入秋了，降温别感冒。"

"你呢？"陈庭森反问。

"我很好，没生病。"

平常说完这些就该挂了，陈猎雪想回床上把手机拿起来。就在这时，门外却传来一阵乒乒嘈杂的响动，杨乐扯着嗓子狂拍门："雪子睡了没？快给哥开门！"

"你什么时候……"陈庭森正要说什么，听见声音，他问道，"什么人？"

"啊，我同学。"陈猎雪慌忙往拖鞋上踩，把扩音摁回听筒，"好像挺急的，爸爸我先去开门，你夜班记得休息，明天我再给你打电话。"他急急地说完，挂了电话把手机扔在床上。

拍门的阵仗已经从一个人变成三个人了，活像有鬼在撵，陈猎雪被催得心慌，生怕邻居不满，只套了一只鞋就颠儿颠儿地去开门，刚拧开门锁，外面的杨乐三人就冲进来，急赤白脸地往卫生间挤，伴随着短促的拉链声，三股水流稀里哗啦地击打在马桶壁上。

老二还在嚷嚷："再铁的弟兄也不能拦着我撒尿，老三你再挤我弄死……喂！你尿我手上了！哎哎哎，你别抖了！"

陈猎雪光着一只脚站在门外，又气又无奈，还忍不住地想笑。

"你们不是去欢乐谷了吗？怎么都攒一肚子尿回来了？"

"别提了。"杨乐先解决完，不忍直视地从卫生间出来，留老二和老三在里面唾液横飞地厮打，"我都不知道怎么能有那么多人，平时在学校也见不着，什么项目都要排队，他俩一点儿耐心都没有，这个也排不动那个也排不动，连厕所也排不来，一晚上啥没玩上，

赶紧夹着尾巴回来了。"

老二疯狂洗手，还仰着脖子插一嘴："司机也可虎了，跟他说快一点儿，一路跟飞似的，那颠得，就差直接在他车里解决了。憋到学校都不行，赶紧让他路口停车，来你这儿救命了。"

"你俩把人家厕所给收拾干净啊！"杨乐回头吼，自觉地去卧室门后拿席子往客厅地上铺。

陈猎雪收留他们没负担，三个人都特别能凑合，一张大席三条毛巾就能睡得香甜。只是十一月的天确实凉了，凉席绝对架不住，他想了想，从衣柜里抱出陈庭森买给他的冬被，跟杨乐说："你们在席子上铺一层吧。新的，但是没晒过，可能有点儿味儿。"

"没事。"杨乐接过来，利落地展开抖了抖，感慨，"雪子真贴心。"

老二使劲抽鼻子闻自己的手，骂骂咧咧地过来往铺好的被子上一歪，说："可不，我在这儿打地铺都比在学校睡那破床舒服。哎，有点儿饿了。"他坐起来问："你这儿还有吃的没？"

陈猎雪又翻被子又找毛毯，被电话吵醒的困乏又涌上来了。他抬手往冰箱一指："可能还有点儿面包，自己翻吧。我困了，明早第一节有课，你们别闹太晚。"

"得嘞！"

老三听见了，在厕所里提出他的诉求："我想吃火锅啊！咱打个火锅吧？雪子这儿多合适啊！"

"打你大爷！刷你的尿！"

陈猎雪回卧室关上房门，想起刚才老二那满手尿，又笑了起来。

老三这口火锅一惦记就惦记了一个月。

他是南方人，在南方的家里时不时打个火锅汤锅，一家人把火锅当饭吃是很自然的事。来了学校没条件，天热的时候也不想着那一口，但第一股秋风一刮，天气一天比一天冷，他就一天比一天想吃火锅。

去店里吃还不行。"不是自家人一起围着炉子的滋味儿。"他说。

老大、老二嫌麻烦，一听他提这个要求就驳回，老二还嫌他怎么跟个女孩儿似的，满脑子汤汤水水。

陈猎雪倒是不怎么嫌，当老三第四次提出想打火锅，他在漏风的教室里裹裹围巾，说："那就去我那儿做个火锅吃吧，暖和，也热闹。"

老三的眼睛倏地亮了，问："啥时候？今儿晚上？"

"今天不行。"陈猎雪看看日期，"明天吧，明天圣诞，张叔说给我放一天假。"

第二天晚上，四人一起去超市买了一堆瓜果肉菜，老二还抱了两件"哈啤"，热热闹闹地去陈猎雪的出租屋里架起了锅。杨乐给每个人分配好了工作：老三喊得最欢，洗菜、切菜都归他，他自己和老二负责餐后的刷锅洗碗收拾厨房，陈猎雪等着吃就行。

说得挺好，折腾了半天坐下来一开吃，除了陈猎雪，一个两个都喝开了。老三一杯倒，老二看着能喝，结果两罐啤酒下肚就晕得跟鸭子一样，拍着杨乐的肩豪情万丈："老大！以后……你就是我亲孙子！嗝！"

陈猎雪笑得肚子疼。杨乐忍无可忍地把他踹倒："我去你的吧！"

一顿饭吃到半夜，四个人歇了俩。陈猎雪看着一桌子杯盘狼藉也不想收，起身去阳台开窗子通风。

杨乐拿了罐啤酒到他身边坐下，看他神情有些怅然，问他："想家了吧？"

陈猎雪摇摇头："想起以前一个大哥了。"

"你家还有哥哥呢？"

"不是亲的。"陈猎雪说，想了想，改口，"也算亲的。他也喜欢在家里煮火锅。他喜欢热闹，喜欢大家都团圆在一起。"

杨乐心说这不还是想家了，随口道："他干吗的？已经工作了？"

"走了。"陈猎雪看着头顶的月亮，今天的月亮特别亮，一年的沉淀让他能平静地说出这句话，"不在了。"

"啊？"杨乐的脑子被啤酒泡得有点儿混沌，反应了一下，明白这句"不在了"是什么意思，他拍了拍陈猎雪的肩膀，"没事儿，以后我们仨就是你大哥。"

　　陈猎雪看向他，心底泛起阵柔软。纵康在他心中的位置绝对无人可以替代，但他知道杨乐的关心是真诚的。他想起半年前关崇说过的话："如果可以的话，我希望你能把我当成一个倾诉的对象，这样在你遇到下一个小伙伴以前，至少在你想找人说说话、帮你拿主意的时候，身边不会空荡荡的。"他没有交过几个朋友，杨乐他们的出现对他而言应该能算得上"下一个小伙伴"。这样一想，好像他的身边在适当的时机总能出现温暖的人，这实在是他的幸运。

　　于是他微微地笑起来，也拍拍杨乐的肩膀："行啦，老大，你眼皮都打磕碰了，也去睡吧。这摊子明天再收。"

　　杨乐"嗯"一声，起身往沙发上一扎，嘟囔："我可不跟那俩孙子一块儿睡，半夜再吐我一身。"

　　转天早上，快递站的张叔打了个电话来，挺不好意思地问陈猎雪方不方便去帮个忙，元旦多给他休息一天。自己有点儿急事要出门，这几天"双十二"大促销引起的快递大爆发还没结束，人手倒不过来。

　　陈猎雪左右没课，也睡醒了，便答应下来。

　　客厅里三位还睡着，他潦草地收拾了两袋垃圾带出去，临出门前，他看了一眼窝在沙发上的杨乐。房东留下的沙发并不宽敞，杨乐挺大的个子，睡得缩手缩脚，毯子还滑下去半截在地上。他犹豫一下，还是过去把杨乐拍起来，让他去床上睡会儿。

　　"嗯？"杨乐迷迷瞪瞪的，起身抱着毯子去卧室，"你干什么去？"

　　"去快递站帮半天忙。"陈猎雪竖起食指让他小点儿声，嫌弃地踢开脚边的鞋，"别把这俩吵醒了，一身酒臭，再往我床上爬。"

　　"放心吧，"杨乐把卧室门掩上，哈欠连天地保证，"等你回来屋里绝对利利索索。"

　　陈猎雪出门了，杨乐本来倒头就想继续睡，但想想陈猎雪很爱干净，就贴心地把裤子和秋衣都扒了，只穿一条裤衩钻进被窝里。

　　床到底是床，沙发根本没法比，他这一觉睡了个昏天黑地。

　　之所以睁开眼，是老二、老三在他耳边没完没了地嗡嗡，"杨乐杨乐"喊个没完，还又掐鼻子又拍脸。杨乐觉得自己半个小时都没睡到，烦不胜烦地掀被子坐起来，不耐烦地骂："有病啊你俩？"

老二、老三反倒不出声了，冲他一通挤眉弄眼。

杨乐眯着眼睛往门口看，这才发现屋里多了个人，一个面色不好的中年男人。

他见过，是陈猎雪他爸。

"我去。"

他一下子清醒了，手忙脚乱地往头上套毛衣，蹬起裤子就往床下蹦，还踩到了裤脚，摇摇晃晃地边系腰带边跟陈庭森打招呼："叔叔你来了，我……陈猎雪出去了，我们昨儿一块吃火锅来着，喝得有点儿多……"

陈庭森脸色彻底地黑了下去。

杨乐拉着裤子尴尬得想死。就在这时，屋外传来钥匙开门的声音，陈猎雪带着四人份的午饭推门进来，随口说着："感觉快下雪了。"他抬眼跟陈庭森对上视线，手心一个不稳，一袋子盒饭啪地摔在地上。

"爸……"他简直不知是惊喜还是惊吓，说话都磕巴了，"爸爸，你怎么来了？"

陈庭森满脸怒气。

杨乐三人屁滚尿流地跑了。

他们仨只当陈庭森脾气坏，有洁癖。毕竟四个大男生，又是大学生，一起吃个饭、喝点儿酒，通个宵、借个宿，实在没什么好生气的。

陈猎雪则习惯性地往心脏上想。他手忙脚乱去收拾那些酒罐，跟陈庭森解释："这些我都没喝，这都是他们仨喝出来的，火锅也不辛辣刺激，我涮着白水吃……"

见陈庭森直直站在卧室前盯着他不说话，他忙道："爸爸你坐。"回头一看，沙发上还堆着老二匆忙拾起来的厚被和席子。

"他们……"陈猎雪挠挠脸，自己的朋友被家长看到最邋遢的一面，让他有点儿窘迫，"平时不这样……"

"平时怎么样？"

陈庭森终于接腔了，声音冷冷的。

"平时也天天来你这儿胡闹？"

"没有。"陈猎雪解释，"昨天圣诞节，就一起吃个饭。"

说到这儿，他恍然回过神来，问陈庭森："爸爸，你今天不是白班吗？怎么……怎么突然来了？"

陈庭森面容肃然，仍不回答这个问题，又问："那天夜里敲门的也是他们？"

他指的是万圣节。陈猎雪"啊"了一声，承认："是。那天他们出去玩，寝室关门了，就来我这儿凑合一宿。"

陈庭森一脸烦躁，屋里屋外地走了几步，陈猎雪的目光跟着他乱转。虽然他也不是太能理解朋友来吃饭借宿怎么能让陈庭森如此不高兴，但乍见的惊诧消退以后，他还是忍不住觉得幸福与温暖。

明明只是三个月没见而已，之前在关崇家备考时也分开了整整三个月，感觉却截然不同——远距离分别带来的思念与情感寄托，不是在同一个城市可比的。

这份温情一直维持到陈庭森来到他床边。

陈庭森看着床上凌乱的被褥，眉头狠狠地拧起来："他们真的是你的朋友？"

陈猎雪愣在原地。

陈庭森烦躁地捋起袖子，弯腰唰地抽出了床单，往地上一扔，挥着两条手臂大开大合地拆了他的被罩。

三下五除二，动作麻利得很。

"你应该和好孩子交朋友，不要跟喝酒、夜不归宿的人搅在一起！"拆完，他像甩一团脏东西，把被罩跟地上的床单扔到一块儿，抬脚踢到陈猎雪跟前。

陈猎雪用脚尖碰了碰地上的床单，掀起眼帘看看陈庭森，又垂下头继续看床单。

"爸爸，"他勾着那团布料在脚上磨蹭，说道，"我一直都想用陈猎雪这个独立的身份和你相处。如今，我长大了，我上了大学，我得有我自己的同学、朋友和交际圈。但是在您看来，我的生活影响了这颗心脏，是吗？"

他已接受了陈庭森永远不能接受他的事实，所以他只是在没有情绪地陈述着事实。

可事实仍然难以让人接受，看陈庭森又僵硬起来的表情就知道。

陈猎雪弯腰把床单被罩抱起来，他认真地说："杨乐是我的同学，本来该住一个寝室，所以关系好些。这床单前天新换的，现在得再洗一遍了。"

他转身要去卫生间，听到陈庭森在身后喊了他一声。

"嗯？"陈猎雪回过头。

"没什么。"

陈庭森肯定还有话想说，但估计也觉得在这个问题上说不出什么所以然，另起了个话头："把床单泡上，去吃饭。"

这一趟过来，陈庭森依然只待了半天，中午到，晚上走。

晚上七点，陈庭森准备动身去机场，陈猎雪跟在他身后，自说自话地也钻进后排，陈庭森让他回去，他不回，说时间还早，要送一送他。

这里的司机爱闲聊，从后视镜看着这对父子，笑呵呵地踩下油门："孩子要送就让他送送嘛。是要去出差？过两天元旦了，还出差啊？"

陈庭森"嗯"了一声，没有聊天的兴致，转头看向窗外。

机场距离他们学校有段距离，前二十分钟车厢内鸦雀无声，驶上高架后，风卷着雪敲打在玻璃上，陈猎雪把脸贴上去看，有些惊讶："爸爸，下雪了。"

司机抓住一个说话的机会，立马侃侃道："没事儿，刮刮盐粒子。"

陈猎雪问："会影响飞机吗？"

"不打紧。"司机往天上看看，口吻很有经验，"一会儿就停了。"

分别总是让人难受。车停在航站楼入口，陈庭森独自下了车，让司机再把陈猎雪带回去。陈猎雪摁下车窗跟他说话，让他注意休息，注意保暖，不要生病，顿了顿，又加一句："要是王阿姨再介绍，有合适的，爸爸你就直接考虑吧。"

陈庭森已经抬起脚要进去，闻言又旋过身来望着陈猎雪。他叹了口气，说道："好。我知道了，我需要点儿时间。"

缠

终幕

尾声

不只陈庭森需要时间，陈猎雪也需要。

回去的路上他全程精神恍惚，司机想与他说点儿什么，他一概听不见。

杨乐发消息来刺探情报，得知陈庭森已经走了，立马打电话过来，喊陈猎雪去跟他们一起吃饭。

陈猎雪不饿，来回坐了一个多钟头的车也有点儿累，但他不想闲着，他必须让自己做些其他事转移注意力。

杨乐他们在吃酸菜鱼，还在为早上的事嘀嘀咕咕，见了陈猎雪就问他挨没挨揍。

陈猎雪一脸奇怪："挨什么揍？""挨你爸的揍啊！"他们异口同声。

"你没看见你爸早上进来时的情形，那脸黑的……"老二补充，冲杨乐撇嘴，"给我们杨哥吓得裤子都没提利落就跑了。"

老三叼着一块鱼肉咯咯地笑："不过叔叔是干吗的？那气质跟眼神儿，警察？"

他俩受到的伤害加在一起也比不上杨乐的心理阴影大，杨乐尴尬地咳了一声，放下筷子跟陈猎雪道歉："不好意思啊，搞得你爸来看你都不愉快。我真是睡迷糊了没醒过来……"

陈猎雪摇摇头道没事，换了个话题。

吃完饭，他们又一块儿看了个电影，电影后半截老二来了个电

/211

话，出去接完再回来电影正好结束，他遗憾地直摇头。陈猎雪跟他说完结局，杨乐问他："什么电话接到现在？"

"啊，我妈。"老二摸了一把自己冒着青茬的头皮，"小老太太想儿子了，问我啥前儿（什么时候）放假。"

"咱们几号放假来着？"老三问杨乐。

"一月十二号。"

"还挺快，说说笑笑一个学期就过去了。"老二把手机往兜里一揣，突然道，"哎，我说，一块儿去我那儿玩吧？"

"你家？东北啊？"老三畏惧地摇头，"冷死了，不去。"

"你是不是傻？供暖白供的？再不行给你烧个炕，熥死你。"老二来了兴致，真的盘算起来，"反正二月才过年，你们回家也没事儿干，一起去呗，就当旅游了，让你们这些可怜的南方人感受一下东北暖气的迷人魅力。"

杨乐想了想，说："也不是不行。"

三人的目光汇聚在陈猎雪身上。

陈猎雪愣了一会儿，点点头："好。"

陈猎雪没告诉陈庭森他要去东北，考完最后一门课，陈庭森给他打电话，问他什么时候放假，他坐在收拾了一半的行李箱上内心挣扎，撒谎道："下星期。"

陈庭森半天没有说话。陈猎雪并不知道他正在浏览他们学校的官网，网页上白底黑字地写着假期从明天开始。他匆匆跟陈庭森告别，结束了通话。

这半个月来都是这样，他依然同先前一样，每天给陈庭森打个电话，电话那头的声音也一如往常。每次二人说话间稍有停顿时，他就赶紧找个理由把电话挂掉。

跟同龄人一起出门玩，与跟大人们一起的感受截然不同。

他们买了同一个航班的机票，陈猎雪跟着杨乐学会了登机的流程，在候机大厅看见外面停着的大飞机让他很开心。上机前，杨乐猛地想起他换过心，紧张起来，问："你能坐飞机吗？"

陈猎雪觉得自己没问题，他在网上查过，只要术后恢复得好，他可以像平常人一样乘机。他说："可以。"

"我也觉得可以。"老二搂过陈猎雪的肩，一派不知天高地厚的口吻，"再说了，干什么没危险，想要什么事都不出，就意味着什么都不能做，美好的青春才刚开始就这不敢那不敢，那可不行。"

年轻总是有莽撞的资本，杨乐他们压根儿不清楚拥有健康的心脏是多么幸福的事，也不知道生命对有些人而言多么脆弱。陈猎雪是知道的，但这一刻他不想知道，他觉得老二说得对，他从出生就在谨慎，他也想肆意妄为一把。

如果发生了意外，那就是他的命数。

他仔细听着空姐介绍安全须知，等舱门关闭，飞机开始滑行，起飞，上升，一阵颠簸后，飞机平稳飞行，陈猎雪收回看向窗外的视线，才发现另外三人全都紧张兮兮地盯着自己。

他笑起来："你们干什么？"

杨乐："你没事？"

老二："没觉得胸口憋闷吧？"

老三："心跳加速了没？"

他摸摸胸口，摇头："没事。"

人生的第二十个年头，陈猎雪第一次顺从自己的心意放纵自己，飞向高高的天空。

陈庭森在台历上画了个圈，标出陈猎雪口中回家的日子。

知道陈猎雪骗他后，他先在心里骂了一句"杨大夫这个乌鸦嘴"，然后开始想，陈猎雪放假了却不回家，是要去做什么。

他想来想去，最大的可能是为了继续兼职。这个猜测让他心里不是滋味，因为自己好像不被需要了。他叠腿坐在转椅上思考，交叉相扣的十指缓慢地摩挲着。

虽然不太想承认，也不是没有这个可能。

陈庭森叹了一口气，如果在之前，他会要求陈猎雪立刻回家，不需要思考任何有的没的。然而现在他得开始习惯，陈猎雪是个独

立的人，有自己的想法和安排，不能再像以前一样，现在他能做的只有等陈猎雪安全回家。

陈猎雪不知道陈庭森正一个人在家胡乱琢磨，他头一次真正意义上外出游玩，开心之余，他打定主意做一只把脑袋埋在沙子里的鸵鸟，每天给陈庭森打电话的时候只报平安，不聊其他，报完就挂电话。

老二的热情好客终于有机会展示出来，把他们七天的行程安排得满满当当一今天去洗脚，明天看冰雕，还要带他们去逛伪满皇宫。老三在零下二十度的天气里口齿不清，严重依赖让人可以在室内穿短袖的东北暖气，拒绝出门："伪满皇宫的皇位给我坐吗？除非给我坐，让我体验体验'奉天承运皇帝，诏曰'的快感，否则我是不会离开屋子的。"

老二笑道："那可不行。"

杨乐一脸无语："我真是受够了，'奉天承运皇帝，诏曰'不是太监念的词儿？"

陈猎雪跟他们一起笑倒在沙发上。

七天的旅游结束，他们来到机场各自回家。陈庭森给陈猎雪发消息，问他是几点的动车。陈猎雪回复说自己回家就行。陈庭森固执地问他时间，陈猎雪怕他去火车站守了个空，只能避无可避地说了实话："我坐飞机回去。"

半分钟，陈庭森的电话拨了过来，陈猎雪接起来就听见他严肃地说："不是不让你飞，我说了，坐飞机对你有一定的危险。"

陈猎雪安抚他："不会有事的。"

"你怎么知道？"

"我坐过了。"他一咬牙说了实话，电话那头没了声音。

陈猎雪提心吊胆地等陈庭森训斥他，或者生气地挂掉电话，结果陈庭森那头无声良久，最后却传出一声似叹似笑的鼻息，语气中颇有无奈与妥协的成分："你真是……算了，坐吧。"

他要了陈猎雪的航班号和落地时间，叮嘱他注意安全，没再说别的。陈猎雪攥着手机回不过神，惴惴不安地想：爸爸同意了？

陈庭森叫了保洁来，给家里做了个彻底的大扫除，亲手给陈猎雪的床换上了厚实柔软的被褥。出门前，他把坐在炉子上慢炖的汤关了火，才出发去了机场。

陈猎雪等行李时接到陈庭森的电话，说让他去 6 号出口，他在外面等他。陈猎雪拖着箱子出去，刚在路边张望，一辆熟悉的车就驶过来停在眼前，随即陈庭森从驾驶座上下来，拎过他的箱子放进后备箱。

陈庭森处理完行李再抬头，见陈猎雪还在路边，便过来顺手拉开了副驾驶位的车门，问他："看什么？"不等他说话，又赶人："赶紧上去。"

出了收费站，面前便是长长的快速路，两人都没说话，只听见陈猎雪的手机叮叮当当响个不停。老二在寝室群里一个个圈人问到哪儿了，陈猎雪手指飞快地回复消息。

陈猎雪乖乖坐在车里玩手机，陈庭森的心情好了很多。他也不知该说什么，这种感觉很奇怪，如果是陈竹雪的话，他好像不用绞尽脑汁想要怎么跟他开口。

陈庭森扭转方向盘进入弯道，仪表盘发出嗒嗒声，他问："出去玩了？"

陈猎雪忙把手机收起来，点点头："嗯。"

"跟同学？"

"嗯。"陈猎雪说，"上次你来见过他们。"

"嗯。"陈庭森简单回应了一声，两个人又陷入了沉默。

过了好一会儿，陈庭森终于目视前方，开口说："上次在机场跟你说的话，还记得吗？"

陈猎雪"嗯"了一声。

"我……"陈庭森刚要继续，一辆跑车呼啸着超越他们，他蹙起眉道，"我单身惯了，不打算再成家了。"

车外是寒冬呼啸的风声，车里是沉默到极致的安静。

回家的后半截路上，他们谁都没有继续说话。

陈猎雪坐在副驾驶位上发怔，他不记得那天自己是怎么回到的家。陈庭森在车库里踩下刹车，陈猎雪推车门下去，拎起行李箱率先上楼，结果到了门口才想起钥匙放在行李箱里，他犹豫着要不要开箱子拿。电梯叮一声，陈庭森上来了。

陈庭森拿着钥匙打开门，陈猎雪攥着行李箱把手，五指攥得发紧，门一拉开，温暖的气息与鸡汤的醇香扑面而来，但他拽着箱子就闷头进去，急匆匆地换鞋，迫切地想回到自己房间。

"站住。"

厚重的家门合上，发出嘭的声响。

陈庭森开口叫他，陈猎雪顿住脚步。

陈庭森换好拖鞋，边脱大衣边向他走。

家里很整洁，是刚刚打扫过的那种整洁，每个角落都一尘不染。午后的阳光从窗外照射进来，给人一种温暖的感觉。

陈庭森抬起手，拍拍陈猎雪的肩。他的声音沉下来："爸爸希望，我们永远都是一家人。"说完便走进厨房准备晚饭。

陈猎雪呆在原地，看着陈庭森把搅拌好的蛋液倒进平底锅里，只反复在心里想一句话：愿望成真了，他终于有了属于自己的家。

陈庭森打量他两眼，关上火，执起平底锅往外走："去洗脸。"

陈猎雪摸着额头笑了笑，快速闪进卫生间。

两人的关系逐渐缓和。

一到年底，医院很忙，加班是时常的事。陈庭森与陈猎雪的作息同先前一样难以完全同步，但如果是夜班，陈庭森就从外面买好早饭带回来，在厨房里煨上再回房休息，陈猎雪不管几点睡醒都能吃到热饭热汤。

除此之外，冰箱里还总是会出现一些小零食。

陈猎雪扒拉出一盒椰蓉蛋糕。蛋糕很精致，装蛋糕的纸袋被陈庭森随手卷了卷扔在垃圾桶里，他捡出来展开来看，跟前两天的半熟芝士来自同一家店，那两盒芝士还没吃完，与夏天那一大袋巧克力挨在一起。

陈庭森今天睡了很久，头天晚上他做了一台大手术，早上九点才回家。直到傍晚五点，他在昏暗的房间中醒来，看见窗外灰蒙蒙的，下起了雪，门缝处透进客厅温暖的灯光，一些细碎的声响也模模糊糊地钻进来，是电视的动静。他冲了个解乏的热水澡推门出去，见陈猎雪抱着一只大碗站在电视前边看边搅拌，听见动静，回头对他笑："爸爸，醒了？"

陈庭森点点头，问："你的生日到了，想要什么？"

从陈庭森口中听到"你的生日"很陌生，陈猎雪想到了纵康，以及去年那顿一热再热的火锅。他决定放弃的时候已经做好了再不过生日的准备，让过去全都随着纵康埋进地下，结果陈庭森又一次提起，听这问话，还有想把过去没能给他的关心，全都补回来的意思。但不可忽视的一个问题是，陈庭森给他安排的生日，也是陈竹雪的忌日。

他犹豫着张了张嘴，还是主动说："竹雪……"

"他是他，你是你。"陈庭森打断他，语气和缓，"以后，你就是你自己。"

陈猎雪听到这些话，心窝里荡漾起酸软的释然。

腊月二十九晚上，陈猎雪跟陈庭森一起去买年货，回家后，他整理出单独的一份装进背包里，陈庭森看了一眼，包里除了吃的还有两本书。他心中了然，问道："去看纵康？"

"嗯。去陪陪他。"陈猎雪收拾好包，进厨房翻翻捡捡的，想帮忙。

陈庭森随手了他一个土豆，让他在一旁削皮，问："后天？"

"明天吧，"陈猎雪说，"明天过年，纵康哥喜欢过年。"

"上午还是下午？"年三十陈庭森只用上半天班。

"上午。看完纵康哥我想再去一趟救助站，下午回家包饺子。"

"我送你过去。"

"不用。又不顺路，来回挺远的，你送我过去再去医院太麻烦了。"

锅里的菜咕咕嘟嘟冒着热气，陈庭森侧头看他，想说什么却没开口，只交代："一个人注意安全。"

陈猎雪笑笑："好。"

去墓园有专门的大巴，第二天，陈猎雪将要带的东西一一过了遍，确定没有遗漏，让陈庭森送他去车站。临下车前，陈庭森又嘱咐他，注意安全，控制情绪，有什么事要第一时间给他打电话。

陈猎雪一只脚已经迈了出去，闻言回道："能有什么事？不会有事的，放心吧！"

陈庭森皱着眉头，目送陈猎雪的背影消失在站内，嘴角无奈地扬了扬。

春节期间出行的人很少，去墓园的人除了陈猎雪竟还有一个。陈猎雪坐在后排，望着斜前方另一人的侧影。那是个中年女人，挎着一只过了时的手袋，默然地坐着。大巴里很安静，他的思维就在安静中随意地发散，心想不知道这个女人是要去看谁，可能是父母，可能是孩子，也可能是她的丈夫；又想，如果在街上与她擦肩走过，谁能想到她在这阖家欢乐的日子里出行，是为了前往墓园呢？

每天与他擦肩而过的人那么多，也没人会想他经历了什么样的故事。

陈庭森步履匆匆，在病人眼中他是救死扶伤的"白大褂"，脱下白大褂，他就是一个普通人。

生活像一个取景框，随手卡上任何一个角落、任何一个人，都会记录一段独一无二的故事。

在陈猎雪的世界里，纵康就像一颗独一无二的星星，永远都亮着，他如同陈竹雪一般，以另一种方式存在他的身体里。

不知道将来他先走了，陈庭森会不会也像这个女人一样，孤零零地来看看他。

至于现在，现在的生活很好，他很享受。谁知道这颗心还能跳几年，活一天赚一天，他还有很多想学的东西、想做的事，他还要替纵康和陈竹雪多看看这个世界。

胡思乱想中，大巴到达目的地，下车时，陈猎雪望着那女人孤独的背影想："希望你跟我一样，陪故人过完春节，也有家人在等你辞旧迎新。"

纵康的墓上积了一点儿雪，陈猎雪帮他扫干净，将包好的年货放上去，其中有一大瓶罐头。

"就这个罐头最重，压得书包可沉了。"他把两本书抽出来，盘腿在包上坐下，望着纵康的照片笑眯眯道，"纵康哥，我来看你了。"

书是大学的基础教材，他买下两本全新的给纵康看。那天上午他坐了很久，说了很多话。

他告诉纵康几百公里外另一个城市的风貌，他体验了动车与飞机，大学校园生活丰富、自由，他认识了很多新同学，交到了很活泼的新朋友，他第一次跟同龄人一起去外地旅游，东北的雪像电视里的一样厚，暖气暖和到不可思议。

"我们前两天还商量着，等开春暖和起来，再一起去南方玩，到时候我拍照片给你看。

"我现在身体不错，跟我爸关系很好，你别担心。

"江阿姨生了个女儿，叫甜甜，关叔叔乐坏了。小丫头刚生出来可小了，明天我去她家拜年，看看有没有长大。

"纵康哥，你跟宋琪妈妈团聚了吗？她在那边没病没灾了，肯定就能记得你了。

"对了，宋琪来看过你没有？"

墓园里很安静，不知从哪棵树上传来两声清脆的鸟叫。

"等我见到他，一定帮你好好骂他。我等会儿还要去一趟大院，把我攒的钱给他们送去，从这儿过去坐车挺久的，我得走了，下次再来看你。"

他起身收拾好书包，跟纵康告别："新年好，纵康哥。"

距离救助站还剩一半车程的时候，陈庭森打了个电话过来，问他在哪儿。

"从纵康哥那儿回来了，现在正去救助站。怎么了爸爸？"

"先回家吧，"陈庭森道，"等过了年我带你去。"

"没事，再过二十分钟我就到了。"陈猎雪看看时间，说。

他今天出门时，陈庭森特别不放心，陈猎雪隐隐约约猜到了原因，去年他就是在今天出的事，陈庭森嘴上没说，恐怕是心有余悸，只想让他好好待着，过了这个年关。

目的地眼见着就到了，这时候回去实在是没有必要，他便答应陈庭森，把钱送过去就回家，不会久留，让陈庭森放心。

后来，陈猎雪回想此刻做下的决定，没法不慨叹一句冥冥之中自有天意。

救助站的前身是一所规模很小的私立学校，挤在两个建筑之间，门前是条缓坡路，他上坡上到一半，见两个人从门卫处出来，其中一个他很熟，是救助站的接待员赵阿姨，另一人是个青年，戴了顶黑色的棒球帽，帽檐压得很低，让人看不清脸。

赵阿姨远远瞧见陈猎雪上来，惊喜地"哎哟"一声。"棒球帽"抬头看过来，肩膀一缩，把下巴往毛衣里埋，也没管赵阿姨说什么，转身就走。

"哎——！你看这孩子……"赵阿姨也跟着走了两步，刚好迎到陈猎雪跟前，小声说着，"每回来都这样，也不说是谁，是哪个单位的，塞了钱就跑……"她手里拿着个信封，不看也知道里面是钱。

陈猎雪打见了"棒球帽"就直盯着他看，越看越觉得熟悉。

"宋琪？"

不叫还好，一叫，那人便拔足狂奔。

陈猎雪顾不得其他，忙追了上去，赵阿姨吓了一跳："跑什么！你不能跑啊！"

谁也没听她的，疑似宋琪的人跑得飞快，像脱缰的野马，陈猎雪追着他没跑多远就停下来喘气，眼见前面的人就要追丢，他扬起胳膊把手机砸了过去："你给我站那儿！"

有几个路人看了过来，狂奔的人似乎有片刻迟疑，但仍不打算停下脚步。

"我跑不动了，你想让我也躺这儿？！"

那人猛地刹住了脚，转身望向陈猎雪，肩膀也因为急促的呼吸剧烈地抖动着。

陈猎雪抹了一把脸，大步走过去。

　　宋琪也往前走了几步，他捡起陈猎雪的手机，屏幕已经四分五裂，碎成蜘蛛网状，再抬头，陈猎雪就站到了跟前。

　　宋琪的嘴唇抖了抖："你……"

　　不等他说完话，一只拳头先捣上了他的脸。

　　陈猎雪喘着气瞪他，宋琪好一会儿才把脸转过来，他的嘴唇被牙齿刮破了皮。他咽下带血的口水，不再跟陈猎雪对视，递手机的手指在发抖，他用很轻的声音问："你没事吧？"

　　陈猎雪没理他，夺过手机摁了摁，内屏花了，什么都显示不出来。他抬手拦下一辆出租车，拽开车门让宋琪上去。

　　"去哪儿？"

　　陈猎雪的眼睛里淌火："你说呢？"

　　答案他们二人都知道。宋琪在车门前站着没动，司机不耐烦地问他们还坐不坐。陈猎雪没催他，只说："宋琪，你要是一点儿良心都没有，你就走。"

　　宋琪的五指紧紧地攥在了一起，他弯腰钻进车厢。

　　出租车开得飞快，年三十接了个跑墓园的活儿，司机心里晦气，要了个高价，嘴上不知嘀咕着什么。如果在以前，宋琪一定会跟他吵起来，但现在他没说话。

　　宋琪变了。

　　陈猎雪打量着他，不只是外形上变了，这具壳子里也完全换了一个人，过去不知天高地厚的张扬全都没了，他安静得像块石碑。

　　也确实该变。他想，发生过那样的事，又断联了整整一年，若还是跟以前一样没心没肺，那么他连去纵康墓前的资格都没有。

　　"你干什么去了？"好一会儿，他觉得自己能冷静下来说话后，终于问出这个压在心头一年的问题。

　　宋琪也一直在等这句话。他其实还没做好再见陈猎雪的准备，尤其是今天。但有些事永远由不得人，就像去年的分别和今天的重逢。他知道自己不可能一辈子躲着陈猎雪，这一年来他没有一天过

得轻松，乍见时的慌张与沉默时的无力都让他惘然，他觉得自己就是个奔逃的罪犯，极尽所能去躲避审问，却在审问终于到来的时候吐出一口憋了太久的气。

"打工。"他回答。

"为什么退学？"

宋琪不敢看陈猎雪，说："没心情再上学了，而且我也不是读书的材料。"

陈猎雪凉凉地看他："那你是打工的材料？"不等他说话，他继续问："去救助站干什么？"

这个问题再一次让宋琪沉默起来，他深深地埋着头，半晌才沉闷地吐出两个字："赎罪。"

陈猎雪大概知道他的意思，但亲耳听到这么严重的词，他心里还是不禁一酸。

"到不了这个地步。"

宋琪的嘴唇抿成了一条线，像在极力压抑什么，帽檐遮住了他的眼，陈猎雪看不见他的眼睛，刚要继续说话，司机把车停下来，古怪地看着他们："前面拐个弯就到了，几百米，你们就在这儿下吧。"

墓园、退学、赎罪，司机不知将这些关键词串联成什么样的故事，原先说好的高价也没要，规规矩矩地收了打表价。

陈猎雪与宋琪下了车，一前一后地走在路上。

"你现在住哪儿？"

"厂里。"

"在什么厂打工？"

"修车厂。"

陈猎雪回头看了他一眼。

"一个月多少钱？"

"学徒八百，成工两千二。"

"你想以后就靠这个吃饭？"

"当上成工以后，我就能白天干活儿，晚上多打一份工。"顿了顿，宋琪的声音弱下去，"我想……先学会技术，以后盘个自己的店。"

墓园登记处到了，陈猎雪停下来，皱着眉毛望他。"你没必要这样。"

门卫看看这个一天内来了两次的青年，递上登记表。陈猎雪填完，领着宋琪往里走，接上刚才没说完的话："这是纵康哥想做的事，他已经走了，我生你的气归生气，但这不是你的错，你没必要替他活，你也不是他。"

身后的脚步声停了下来，陈猎雪转身，对上一双泛红的眼睛。

"陈猎雪。"宋琪的声音嘶哑得好像嗓子被刀片划过一样，"我对不起他。"

他一股脑儿地诉说着自己的罪过。他告诉陈猎雪那天他是怎么不管不顾地将纵康推倒在地上，那两瓶石头一样重的米酒瓶子是怎么砸上他的心口，又是过了多久以后，在围观者的提醒下，他才发现纵康已经脸色发紫。

"我当时……我当时全都乱了，我就跟没脑子一样，我都不知道是怎么稀里糊涂到的医院，我脑子里一会儿是我妈一会儿是纵康……要是我再发现得早一点儿，可能他就不会死，但我当时……"他痛苦地闭上眼，泪水爬了满脸，"我当时……我不是人！他就在那儿躺着，我是个王八蛋……"

宋琪的五官因为低吼而狰狞。陈猎雪想象着当时的画面，宋琪说出的每一个字都是一根冰锥，从他的心口贯穿到后背。

陈猎雪继续朝纵康的墓走，路过一排排石碑，在纵康的墓碑前停下来。宋琪用了很大的勇气才敢站出来，站定的瞬间，他轻抽一口气，眼泪又扑簌簌地往下掉。

陈猎雪轻轻开口："宋琪，你知道那天下午，纵康哥对我说了什么话吗？他说他想再加把劲，租个更好的房子，把你和你妈妈接过去照顾。他真心实意地想跟你们一起好好生活。他说他有家了，说那是他最高兴的一个年。"

宋琪的喉间发出一声呜咽，他再撑不下去了，揪着自己的头发跪倒在冰冷的墓碑前，痛哭失声。

陈猎雪没有看他，他仍望着石碑上纵康的照片，照片上的人曾经温暖又真实。

"你那样其实没有错，当时阿姨也出事了，你真的很难，我不怪你，因为纵康哥不怪你，他走之前在梦里跟我说了。我不知道你信不信，但是我信。你在想什么，他全都知道，可他一点儿也不怪你。"

"我只是觉得你不配。宋琪，你不配。我替他不值。"

他平静地说。

"但是你也没欠他什么。"

那天宋琪哭了很久，出事以来，他第一次这样畅快淋漓地哭。陈猎雪陪他站了很久，也想了很多。临分别前，他对宋琪说："你可以选择你想做的事，在汽修厂打工也好，去救助站捐款也好，自力更生地做个尽可能善良的人是好事，但别再赎罪了，那不是纵康所希望的。还有，挣够钱再去捐款吧，先吃饱饭，没钱生不起病，也出不起意外。也许冥冥中真的'人各有命'，既然有命活着，就努努力，让自己活得好一点儿，也让离开的人放心。"

说完，他向宋琪伸出手："跟我回家过年？"

宋琪揉揉鼻子，拉着他的手从地上起来："不了，厂里有两个外地的工友没回家，我们一起吃饭。"

"也行。"陈猎雪点点头，"我换卡了，你把我的手机号记下来。"

他报了一串数字，宋琪掏出手机边记边说："你的手机等我过完年赔你。"

陈猎雪往他小腿踢了一脚："行了你，袜子上破个大洞我都看见了，装什么大尾巴狼。"

宋琪"嘶"地吸了口气，跳着躲："疼！麻着呢还！"跳着跳着，两个人都笑了。

出门的时候太阳刚露头没多久，折腾了一圈，太阳竟偏了西，空中也飘起了绒毛一样的雪。

陈猎雪跟宋琪告别。上车后，他靠着座椅疲惫地闭上眼，满脑子都是他对宋琪说的那句"人各有命"。

坚强乐观的人往往信奉"人定胜天"，很豪气，很壮阔。他、纵康，救助站里，乃至这世上许许多多生来就不那么幸运的人，却总是难以摆脱"被选择"的命运。现实非常残酷，他被陈庭森选中是幸运的，可若是换个角度，他的幸运也代表着另一个孩子永远地错过了这份幸运。

他们这样的人最明白敬畏生命、心怀感恩的意义，因为活着对他们而言，就是最大程度的"胜天"了。

陈庭森正在家里打电话，第四次无人接听后，他给关崇去电，确定陈猎雪也不在他那儿，便披上大衣匆匆出门。

关崇将电话又拨过来，很关心地问发生了什么，需不需要帮忙。陈庭森大概跟他讲了讲情况，两人正计划着如何去找，小区门外停下一辆出租车，陈庭森心生感应，驻足去看，车里的人一探头，他提了一天的心猛地放下，他对关崇温声说："没事，他回来了。"

挂掉电话，他头一次在外面发了脾气，大着嗓子喝了句："你干吗去了？！"

陈猎雪刚从师傅手里接过零钱，闻声吓了个激灵，一扭头，就看见站在一盏路灯下的陈庭森。

"你干吗去了？电话也不接！"陈庭森沉声问。

"爸爸……"陈猎雪答非所问，"活着真好。"

陈庭森顿了一秒："嗯。所以你要好好活着。"

陈庭森拉开浴室的门，听见陈猎雪正在打视频电话。电视里是热闹的歌舞，而他盘着腿坐在客厅的地毯上，沙发上放着的电脑正对着他的脸，屏幕里是另外三张年轻的面孔。

"真的吗？什么时候去？

"'五一'前后咱们是不是要考试？

"嗯？我用的电脑，听不清吗？现在呢？

"手机坏了，还没买新的。

"是啊，哈哈哈，没事，我抢不了红包，你们正好多抢点儿。"

他们在讨论明年的游玩计划，说着说着，话题又拐到了抢红包

上。

　　陈庭森用浴巾擦着头发，看着笑得眉眼弯弯的陈猎雪，又想起了他那句梦呓般的"活着真好"。

　　陈猎雪把今天发生的事说给陈庭森听，说得很细，说他与宋琪的偶遇，他们的每一句对话，宋琪的眼泪与后悔，还有他起起落落、最终只能释然的心情。然后他重复了一遍："活着真好。"

　　陈庭森在医院见过太多太多死亡，很多时候他已经对此感到麻木了，这句"活着真好"却像一只手，在他心上攥了一把。

　　活着真好，不是活着"就好"，也不是活着"就够了"，在这段以抛弃为始，以换心为架桥，不断经历失去的短暂人生中，陈猎雪始终心怀感恩，敬畏生命。

　　活着对他而言是享受，任何人都不应该阻止他选择如何享受自己的生命。

　　"嗯，那就先挂了，开学见。"

　　陈猎雪合上电脑，抬头就看见陈庭森正在看他，他喊了声"爸爸"。陈庭森走过来，问他："聊完了？"

　　"聊完了。"陈猎雪从地毯上站起来，端过茶几上准备好的果盘坐上沙发，"他们在讨论明年几月份出去玩。老二怕热，不愿意暑假去，还把老三骂了一顿。"他插起一块哈密瓜递给陈庭森。

　　"商量出结果了吗？"陈庭森问。

　　"还没，"陈猎雪歪在沙发上，舒舒服服地看电视，"我看他们讨论到最后还是得拖到暑假去。"

　　"以后有时间我带你去。"

　　嚼瓜的动作一停，他扭过脸看着陈庭森："真的？"

　　"嗯。"

　　"什么时候再开座谈会？"

　　"不开座谈会，也不出差，等我安排好工作，挑个时间把你想去的地方都去一次。"

　　"去哪儿都行？"

　　"嗯。"

"国外也行？"

"嗯。"

"不担心心脏了？"

"嗯"。

爆竹声中一岁除。

大年初一，关崇在家里摆桌，约着大家一起吃了顿饭。

关甜甜已经会爬了，婴儿房关不住她，扑腾着小短胳膊满屋子乱窜。江怡把她从地板上捉起来，套了个小猪的围兜，让她给陈庭森拜年。

她不认生地冲陈庭森张开小手："抱！"

"看谁都要抱。"江怡佯装嫌弃地解释，把女儿递过去，"娇得不行。"

陈庭森抱孩子的动作很小心。陈猎雪在旁边看，想拍下来却突然想起自己没有手机。这时候，关甜甜眼珠一转，又朝他伸手。

"抱！抱！"

"我能抱吗？"得到江怡的同意，他笨拙地把这个"肉团子"接过来。关甜甜好奇地摸摸他的耳朵，他亲亲她嫩嘟嘟的小脸蛋。

陈庭森掏出一个厚实的红包让她抱着。关崇从厨房出来，看见这一幕哈哈大笑，也把准备好的红包塞进陈猎雪怀里。

"妹妹有红包，哥哥也得有。"

"我都这么大了……"陈猎雪不太好意思。江怡慈爱地瞪了他一眼，说："再大也是孩子。"她把关甜甜放回地上让她继续爬："自己玩吧，哥哥不能总抱你。"

关崇把她搂在怀里的大红包抽出来，往江怡兜里塞，一本正经道："压岁钱让妈妈给你保管。"

关甜甜瞪大眼睛看着这对父母。

陈庭森忍不住笑起来，对陈猎雪说："你的就自己拿着吧。"

陈猎雪也笑了："那我谢谢爸爸了，也谢谢叔叔阿姨。新年快乐。"

一顿饭吃得其乐融融。

下午从关崇家出来，陈庭森发动汽车，问陈猎雪："去买手机？"

陈猎雪想起陈庭森抱着甜甜时的样子，试探着说："我们去看看竹雪吧，爸爸。"

陈庭森愣了愣，看了他一会儿，问："你想去吗？"

陈猎雪从没去看过陈竹雪，陈庭森没带他去过，连提也很少提，起初是不愿，后来是有愧。陈庭森有心结，但陈猎雪没有，说实话，去不去对他来说无所谓，但他知道陈庭森一定想去看陈竹雪，在过年时，在今天。

每个人都应与自己和解。

"嗯。过年该团圆一下。如果不合适……我就在车里等你。"陈猎雪道。

陈庭森没再说话，他把车开上大路，驶向墓园在的方向。"冷不冷？"他问陈猎雪。

陈猎雪望着窗外，天蓝得很凛冽，阳光很温暖。他摇摇头："不冷。今年是个暖冬。"

一个月后，小区的迎春开了花，陈猎雪拖着箱子下楼，趁陈庭森还没开车过来，偷偷折了一枝。

嘟！车喇叭在身后响起。他带着那枝迎春上车，将花枝插进车载纸巾盒。

陈庭森笑了笑。

"东西都带全了？"

"带了。"

"身份证呢？"

"包里呢。"

"你的朋友们也是今天返校？"

"老三下午到，另外两个昨天就回去了。"

陈庭森"嗯"了一声，把安全带给他拉好，导航仪里传出清脆的女声："今日气温十二摄氏度，晴天，南风三到四级，空气质量优，祝您出行愉快，旅途平安。"

机场入口前人流如织，陈庭森将车停稳，下车拿出行李箱，陈猎雪站在他面前，这次轮到他反复叮嘱：

　　"爸爸，回去路上开慢点儿。"

　　"别老加班。"

　　"一个人在家也好好吃饭。"

　　"不要生病，天暖和了也要注意保暖。"

　　念叨一大堆，他不舍地眨眨眼："那我走啦。"

　　青年就像一株急着生长的小白杨，清秀挺拔。

　　"爸爸，夏天见。"

　　"夏天见。"笑意自陈庭森眼角眉梢漫开。

　　陈猎雪，你一定会拥有很长、很美好的一生。